DESEO

DAY
LECLAIRE

LA MUJER PERFECTA

Editado por Harlequin Ibérica.
Una división de HarperCollins Ibérica, S.A.
Avenida de Burgos, 8B - Planta 18
28036 Madrid
www.harlequiniberica.com

© 2025 Harlequin Ibérica, una división de HarperCollins Ibérica, S.A.
N.º 562 - 24.4.25

© 2011 Day Totton Smith
La mujer perfecta
Título original: Nothing Short of Perfect

© 2012 Day Totton Smith
Creer en el amor
Título original: Becoming Dante
Publicadas originalmente por Harlequin Enterprises, Ltd.
Estos títulos fueron publicados originalmente en español en 2012 y 2013

I.S.B.N.: 978-84-1074-530-8
Depósito legal: M-2445-2025
Impreso en España por: BLACK PRINT
Fecha impresión para Argentina: 21.10.25
Distribuidor exclusivo para España: LOGISTA
Distribuidor para México: Distibuidora Intermex, S.A. de C.V.
Distribuidores para Argentina: Interior, DGP, S.A. Alvarado 2118.
Cap. Fed./Buenos Aires y Gran Buenos Aires, VACCARO HNOS.

Prólogo

–¿Me oye, señor? ¿Nos puede decir su nombre?

El dolor lo atenazaba. La cabeza. El brazo. El pecho. Algo le había ocurrido, pero no comprendía de qué se trataba. Sentía movimiento y oyó una sirena. ¿Acaso...? ¿Estaba en una ambulancia?

–Señor, ¿cuál es su nombre?

–St. John. Jus… Jus…

Las palabras se le escaparon entre los labios. Sonaban extrañas a sus oídos. Por alguna razón, le resultaba imposible coordinar la boca y la lengua lo suficientemente bien como para poder pronunciar su nombre de pila, lo que le obligó a conformarse con el diminutivo.

–Jus St. John. ¿Qué...?

El hombre que le había preguntado su nombre pareció entender lo que él quería decir.

–Ha sufrido un accidente de automóvil, señor St. John. Está usted en una ambulancia y lo llevamos en este momento al hospital para que puedan tratarle las lesiones.

–Un momento –dijo otra voz de una mujer. Resultaba tranquilizadora–. ¿Ha dicho St. John? ¿Justice St. John? ¿El verdadero Justice St. John?

–¿Conoces a este hombre?

–He oído hablar de él. Es un famoso inventor. Robótica. Dirige una empresa llamada Sinjin. Es una especie de ermitaño. Su fortuna se calcula en miles de millones de dólares.

El hombre lanzó una maldición.

–Eso significa que si no sale adelante, adivina quién se va a llevar la culpa. Es mejor que llamemos a la supervisora y la alertemos de que tenemos a un famoso en la ambulancia. Ella querrá adelantarse al circo mediático.

Alguien hizo otra pregunta. Preguntas interminables. ¿Por qué diablos no lo dejaban en paz?

–¿Tiene alguna alergia, señor St. John? –insistió la voz. Siguió hablando en voz más alta–. ¿Algún problema de salud que deberíamos conocer?

–No. No me puedo mover.

–Lo hemos inmovilizado como precaución, señor St. John –dijo la voz tranquilizadora–. Por eso no se puede mover.

–Tiene la tensión muy baja. Tenemos que estabilizarlo. Señor St. John, ¿se acuerda de cómo ocurrió el accidente?

Por supuesto que se acordaba. Un conductor iba hablando o escribiendo un mensaje con su teléfono móvil cuando perdió el control del coche. Dios, sentía tanto dolor… Abrió un ojo. El mundo se mostró en un remolino de color y movimiento. Una fuerte luz lo obligó a cerrarlo y a apartar la cara.

–Basta ya, maldita sea –gruñó. Su voz sonó mucho más fuerte.

–Las pupilas reaccionan. Ya tiene la vía puesta.

Repetid las constantes vitales. Decidle a la supervisora que vamos a necesitar a un neurólogo. A ver si puede ser Forrest. No hay que correr ningún riesgo. Señor St. John, ¿me oye?

Justice volvió a soltar una maldición.

–Deje de gritar, por el amor de Dios.

–Lo llevamos a usted al Lost Valley Memorial Hospital. ¿Hay alguien a quien podamos avisar de lo que le ha ocurrido a usted?

Pretorius. Su tío. Podrían llamar a su tío. Necesitarían que él les diera el número de teléfono, pero el dolor que sentía en aquellos momentos le impediría hacerlo. Trató de explicar el problema, pero parecía que, una vez más, la lengua se negaba a pronunciar las palabras.

En ese momento, Justice se dio cuenta de que, aunque él pudiera explicarse, su tío no acudiría. No era que él no quisiera. De hecho, le desesperaría no hacerlo, pero, al igual que el impenetrable muro que impedía que Justice les diera a sus rescatadores el número de teléfono, una barrera igual de insoldable le impediría a Pretorius salir de su casa. El miedo era imposible de superar.

Entonces, comprendió que no tenía a nadie. Nadie a quien le importara si vivía o moría. Nadie que pudiera ocuparse de su tío si él no sobrevivía. Nadie que trasmitiera su legado a las generaciones posteriores. ¿Cómo había ocurrido eso? ¿Por qué había permitido él que ocurriera? ¿En qué momento se había aislado?

Había vivido en un completo aislamiento desde

hacía algunos años. Se había mantenido al margen de todo vínculo emocional por el dolor que la vida solía proporcionar. Eso significaba que moriría solo, que nadie, a excepción de los que lo respetaban en su faceta profesional, lloraría su perdida. Había deseado mantenerse apartado del resto del mundo. Anhelaba la soledad. Quería que todos lo dejaran en paz y lo había conseguido. Pero, ¿a qué precio? Por fin lo veía muy claramente. Año tras año, invierno tras invierno, una nueva capa de hielo había ido recubriendo su corazón y su alma hasta el punto de que ya no creía que pudiera calentarlo nunca más.

Hacía algún tiempo había conocido la primavera, la calidez de un día de verano y el amor de una mujer. ¿Mujer? En realidad no había sido más que una niña, una muchacha cuyo nombre había tratado de enterrar profundamente en su pensamiento para olvidarlo de una vez por todas, pero que, a pesar de sus esfuerzos, se había marcado con fuego en cada una de las fibras de su ser. Daisy. Ella era la que le había demostrado de una vez por todas que los sentimientos eran un mal innecesario. ¿Y en qué se había convertido él?

–Señor St. John. ¿Podría darnos el nombre de alguien a quien debamos notificar lo sucedido?

–No.

Admitió la dolorosa verdad y permitió que la inconsciencia volviera a reclamarlo, que los dolorosos recuerdos lo transportaran a un lugar oscuro y nebuloso.

No había nadie.

Capítulo Uno

—¿Cuál es el resultado de tu última búsqueda por ordenador? —preguntó Justice.

Pretorius hizo un gesto de desaprobación y miró la pantalla a través de las gafas de pasta negra que llevaba veinte años utilizando.

—Basándome en los parámetros que me has dado, he encontrado media docena de posibilidades que marcan una probabilidad igual o superior al ochenta por ciento.

—Vaya, ¿nada más?

—Tenemos suerte de haber encontrado esa media docena de mujeres teniendo en cuenta tu lista de requerimientos. A ver, ¿por qué nadie con cabello negro? ¿A qué viene eso?

Justice apretó los labios. No tenía intención alguna de explicar sus prerrequisitos y mucho menos aquél en particular.

—Bueno, si tengo que elegir entre seis, supongo que tendré que conformarme.

—¿Conformarte? —exclamó Pretorius mientras hacía girar su silla rápidamente y observaba escandalizado a su sobrino—. ¿Acaso estás loco? Estás hablando de la futura señora Sinjin, S.L. Justice, ¿estás seguro de que quieres pasar por esto?

–Segurísimo.

–Es por ese accidente de coche, ¿verdad? Te ha causado mucho más que una simple pérdida de memoria, ¿verdad? Te ha cambiado. Ha cambiado tu modo de ver el mundo.

Justice se ocultó tras una gélida fachada que siempre le ayudaba a deshacerse hasta de los más insistentes, pero que ni siquiera lograba intimidar a su tío. Maldita sea. Hubiera hecho cualquier cosa por evitar aquella conversación.

Sin responder, tomó entre sus manos una esfera de plata que consistía en pequeñas secciones que se entrelazaban las unas con las otras. Cada una de esas secciones llevaba grabado un símbolo matemático. Era uno de sus inventos, que aún no había sido comercializado. Lo llamaba Rumi, abreviatura de rumiar, dado que lo utilizaba siempre que necesitaba encontrar la solución a un problema, algo que ocurría con mucha frecuencia.

–No puedes evitar esta conversación, Justice. Si quieres seguir adelante con tu plan, me merezco la verdad –insistió Pretorius.

–Lo sé.

Los dedos de Justice se movían incansablemente por encima de la superficie del Rumi, apretando y tirando de los segmentos hasta que transformó la esfera en un cilindro. En vez de resultar algo suave y bien formado, tenía un aspecto desgajado y sus símbolos se presentaban sumidos en el caos. Últimamente las formas siempre eran caóticas. Llevaban siéndolo más de un año, desde unos seis meses antes del accidente.

Cambió de tema con la esperanza de distraer a su tío.

—¿Estarán todas las mujeres en el simposio «Ingeniería para el Próximo Milenio»?

—Me he asegurado de ello.

—Excelente.

—Ahora, dime la verdad, muchacho. ¿Por qué estás haciendo esto?

Justice negó con la cabeza. No estaba seguro de poder expresarlo con palabras. Trató de realizar una nueva forma con el Rumi mientras se esforzaba por explicar lo que había comprendido después de su accidente. ¿Cómo podía explicar el vacío en el que se había convertido su vida a lo largo de los últimos años? No recordaba la última vez que había sentido algo, tanto si era ira, felicidad. Algo. Lo que fuera.

A cada día que pasaba, sus sentimientos, el empuje por inventar e incluso su ambición se habían ido congelando. A cada minuto que pasaba, todo lo que lo convertía en un ser humano normal había ido desapareciendo. Arrojó el Rumi sobre la mesa frustrado por la negativa del objeto a convertirse en una forma de corte limpio y funcional.

—Es simplemente algo que necesito que tú aceptes —dijo Justice por fin—. Por mi bien.

—Llama y cancélalo antes de que hagas algo de lo que nos arrepintamos los dos.

—No puedo. Soy el orador principal.

—¿Y qué diablos se supone que vas a decir tú sobre la ingeniería del próximo milenio? Estamos hablando de mil años, maldita sea. Es imposible predecir incluso si el ser humano seguirá existiendo dentro de mil años, con lo que más difícil resulta aún hablar del estado de la ingeniería en ese periodo de tiempo.

–Y tú dices que yo maldigo muchas veces.

–¿Y qué quieres que te diga? Se me están pegando tus malas costumbres. Justice, hace cinco años desde la última vez que apareciste en público. No creo que sea el momento de que eso cambie.

–No he hecho ninguna aparición pública en cinco años porque no he tenido nada que merezca la pena decir en esos malditos cinco años. Cuando tenga algo que merezca la pena decir, empezaré a volver a hacer apariciones públicas. Hasta entonces, creo que puedo apañármelas en un pequeño simposio sin hacer el ridículo.

–Ahora que tu nombre está vinculado a ese pequeño simposio, como tú lo llamas, los medios de comunicación se sentirán muy interesados en él. Después de una ausencia tan larga, esperarán que tú ofrezcas algo de vital importancia. Y supongo que no tienes algo de vital importancia que decirles, ¿verdad?

–No te tienes que preocupar por lo que yo tenga que decirles, tío. Ya me inventaré algo. Lo más irónico de todo esto es que, si yo afirmo que es posible, algún idiota me creerá y lo inventará.

–Sigo esperando que me des una buena razón para explicar por qué estás haciendo esto.

Justice le apoyó una mano en el hombro a su tío. Sabía que a Pretorius le iba a costar entenderlo, pero algo tenía que cambiar. En aquel momento. Antes de que pasara la oportunidad.

—Llevo un año entero sin inventar algo de importancia.

—Lo que ocurre es que tu creatividad está bloqueada, nada más. Podemos encontrar el modo de desbloquearla sin llegar hasta ese extremo.

—No veo cómo mi creatividad puede estar bloqueada si no la tengo. Soy ingeniero.

Pretorius suspiró.

—Los inventores son personas creativas, Justice.

—Eso es una mentira y lo sabes.

—Mira, entiendo que necesites a una mujer. No me opongo a eso. Ve y… encuéntrala —susurró, sonrojándose—. Deja que la naturaleza siga su curso. Cuando lo haya hecho, tú estarás renovado y revitalizado.

—No es tan sencillo. Necesito…

¿Cómo podía explicarlo? Desde el accidente, se había dado cuenta de que necesitaba mucho más que una amante temporal. Más que una noche de pasión. Ansiaba algo permanente. Algo duradero. Algo con lo que pudiera contar. Alguien a quien le importara. Alguien a quien pudiera llamar si…

—Necesito más.

Su tío quedó en silencio. Entonces, asintió. Parecía haber leído entre líneas, haber comprendido por fin lo que su sobrino ansiaba aunque se mostrara reacio a aceptarlo.

—Significa que tendrás que dejar de maldecir con tanta frecuencia —bromeó Pretorius—. Aunque tengo que reconocer que sería un cambio agradable.

Justice sonrió.

—Lo intentaré.

–También significará que se va a comer mejor en esta casa –dijo Pretorius algo más contento–. Y que la casa estaría limpia.

–No creo que la mujer con la que yo me case se pusiera muy contenta si supiera que la he elegido porque necesitaba un ama de llaves con derecho a roce –dijo Justice. Se inclinó por encima del hombro de su tío y apretó un botón. La impresora se puso a trabajar y empezó a escupir una hoja tras otra de material–. Esto me lleva de nuevo a mi preocupación principal. Si me caso, tú también tendrás que soportarla. Has leído la información sobre esas mujeres. ¿Podrías tolerar que una de ellas viviera aquí permanentemente?

Pretorius frunció el ceño.

–¿Es ésa la razón de que no te hayas casado antes? ¿Te preocupaba mi reacción ante el hecho de que nuestra casa se viera invadida por otra persona?

Invadida. Justice contuvo un suspiro.

–No. No me he casado porque no he encontrado a una mujer a la que pudiera tolerar durante más de una semana.

–Y ahí es donde entra mi programa de ordenador, ¿no? He hecho todo lo que he podido para transformar el Pretorius en una aplicación más personal y menos empresarial. Los parámetros son similares. Encontrar la esposa perfecta no es muy diferente a encontrar el empleado perfecto.

–Exactamente. Sólo hay que introducir datos diferentes –dijo Justice. Empezó a enumerar sus requerimientos–. Ingeniera, por lo tanto una persona racional que controla sus sentimientos. Brillante, por supuesto.

12

No soporto a las mujeres tontas. Si fuera físicamente atractiva sería mucho mejor, pero debe de ser lógica, amable y capaz de soportar el aislamiento.

–Pensaba que hablábamos de una mujer.

–Si es ingeniera, lo más probable es que ya posea alguna de esas cualidades y, más importante aún, que encaje aquí.

–Está bien. De acuerdo –dijo Pretorius–. Si estás decidido a seguir con esto, te confirmo que esa media docena de mujeres va a asistir al simposio.

–Con un poco de ayuda por tu parte.

–Eso ha sido lo más fácil.

Pretorius tomó los papeles de la impresora y los examinó. Justice vio gráficos, fotos, currículos y lo que parecían ser informes de un detective privado. Jamás se podría decir que su tío no había sido concienzudo.

–¿Y lo más difícil?

–Las mujeres son unas criaturas muy extrañas, Justice. Tienden a tener reacciones negativas cuando un hombre las invita a tomar una taza de café y, a renglón seguido, les dice que está buscando esposa.

–Vaya… –susurró Justice. No se le había ocurrido pensar en eso.

–Por supuesto, te podrías inventar una excusa para necesitar una esposa con tanta celeridad. Estoy seguro de que se lo creerían. Después de todo, tú eres el gran Justice St. John o, al menos, eso es lo que afirman todas las publicaciones científicas.

–Por el amor de…

–O también podrías escuchar al no tan gran Pretorius St. John, que ha considerado ese pequeño detalle.

–¿Y?

–No asistes al simposio para encontrar esposa, sino para encontrar una ayudante.

–Pero si no necesito una ayudante.

–Claro que la necesitas. Al menos, eso es lo que les vas a decir a esas mujeres. Es la única manera de que accedan a que las conozcas. Cuando te decidas por alguna que creas que puedes soportar durante más de un mes, haz que se mude aquí. Trabaja con ella durante un tiempo. Consigue que se enamore de ti y luego cásate con ella. De ese modo, esa mujer no pensara que eres un tío raro. O, con un poco de suerte, cuando se dé cuenta de quién eres, será demasiado tarde. Se habrá casado contigo e incluso podría haber un Justice St. John Junior de camino. Tal vez incluso sepa cocinar y limpiar –añadió Pretorius mientras le colocaba el montón de papeles en las manos–. Mientras tanto, estúdiate esto. El simposio dura tres días, lo que supone que deberás conocer a dos candidatas al día. Tienes ese tiempo para regresar con una ayudante/esposa con la que los dos podamos vivir.

–¿Y si no sale bien?

Pretorius se cruzó de brazos.

–Lo he estado pensando. Y aunque no quiero a una mujer desconocida andando por aquí y metiendo la nariz en donde no le llaman, me he dado cuenta de una cosa.

–¿De qué?

–Estás desperdiciando muchos conocimientos y muchas habilidades, sobrino. Tienes la obligación de compartirlos con otros. Aunque esa mujer no valga como esposa, habrás invertido en el futuro dando inspiración a otra persona o, si tienes suerte, transmitiendo tu código genético a otra generación.

–Menuda manera de exponerlo.

–No te olvides de que esto ha sido idea tuya, muchacho. Tanto si lo sabes como si no, esa etiqueta de genio que llevas por el mundo tiene un precio. Tienes una deuda con el universo.

–¿Acaso ha enviado la factura el universo? –preguntó Justice secamente.

–Deuda que no has pagado. Por eso estás bloqueado. Has guardado celosamente tu conocimiento en vez de extenderlo por el mundo. Si este asunto de la esposa no funciona, al menos habrás transmitido tus conocimientos a una sucesora de mérito. Y eso sí que podría soportarlo yo, dado que sería temporal.

–¿Y si ella se enamora y la cosa deja de ser temporal?

Pretorius entornó la mirada.

–¿Acaso crees que ella es la única que podría enamorarse? ¿Por qué no lo dos?

Justice sabía muy bien que no podría esperar algo así. Dudaba que fuera capaz de volver a amar.

–Sólo ella –afirmó.

–En ese caso, recuerda que me gusta cenar a las seis.

«Justice St. John».

Daisy Marcellus se detuvo en seco en el momento en el que vio el nombre en el centro del tablón de anuncios del Coronation Hotel. La suave luz del atardecer iluminaba la bella foto en blanco y negro, que amenazaba con ponerla de rodillas. La llamativa bolsa fucsia que llevaba se le cayó al suelo, dejando que pinturas, pegatinas y juguetes varios para niños pequeños se desparramaran por el suelo.

Era él.

Ciertamente, era un hombre muy diferente del que ella había conocido diez años antes. Aquel hombre parecía más duro, más fiero que el que ella había conocido. Sus ojos eran los mismos y revelaban la cautela que ella recordaba tan claramente, como si fuera un animal constantemente en estado de alerta. De hecho, aquella cautela parecía más intensa e iba acompañada por una expresión de cinismo.

Estudió cada rasgo de la fotografía y trató de encontrar más cambios. No tardó en hacerlo. El tiempo había grabado ciertas líneas de expresión en los fuertes rasgos masculinos. Las más profundas enmarcaban una boca demasiado dura. A lo largo de los años, parecía haber adquirido una frialdad que ella esperaba que fuera sólo un requerimiento del fotógrafo más que un reflejo verdadero de la personalidad del hombre.

A pesar de aquellos cambios tan preocupantes, el deseo y la alegría se apoderaron de ella. Extendió la mano para acariciar la imagen y esbozó una temblorosa sonrisa. Después de tantos años, se habían vuelto a encontrar. En realidad, no se habían encontrado. Ella lo había encontrado a él.

¿Estaría él tan contento de verla como ella a él? ¿Se acordaría de ella? Considerando lo mucho que ella había cambiado, posiblemente no. Sin embargo, ella sí lo recordaba a él y también se acordaba de todos los momentos de los tres meses de verano que habían pasado juntos. Se rió en voz alta y llamó la atención de los demás. No le importó. Tenía la posibilidad de volver a ver a Justice.

Se agachó y recogió todas sus pertenencias mientras leía la información que aparecía en el tablón. Parecía que Justice se había hecho un hueco en el mundo de la ingeniería. Se alegraba por él. Iba a empezar su discurso en menos de cinco minutos. Excelente. No tenía nada más que hacer aquella tarde. Seguramente no le importaría a nadie que ella asistiera a aquella conferencia, considerando que Justice y ella eran viejos amigos… por no decir viejos amantes.

De hecho, él había sido su primer amante, el más especial de todos. Daisy jamás lo había olvidado. Jamás había conocido un amor tan maravilloso como el que había compartido con él. Jamás había encontrado a un hombre que lo igualara. Generoso. Paciente. Amable. Alguien que se aferrara a la vida a pesar del torbellino de su pasado… ¡Tenía tantas ganas de verlo!

En la puerta de la sala de conferencias había dos hombres que comprobaban las acreditaciones que debían llevar antes de permitirles la entrada. Daisy esperó a que los dos se distrajeran antes de colarse en la sala repleta. Ya era imposible encontrar un asiento libre y muchos de los asistentes habían empezado a colocarse de pie. Vio por fin un hueco libre cerca de la primera fila. No quería estar tan cerca porque iba vestida informalmente y la mayoría de los asistentes iban con traje y corbata. Sus amplios pantalones y su camisa de color rojo, que era perfecta para firmar libros para niños, la hacían destacar entre los que le rodeaban.

Se acomodó por fin en su lugar y sonrió a los dos hombres que tenía a ambos lados. Ellos no le sonrieron a ella sino que, más bien, parecieron diseccionarla con la mirada y no de un modo precisamente sexual. Era más bien como si ella representara una ecuación que no supieran resolver.

Cuando estaba a punto de marcharse, las luces se hicieron más tenues y un hombre se acercó al podio. Todo el mundo guardó silencio. El hombre no perdió tiempo alguno. Empezó a presentar a Justice St. John, repasando una larga lista de credenciales y logros. Por fin, se hizo a un lado y miró con expectación hacia el lado izquierdo de la sala.

El silencio se apoderó del auditorio. Los asistentes estiraron el cuello esperando ansiosamente la salida del orador. Entonces, apareció, avanzando por el escenario con la gracia felina que ella recordaba de su juventud. Los recuerdos la invadieron. El día en el que él entró en la casa de sus padres, como una pantera esperando atacar o ser atacada. La línea que había trazado para protegerse y mantenerse alejado de los demás, una línea que a ella le había encantado superar. La maravillosa noche en el lago donde su ropas habían terminado en el suelo y los cuerpos de ambos se habían fundido. Aquella deliciosa inocencia que se había transformado en apasionado conocimiento.

La mirada de Justice recorrió la sala con impaciente desdén. Entonces, comenzó con su conferencia. A pesar de que Daisy sólo comprendía una palabra de cada veinte, los tonos profundos y ricos de su voz la hipnotizaban como al resto de los asistentes.

Justice había cambiado desde que los dos estuvieron juntos por última vez. Ella también. ¿Le habría reconocido si se hubieran cruzado por la calle? Posiblemente. Si se esforzaba mucho, aún era capaz de reconocer al muchacho en el hombre en el que se había convertido.

–Genial. En lo que se refiere a la creación de sensores robóticos, St. John es el mejor del planeta –comentó alguien de la primera fila con admiración.

Daisy volvió a centrar su atención en Justice. No tenía ni idea de qué significaba todo aquello, pero se sintió muy impresionada de que a Justice se le considerara el mejor del planeta. ¿A qué precio? Lo estudió más detenidamente.

Tenía los rasgos más duros y más definidos que cuando tenían dieciocho años. Bueno, casi dieciocho. Aún tenía aquel brillo peligroso en la mirada de sus ojos dorados, como si fuera un felino. Su cabello era casi negro como el ébano y lo llevaba casi tan largo como solía llevarlo tantos años atrás. No llevaba traje. Se había decantado por una camisa negra y pantalones del mismo color que parecían tragarse toda la luz del escenario y lo dejaban envuelto en sombras.

¿Dónde estaba el Justice que ella recordaba? ¿Quién era aquella criatura que había ocupado su lugar? Había cambiado de un modo que desafiaba su capacidad para identificarlo. Antes, no había sido tan reservado ni tan gélido.

Si lo observaba en aquellos momentos, se daba cuenta de que todo había cambiado. Ya no era abierto, sino cerrado con fuerza sobre sí mismo. Sospechaba que ya raramente se reiría. Lejos de sentirse encantado con el mundo, lo observaba con una mirada cínica que lo eclipsaba todo.

¿Qué le había ocurrido? Le dolía ver que él ya no se parecía en nada al personaje que ella había creado para sus libros de cuentos, el personaje en el que había basado los recuerdos que tenía de él. ¿Cómo se podía haber equivocado tanto? Justo entonces, la mirada de Justice se detuvo sobre ella. Algo muy extraño ocurrió entre ellos. ¿La habría reconocido? ¿La recordaba después de tanto tiempo? No era probable, dado que su apariencia había cambiado mucho en aquellos diez años. Los ojos de él relucieron bajo los focos como si fueran de oro.

En ese momento, Daisy decidió que, pasara lo que pasara, antes de marcharse de allí descubriría qué era lo que le había ocurrido a Justice. Aprovecharía la oportunidad de enfrentarse con el pasado, con un pasado que jamás había podido olvidar. Se demostraría que lo que habían tenido juntos no había sido tan especial dado que, evidentemente, él ya no era la maravillosa persona que había sido.

Entonces, por fin podría dejarlo en el pasado y seguir con su vida.

No quería estar allí. No quería estar allí, dando un discurso en el que no creía. Llevaba menos de un día en Miami Beach y ya había llegado a la conclusión de que aquello era una completa pérdida de tiempo.

En el momento en el que llegó, se acomodó en la suite, deshizo la maleta y fue a por el primer nombre que tenía en su lista. ¿Por qué perder el tiempo? Desgraciadamente, Dorothy Salyer resultó ser una desilusión, al igual que las siguientes dos candidatas. Estaba a punto de darse por vencido. Desgraciadamente, nada había cambiado desde el accidente. Necesitaba… más. Quería experimentar, aunque fuera de pasada, una vida normal. Una vida. Volver a sentir, aunque ya no fuera capaz de dejarse llevar por el romanticismo. Tener una familia. Hijos. Un legado.

Eso le llevó a la mujer de la blusa roja. Por alguna razón, no podía apartar la mirada de ella. Le provocaba una sensación extraña, como si quisiera despertar un recuerdo del pasado, pero no podía entender por qué. Lo único que sabía era que la deseaba desesperadamente, una sensación que llevaba años sin experimentar.

¿Por qué no estaba ella en su lista de candidatas?

Debía de haber algo malo en ella, algo que el ordenador calificara como inaceptable. Ciertamente no era su aspecto físico. Esbelta y delicada. Era la clase de mujer que él encontraba más atractiva. Rubia de cabello liso. Sus rasgos eran elegantes, a excepción de la boca, que resultaba profundamente seductora. Por lo tanto, si no era su aspecto, ¿por qué había sido eliminada de la lista de candidatas?

¿Acaso no era lo suficientemente inteligente? Era imposible que no lo fuera considerando su presencia en el simposio. Posiblemente él había colocado el grado de inteligencia demasiado alto. Tal vez podría bajar un poco el cociente intelectual si aquella mujer quedaba fuera de los parámetros que había predeterminado. Repasó la lista que le había dado a Pretorius. Físicamente atractiva. Inteligente. Ingeniera. Esos tres datos los cumplía plenamente, ¿no? Sólo le quedaba que fuera coherente, amable, que pudiera vivir aislada y que no fuera alocada.

Tal vez el ordenador había decidido que aquella mujer no era coherente. Bueno, Justice estaba dispuesto a conformarse con razonable si lo de racional no cuadraba con ella. ¿Amable? Se lo parecía. Tal vez era lo del aislamiento lo que la había dejado fuera. Si ponían empeño, tal vez podrían encontrar el modo de solucionar ese problema. Eso tan sólo le dejaba alguien que no fuera alocada. Sumisa. En realidad, él era un hombre, ¿no? Ya se encargaría él de dominarla.

Sonrió con satisfacción. Existía la posibilidad de que hubiera encontrado a su ayudante/esposa sin la ayuda del ordenador. Ese hecho sólo demostraba que el intelecto de Justice era más poderoso que el programa de Pretorius. ¡Cómo iba a disfrutar restregándoselo por la cara a su tío!

Capítulo Dos

Daisy permaneció inmóvil. Esperó a que la fila que se dirigía hacia el escenario disminuyera. Parecía que todo el mundo quería un trozo de Justice St. John y ella se preguntó por qué. ¿Qué había hecho él para inspirar tanto entusiasmo y excitación en el mundo de la ingeniería? Decidió que lo investigaría en cuando regresase a su casa.

Cuando por fin hizo ademán de abandonar la sala, Justice saltó del escenario y se dirigió directamente hacia ella. Daisy no se sorprendió. Desde el momento en el que sus miradas se cruzaron había sabido que él la perseguiría. Por el momento, se lo permitiría.

–¿Le gustaría tomar conmigo una taza de café? –le preguntó él.

Ella inclinó la cabeza a un lado. Interesante. No se había andado por las ramas.

–Hola –respondió mientras extendía la mano–. Daisy Marcellus. Es un placer volver a verte.

Se sorprendió al ver que él se detenía en seco. Comprendió que él estaba recordando.

–Nos hemos visto antes.

–No te acuerdas de mí, ¿verdad?

–No.

Ahí estaba el Justice que ella recordaba.

–Tal vez lo recordarás mientras tomamos café.

Se cruzó de brazos sobre un impresionante torso.

–¿Por qué no nos ahorras tiempo a los dos y me refrescas la memoria?

–No lo creo. Será más divertido del otro modo.

–Divertido –repitió él como si la palabra le resultara repugnante.

Daisy comprobó que él había crecido desde la última vez que lo vio.

–Sí. Divertido. Adjetivo, algo que nos dar placer o alegría. Cuando es verbo, divertirse, jugar o bromear. Es que tengo memoria fotográfica.

Por alguna razón, aquella explicación relajó a Justice y le animó a esbozar una pequeña sonrisa.

–Gracias por la explicación. No conozco bien esa palabra.

–Me siento escandalizada. ¿Y «trabajo»? ¿Conoces bien esa?

–Bastante.

–¿Por qué no me sorprende?

–«Sorprender». Cuando algo inesperado causa asombro o fascinación.

Daisy se echó a reír. Se sentía muy sorprendida y fascinada por el hecho de ver cómo Justice se reía con ella. Sin poder contener el impulso, le agarró una mano.

–Creo que has dicho algo sobre ir a tomar una taza de café.

Justice observó las manos de ambos durante un largo instante. Entonces, la miró a ella. El fuego ardía en la brillantez de aquella mirada, un apetito y un anhelo que Daisy no podía malinterpretar. Una potente calidez le recorrió todo el cuerpo y le llegó en cuestión de segundos al centro de su ser. Allí, generó un deseo tan poderoso como el que se reflejaba en los ojos de él. Desde el momento en el que entró en la casa de los padres de Daisy, él había ejercido aquel efecto sobre ella. Al menos, eso no había cambiado.

—Creo que un café sería un excelente comienzo —afirmó él.

—¿Un excelente comienzo? ¿Y el final? —se atrevió ella a preguntar.

—Creo que los dos conocemos la respuesta a eso.

Así era. Terminarían en el mismo lugar en el que habían terminado la última vez que habían estado juntos.

En la cama.

Para que ninguno de los asistentes a la conferencia pudiera molestarles, Justice le pidió a la camarera que les llevara a una de las mesas más alejadas de todo el café.

Daisy se sentó frente a Justice. Él aprovechó la oportunidad para estudiarla. Era una verdadera belleza.

El cabello le caía liso sobre los hombros. Tenía los ojos verdes. La expresión de su rostro era tan abierta e ingenua como la de una niña. Tenía la nariz recta y delgada. Los pómulos altos y ligeramente prominentes, lo que añadía enteros a la elegancia de su rostro.

En cuando a la boca… Allí era donde la mirada de Justice se detenía. Era el único rasgo de su rostro que la apartaba de la belleza clásica, de labios gruesos y rosados. Por alguna extraña razón, su forma y su color hacía que él deseara morderlos…

Se aclaró la garganta.

—Bueno, ¿me vas a dar una pista?

—Supongo que te refieres a una pista sobre el lugar en el que nos conocimos —respondió Daisy con una seductora sonrisa—. Dale tiempo. Ya lo recordarás.

—Podría ser que no. Tuve un accidente hace seis meses. Algunas veces, me cuesta recordar nombres y ciertos hechos de mi pasado.

Ella lo miró fijamente muy sorprendida.

—Oh, Justice. Lo siento mucho. No tenía ni idea.

—No veo la razón por la que deberías saberlo dado que me he esforzado mucho para evitar que el público en general se enterara —dijo.

Daisy le tomó la mano y se la apretó con fuerza.

Justice se dio cuenta de que ella era la clase de mujer sensible que goza con el contacto físico. Poco usual en un ingeniero, pero podría vivir con ello. ¿Vivir con ello? Se acostumbraría muy rápido.

Se encogió de hombros.

—Es una de esas cosas que uno aprende a aceptar. Como las cicatrices.

Le sorprendió ver que los ojos de Daisy se habían llenado de lágrimas.

—¿Cicatrices? Esas tampoco importan. Lo único que significan es que eres un superviviente.

—Tenemos la opción de hacer el amor en la oscuridad si crees que la cicatrices podrían tener un impacto adverso en tu libido.

Para su sorpresa, ella se echó a reír.

—Oh, gracias a Dios. Me temía que hubieras cambiado. Aún tienes ese maravilloso sentido del humor.

¿Acaso ella había creído que estaba bromeando? Había estado hablando completamente en serio.

—¿Significa eso que no te interesa hacer el amor? —le preguntó. Tal vez debería haber abordado el asunto gradualmente, pero le parecía la progresión lógica, lo que tocaba entre invitarle a tomar un café y pedirle que fuera su ayudante/esposa—. No hay prisa. Tenemos sesenta y una horas y treinta y cuatro minutos.

Daisy se echó a reír de nuevo. El sonido de su risa fue algo ligero, libre, que llegó directamente al gélido centro de su ser y se lo deshaló ligeramente. Por primera vez en años, sintió esperanza. Tal vez no era un caso perdido. Tal vez Daisy podría llevarle a los cálidos brazos de la primavera.

—Me interesa mucho hacer el amor contigo —le informó ella—. Hace tanto tiempo, Justice. Ojalá se me hubiera ocurrido buscarte mucho antes.

—No me habrías encontrado. Pretorius nos tiene muy bien ocultos.

—¿Pretorius?

—Mi tío. Es experto en informática, lo que me viene bien dado que me ayuda a mantener el anonimato.

—Ah… —dijo ella mirándolo con sus encantadores ojos. Justice descubrió que le gustaba ser el centro de su universo. Le gustaba mucho—. No sabía que tenías familia. Al menos, jamás me lo mencionaste.

La manera en la que ella hablaba sugería que habían compartido cierta intimidad. Entornó la mirada y maldijo el accidente. ¿Cómo era posible que se hubiera olvidado de alguien como ella?

—¿Cómo te conocí?

Daisy sonrió.

—Te daré una pista. Mi aspecto ha cambiado bastante desde la última vez que nos vimos.

—¿En qué, por ejemplo?

—Mi cabello.

—¿Más largo? ¿Más corto?

Ella negó con la cabeza.

—Más claro. Era mucho más oscuro antes.

Un profundo alivio se apoderó de él. Eso lo explicaba todo. Sin duda, el programa de ordenador la había descartado por aquel detalle.

—Yo podría vivir con una mujer de cabello oscuro —dijo. En especial si Daisy accedía a ser su ayudante/esposa.

—¿De verdad? —preguntó ella. Le había asombrado aquella respuesta.

Tal vez aquella frase había sonado algo extraña. ¿Acaso no le había advertido Pretorius sobre el hecho de invitar a una mujer a tomar una taza de café para luego pedirle en matrimonio? Había llegado el momento de tomarse las cosas con más calma.

—¿Nos conocimos en alguna otra conferencia de ingeniería? —le preguntó.

—Oh, yo no…

En aquel momento, la camarera regresó y les ofreció una amplia sonrisa.

–Buenas tardes. Me llamo Anita y voy a ser su camarera –dijo afirmando lo evidente–. ¿Qué les apetece tomar?

–Yo tomaré un té helado con mucho limón, por favor –dijo Daisy.

Justice experimentó una sensación de familiaridad. Se le pasó enseguida. Aquella sensación le había ocurrido demasiado frecuentemente y en ocasiones no podía recordar de qué se trataba por mucho que se esforzara. Se sentía como si estuviera en medio de un monumental atasco mental, incapaz de maniobrar las coordenadas que contenían aquel recuerdo en particular.

Aceptó el fracaso con su habitual estoicismo y miró a la camarera.

–Café. Solo.

–Volveré enseguida –anunció Anita.

En el momento en el que la camarera se marchó, Justice se centró de nuevo en Daisy.

–¿Me vas a dar otra pista?

–Se me ocurre algo mejor. ¿Por qué no me dices qué es lo que has estado haciendo en estos últimos años? Después de todo, tú eres el mejor en lo que se refiere a sensores robóticos.

–Así es.

–Veo que no necesitas abuela.

–¿Y por qué iba a necesitarla? –preguntó él. Evidentemente, no había comprendido el doble sentido.

–Me dejas muerta –comentó ella, riendo–. Sigues siento tan lógico como siempre.

29

–¿Y hay algo malo con ser lógico?

–No, por supuesto que no. Mientras sigas recordando cómo sentir.

¿Sentir? Justice no sabía cómo responder a aquello. Buscó a Rumi, pero se dio cuenta de que se había dejado la esfera en la suite. Comprendió en aquel momento lo mucho que dependía de su creación cuando se encontraba en una situación que no sabía cómo resolver.

Con la mayoría de los ingenieros, sabía exactamente lo que esperar y cómo hablarles, pero con aquella mujer… Daisy le despertaba sentimientos que creía muertos hacía ya mucho tiempo, un deseo que eclipsaba todo lo demás. En aquellos momentos, sentado frente a ella, le importaba un comino la conferencia o el trabajo que no había podido completar durante el año anterior o incluso hacer las preguntas necesarias para asegurarse de que había encontrado la perfecta ayudante/esposa. Lo único que le importaba era permitir que la primavera deshiciera el hielo que rodeaba su corazón. Que le calentara la sangre que le fluía por las venas. Que le ayudara a encontrar al hombre perdido en aquel interminable invierno para que pudiera respirar plenamente en su nueva vida.

Aquella mujer era la respuesta a su problema.

Daisy esperó pacientemente a que él volviera a hablar. Estaba cómoda con el silencio. A Justice le parecía un atributo poco usual en una persona, fuera cual fuera su género. Mientras esperaba, ella sonreía y se agarraba la barbilla con la mano. Justice se dio cuenta de que tenía unas manos muy bonitas, con dedos largos.

Evocó una imagen de las manos de Daisy sobre su cuerpo… Dios Santo, ¿de dónde había salido aquello? Normalmente, él no era una persona muy imaginativa y, sin embargo, aquella asombrosa imagen le había provocado una inconfundible reacción fisiológica que le resultaba imposible controlar. Sin duda, llevaba demasiado tiempo sin estar con una mujer.

Algo debió delatarle. Daisy se irguió inmediatamente en la silla.

—Justice, ¿qué te ocurre?

—Vas a tener que perdonarme. Esto no me ha ocurrido desde que era un adolescente, pero tal vez por mi reciente aislamiento, estoy recibiendo una inusual cantidad de estímulos visuales que están teniendo una reacción adversa en mi sistema nervioso central. Si pudieras tratar de ser menos estimulante visualmente, mi cuerpo soltaría una cantidad apropiada de óxido nítrico en los cuerpos cavernosos que debería hacer que mis músculos se relajaran…

Ella lo miró perpleja.

—¿Cómo has dicho?

—Me has provocado una erección.

La camarera eligió aquel instante para regresar con lo que habían pedido.

—¿Desean algo más? —les preguntó Anita tratando de mantener una expresión impasible en el rostro.

Justice no lo dudó.

—No. La cuenta, por favor. ¿Nos vamos?

—Sí.

—Está bien.

Ella se puso de pie y se colgó la bolsa en el hombro pero, antes de que pudieran dar más de dos pasos, un caballero de cierta edad les cortó el paso.

—Excelente discurso, señor St. John. Me han gustado mucho sus predicciones sobre robótica futura y su interrelación con los humanos.

Justice se detuvo y estrechó la mano del hombre.

—Gracias. Ahora, si nos perdona…

Justice sabía lo que ocurriría si no se marchaba de allí pronto. Se pasarían la noche entera hablando. En cualquier otro momento, no le habría importado hacerlo, pero no en aquel instante. No aquella noche, cuando esperaba pasársela conociendo mejor a la mujer con la que tenía intención de casarse.

—Tengo una reunión dentro de tres minutos y cuarenta y dos segundos exactamente y me va a llevar precisamente ese tiempo llegar allí —respondió—. Ahora, si nos disculpa…

—Cómo no.

Justice le colocó la mano en la espalda a Daisy y la hizo avanzar entre las personas que se les habían ido acercando hacia la salida. En el momento en el que salieron del café, Daisy se volvió para mirarlo. Le colocó una mano en el centro del pecho y le impidió seguir avanzando.

—¿Qué es lo que está pasando? —le preguntó.

—Pensaba que esa parte la entendías. ¿Acaso ha habido un error de comunicación?

—Podríamos decir que sí.

—¿Preferirías que fuera más directo?

—No, creo que ya lo has sido lo suficiente. Pensaba que me habías invitado a tomar café. ¿Qué es lo que ha cambiado?

Justice suspiró.

—Supongo que debería haber permitido que te tomaras tu té helado antes de dar el siguiente paso.

—Por lo menos un sorbo —bromeó ella. Entonces, dejó de apretarle la mano contra el pecho y comenzó a volverlo loco al empezar a trazar pequeños círculos.

Justice tenía la sensación de que, si ella no paraba, y pronto, su cuerpo terminaría rápidamente con los depósitos de óxido nítrico.

—Sé que nos sentimos atraídos el uno por el otro. Siempre lo hemos estado.

—¿Has cambiado de opinión?

—¿Sobre lo de hacer el amor contigo? —preguntó ella. Entonces, negó con la cabeza—. Sólo creo que nos lo deberíamos tomar con más calma.

Vaya. El indicador de las reservas de óxido nítrico estaba empezando a indicar la V de vacío.

—No sé si voy a poder.... —confesó él.

Los ojos de Daisy se oscurecieron. .

—Yo puedo vivir sin té. ¿Cuánto tiempo dijiste que nos quedaba hasta tu próxima cita?

—Noventa y cuatro segundos, pero mentí sobre lo de esa cita.

—Sí, lo sé. Se llama «broma» —dijo ella—. Un sustantivo. Significa «algo que provoca risa o diversión con los actos o las palabras de una persona».

—A mí no me provoca risa o diversión.

—No. ¿Y qué es lo que sientes?

¿Sentir? Justice cerró los ojos. Sentía que la adrenalina le recorría el cuerpo. Que Dios lo ayudara, ella tenía razón. Después de tanto tiempo, por fin estaba sintiendo. Trató de identificar aquella sensación en particular.

—Esperanza —susurró con voz ronca—. Significa «la anticipación, creencia o confianza en que algo que se desea mucho puede por fin estar a punto de ocurrir».

Daisy observó a Justice. Sentía que el corazón amenazaba con rompérsele. ¿Qué había ocurrido en todos aquellos años que habían estado separados que lo habían llevado a no sentir esperanza alguna? Le agarró la camisa y tiró de ella para acercarlo un poco más.

—Llévame a tu habitación, Justice.

Después de todo, ¿qué importaba si le hacía el amor entonces o más tarde? Desde el momento en el que se cruzaron sus miradas había sabido que llegaría aquel instante.

Lo deseaba. Siempre lo había deseado y él la deseaba también. Se dio la vuelta y, sin soltarle de la camisa, tiró de él hacia los ascensores.

—Supongo que esto significa que nos vamos —preguntó él con voz seca.

—Sí, así es.

—Está bien, pero, para que lo sepas, los ascensores están en la dirección opuesta.

Daisy no aminoró el paso sino que, simplemente, cambió de dirección. Llegaron a los ascensores y entraron en uno. Guardaron silencio durante todo el trayecto. No obstante, Daisy sentía cómo la tensión se iba acrecentando entre ellos, provocando una tensión que, tarde o temprano, terminaría por explotar.

Las puertas se abrieron por fin. Justice señaló hacia la derecha.

—Doscientas cincuenta y uno.

Daisy esperó hasta que él abriera la puerta con la tarjeta.

—Dime una cosa, Justice. Ahora que me tienes aquí, ¿qué es lo que vas a hacer conmigo?

Él no respondió inmediatamente. En vez de eso, estudió el rostro de Daisy con intensidad. ¿Había tenido su rostro una expresión tan grave? Siempre había sido un muchacho muy callado en su adolescencia, estudioso y centrado. Sin embargo, también había tenido la capacidad de reír. ¿Dónde había ido esa capacidad? ¿Cómo podría Daisy volver a encontrarla de nuevo?

Justice debía de haber decidido lo que quería hacer con ella porque dio un paso más hacia ella. Le enganchó el dedo en el profundo escote de la blusa y tiró de ella para tomarla en brazos.

—Creo que voy a quitarte la ropa y a hacerte el amor —le informó él muy seriamente.

Entonces, la besó.

Capítulo Tres

Daisy le rodeó con los brazos el cuello a Justice y se aferró a él como si le fuera en ello la vida. El primer roce de sus labios fue una suave y tierna caricia. Se mantuvo así durante un breve momento, lo suficiente para que ella reaccionara. En el momento en el que ella se lanzó, el beso se hizo más fuerte y más insistente. Entonces, suspiró encantada. Se entregó a él sin dudas ni cautela.

Justice superó la frontera de los labios y dejó que la lengua se deslizara entre ellos hasta encontrar la de Daisy y estimularla de tal manera que el deseo de ella se acrecentó aún más.

El control de Justice era exquisito, pausado. Entonces, los dientes de él se cerraron sobre el labio inferior de Daisy y tiraron suavemente, lo que amenazó con volverla completamente loca.

–No te puedes imaginar el tiempo que llevo deseando hacer eso –le informó él.

Daisy tardó un largo instante en poder responder.

–No tengo ni idea, pero estoy dispuesta a apostarme contigo que tú me podrías decir hasta el minuto exacto.

–Incluso los segundos.

Justice le enmarcó el rostro entre las manos y prácticamente la aspiró. Su beso fue el más completo que ella hubiera recibido nunca.

–Dime lo que deseas y me pasaré el resto de la noche dándotelo.

Daisy pudo contener muy a duras penas un gemido como respuesta.

–Esperaba que me dijeras esto.

Justice volvió a sonreír.

–¿Quieres las luces apagadas o encendidas cuando te quite la ropa?

–Oh, sí.

–Tal vez las deje encendidas para verte completamente desnuda envuelta por el atardecer.

Eran las palabras más poéticas que él le había dicho desde que reanudaron su relación. Algo se despertó dentro de ella, calentándola por dentro y por fuera.

–En ese caso, es mejor que te des prisa porque está a punto de anochecer.

–No voy a darme prisa, y mucho menos en algo tan importante como esto.

Daisy sólo pudo mirarlo atentamente. Se sentía indefensa mientras el deseo la atravesaba por dentro.

–Oh, Justice. Tenía tanto miedo…

–¿Miedo? ¿De mí?

–En cierto modo sí –respondió ella encogiéndose de hombros. Entonces, escuchó el ruido que hacían los juguetes infantiles que llevaba en su bolsa al golpearse los unos contra los otros. Aquel sonido la tranquilizó como ninguna otra cosa hubiera podido hacerlo–. De cómo estarías cuando volviera a encontrarme contigo. De si habrías cambiado. Al principio, pensaba…

–¿Que había cambiado?

–¿Cómo lo supiste?

–Parecía la conclusión lógica.

–Es cierto. Pensaba que habías cambiado –dijo ella. Se quitó la pesada bolsa del hombro y la dejó descuidadamente sobre la moqueta. Afortunadamente, el contenido permaneció en su interior–. Y has cambiado. Es natural. Supongo, dado que el cambio es inevitable por el paso del tiempo.

–Una observación muy astuta.

Daisy se echó a reír.

–Sin embargo, sigues siendo el mismo. Bajo esa jerga científica que utilizas y lo distante que te muestras, sigues siendo el Justice que yo recordaba.

–Supongo que eso es bueno.

–Es…

Por alguna razón, los ojos se le llenaron de lágrimas, por lo que se apresuró a bajarlos rezando para que él no se hubiera dado cuenta. Parecía que Daisy era incapaz de contener su energía y le desabrochó uno de los botones de la camisa.

–Es fantástico –admitió ella con voz ronca.

–Veamos si no podemos conseguir que lo sea aún más…

Daisy tenía que admitir que una de las cualidades que siempre había admirado de Justice era su capacidad para centrarse con gran intensidad. No perdió más tiempo hablando, sino que aplicó toda su atención en desabrocharle los botones. Entonces, le deslizó la blusa por los hombros antes de desabrocharle el sujetador con un movimiento de dedos. Entonces, le cubrió los senos con las manos y deslizó los pulgares por los pezones. Daisy se sintió sorprendida por el poder y la fuerza que emanaban de aquellas manos. No eran las manos suaves de un hombre que trabaja en un despacho, sino las de uno que trabaja con las manos. Fuera cual fuera el trabajo de ingeniería y robótica que realizaba, implicaba el uso de aquellas manos, moldeando su fuerza y su textura. Ella gimió ante la deliciosa abrasión a la que la sometían y sintió que las rodillas amenazaban con doblársele.

–Justice, por favor…

–No me pidas que me dé prisa porque no puedo. No voy a hacerlo. Quiero disfrutar cada instante.

Justice apartó las manos de los pechos para deslizarlas por el tembloroso abdomen. El sonido de la cremallera de los pantalones que ella llevaba puestos resonó con dureza contra la respiración de ambos. Él le quitó todas las prendas y la dejó completamente desnuda ante él.

Era el turno de Daisy. No tenía la paciencia de Justice. Tiró y arrancó para quitarle pantalones, camisa, zapatos y calcetines. Mientras que la oscuridad los embargaba, ella permitió que las manos fueran sus ojos mientras se familiarizaba de nuevo con cada centímetro del cuerpo de él.

Había cambiado tanto… No sólo era más alto,

sino también más corpulento. Tenía unos músculos deliciosamente formados y tonificados.

Entonces, notó un abultamiento que era una larga línea que rasgaba la suave piel.

—Oh, Justice. Veo que no estabas bromeando sobre las cicatrices, ¿verdad?

Él se tensó.

—Debería estar lo suficientemente oscuro para que no vieras nada.

—Y lo está, pero puedo tocarla.

—¿Te resulta ofensiva? ¿Preferirías dar por terminado nuestro acto sexual?

—¿Terminar con...? —repitió Daisy ahogando una risa—. Sinceramente, Justice. Eres tan divertido. Siempre sé cuándo estás disgustado. Empiezas a hablar como un empollón.

—No estoy disgustado.

—¿Entonces?

—Estoy… emocionalmente comprometido.

—Lo sorprendente sería que no lo estuvieras —afirmó ella. Justice no respondió. Se limitó a permanecer inmóvil. ¿Acaso creía que ella se marcharía por unas cuantas cicatrices? Si pensaba eso era que ya no la conocía muy bien, pero no tardaría en volver a hacerlo—. Deja que te demuestre lo ofensivas que me resultan tus cicatrices.

Muy delicadamente, apretó los labios contra la primera, recorriéndola de principio a fin. Localizó la siguiente y la besó del mismo modo. Hizo lo mismo con todas las que fue encontrando, creando así un mapa de caricias por el cuerpo de Justice.

–Ya no hay más –susurró él.

Entonces, la tomó en brazos y la llevó al dormitorio. Una tenue luz iluminaba el sendero a través de la oscuridad, apartando las sombras y creando un halo dorado en la cama. Se tumbó al lado de ella y la cálida luz recorrió los duros músculos y se hundió en su rostro. El dolor se reflejaba allí, un dolor que ella hubiera dado cualquier cosa por poder aliviar. Tal vez podría hacerlo.

Daisy extendió las manos hacia él y lo estrechó entre sus brazos. Entonces, ajustó las curvas de su cuerpo para acomodarlas al de Justice. No había duda de que él se había convertido en la pantera que durante mucho tiempo a ella le había recordado. Elegante y ágil, con un ápice de dureza y de peligrosa masculinidad. La piel se deslizaba bajo sus manos. Su fibroso cuerpo le resultaba profundamente atractivo a la artista que ella llevaba dentro de sí como el delicado tono dorado de su piel. Podría perderse en él. Entonces, ¿por qué resistirse?

En aquella ocasión, cuando ella volvió a recorrer las cicatrices, lo hizo con la luz. Deseó que sus besos tuvieran el poder de sanar, que pudiera arreglar y reconfortar todo lo que había dañado no sólo su cuerpo, sino también su corazón y su alma. Acarició cada una de ellas mientras Justice permanecía con el rostro rígido y los ojos profundamente cerrados.

Instantes después, él se incorporó con un rápido movimiento y la inmovilizó contra el colchón colocándole las manos a ambos lados de la cabeza. Se colocó encima de ella y la contempló.

41

–Ahora me toca a mí –dijo él.

Sin darle oportunidad de que respondiera, la besó apasionadamente. Un profundo placer se adueñó de ella y la empujó a abrazarlo de nuevo, tirando de él para que la envolviera en su interminable masculinidad. Justice deslizó las manos entre ambos y le acarició los senos, explorando cada centímetro de ellos, moldeándolos con sus callosas manos antes de bajar la cabeza y atrapar un duro pezón entre los dientes. Ella suspiró de placer.

–Justice –dijo, casi gritando su nombre–, vuelve a hacer eso…

La última vez que había estado entre los brazos de Justice, la última vez que él la había poseído, todo había sido suave y tierno. Experimental. Habían sido prácticamente unos niños, llenos de una insaciable curiosidad y ansia de lo físico, pero cautos al mismo tiempo en su exploración.

En la presente ocasión, su conocimiento era más profundo y su deseo más coordinado. Distaban mucho de ser niños. Sin embargo, en los años que habían separado ambos encuentros, una cosa no había cambiado. La magia seguía existiendo.

La mano de Justice se separó de los pechos y siguió bajando hasta que encontró la calidez de la entrepierna de Daisy. Se hundió en ella, sin dejar de acariciarla, separándole las piernas hasta que ella estuvo completamente extendida debajo de él, expuesta por completo a su mirada. Los músculos del vientre y de los muslos se contraían de placer, sensación que se intensificaba con cada lento movimiento de los dedos de él. Justice se tomó su tiempo, volviéndola loca de placer.

—Por favor, Justice. No puedo soportarlo más.

—Pues espero que sí, dado que tengo mucho que darte. Deja que te lo dé todo, Daisy…

Ella escuchó cómo se abría uno de los cajones de la mesilla de noche y oyó cómo se rasgaba un envoltorio. Con un rápido movimiento, Justice se colocó un preservativo.

El cuerpo de ella se tensó con un deseo intenso. Justice se colocó encima y, tras colocarle las manos en el trasero, la levantó ligeramente. Entonces, se hundió en ella con un lento movimiento, llenándola por completo. Daisy lo estrechó con brazos y piernas y levantó las caderas para que el contacto fuera más completo. Quería que aquella sensaciones duraran para siempre, ansiaba poder aferrarse a aquel instante y gozar siempre con él. Jamás había experimentado algo como aquello y tan sólo con él. No lo comprendía ni necesitaba entenderlo. Simplemente lo aceptaba y gozaba con ello.

De repente no pudo pensar. Se limitó a moverse con él, fragmentándose en miles de trozos cuando las sensaciones explotaron dentro de ella. Con cada movimiento, Justice la empujaba un poco más hacia el éxtasis, cada vez más alto y más lejos de lo que nunca había conseguido llegar antes.

Fue un instante trascendente que sólo había experimentado en una ocasión y tan sólo con un hombre. Con aquel hombre. Con aquellos brazos. Era la misma unión, aunque separada por varios años. ¿Lo sentía él? ¿Sentía la conexión que habían vuelto a forjar? ¿Comprendía él lo que comprendía ella? Daisy había pensado que pasando aquella noche juntos, podría desprenderse por fin de los recuerdos del pasado. Sin embargo, había descubierto algo muy diferente.

A pesar de todo lo que tenían en contra, se habían convertido en uno y ya no había vuelta atrás. A partir de aquel omento, Daisy le pertenecía igual que ella le pertenecía a él. Para siempre.

Por fin llegó la noche. Justice pidió comida que ni siquiera probaron. Empezaron frases que quedaron sin terminar. Prepararon un baño que se quedó frío, olvidado. Se limitaron a estar abrazados, gozando insaciablemente de sus cuerpos. Durmieron en algún momento. La noche se convirtió en día.

Justice se despertó con una sonrisa en los labios y la completa seguridad de que su vida había dado un giro y que ya no había vuelta atrás.

Miró a Daisy, que seguía profundamente dormida, acurrucada contra él como si los dos compartieran la misma piel. Ella tenía apoyada la cabeza contra su hombro. El rubio cabello se le extendía como un remolino de seda por el pecho, sobre el que también tenía una mano.

¿Qué iba a ocurrir a continuación? ¿Cómo iba a convencerla de que se convirtiera en su ayudante/esposa? Porque ya no tenía intención alguna de dejarla marchar.

Con mucho cuidado, se levantó y se apoyó sobre un codo. Entonces, trazó la aterciopelada piel desde el hombro al pecho, de la cintura a la cadera pasando por la respingona curva del trasero. Entonces lo vio, descansando sobre la parte trasera de la cadera izquierda. Un tatuaje que parecía mirarlo. Un par de ojos dorados observándolo desde detrás de unas hojas verdes.

El recuerdo le explotó en la cabeza, tan doloroso como si hubiera ocurrido tan sólo instantes atrás. Su casa de acogida. Lo que debería haber sido su último hogar. Por primera vez desde que se quedó huérfano, aquella había sido una casa de verdad, no las incontables residencias en las que él había sido tan sólo uno más. El no deseado. El olvidado. El rechazado.

Aquella era una casa de verdad, con padres cariñosos. Tenía su propio dormitorio… y a Daisy. Aquel nombre le abrasaba el pensamiento como si se tratara de lenguas de fuego y se abría paso entre las brumas del pasado. De repente, lo recordó todo. La residencia Marcellus había sido un lugar transitorio en el verano entre su último año en el instituto y el primer semestre en Harvard. Él no era el único muchacho de acogida, pero los Marcellus habían conseguido de alguna manera equilibrar los intereses familiares con el trabajo y las necesidades de los muchachos que acogían. Había sido perfecto si no hubiera sido por…

Daisy.

En el momento en el que entró en su nueva casa y la vio, se sintió inmediatamente atraído por ella.

45

No debería haber sido así, teniendo en cuenta que, por aquel entonces, ella llevaba cabello negro y de punta al estilo gótico, se pintaba los ojos de negro y las uñas de manos y pies de morado. Había estado tan acostumbrado a que la gente lo juzgara sin conocerlo que trataba de no cometer el mismo error. Sólo le hizo falta una mirada para comprender la dulzura que había bajo toda aquella locura.

Sin embargo, ella le había mentido de principio a fin.

Justice se levantó de la cama con un rápido y fluido movimiento y cruzó la habitación. Abrió el armario y sacó el primer par de pantalones que encontró. Se los puso y trató de recuperar el control. Maldita sea. No podía. Siempre le pasaba lo mismo con ella. Daisy poseía la extraña habilidad de apretarle los botones adecuados para estropear sus planes y ponerlo todo patas arriba.

–¿Justice? –susurró ella desde la cama, con voz dulce y satisfecha.

Él respiró profundamente y consiguió contenerse por fin. Se volvió a mirarla.

–Buenos días.

Ella parpadeó para despejarse.

–¿Qué ocurre?

–Nada. Me gustaría que te marcharas ahora mismo.

Daisy se sentó en la cama. La sábana se le deslizó por el cuerpo, dejando al descubierto los deliciosos senos que él había encontrado tan insoportablemente dulces a lo largo de la noche.

No tenía sentido. Ella era mala. Una víbora dispuesta a atacar. Sin embargo, no le parecía que pudiera contemplar nunca una imagen más hermosa. ¿Cómo era posible?

Ella parpadeó.

–¿Acabas de pedirme que me vaya?

–Sí.

–¿Qué es lo que ocurre? –preguntó ella mientras se levantaba de la cama. Verla a la luz del sol, contemplar cada centímetro de su pies, cautivaba a Justice.

–Ya recuerdo quién eres.

–¿Sí? –replicó ella sonriendo–. Es genial. ¿Cómo lo has conseguido?

–Por el tatuaje.

–¿Sólo por el tatuaje? Me sorprende que el tuyo no lo haya conseguido antes.

–Yo no tengo ningún tatuaje.

–Claro que sí. La garra de una pantera para complementar mis ojos de gata. Lo tienes en la cadera…

Se interrumpió inmediatamente. Entonces, se mordió el labio entre los dientes. Recordó que aquel tatuaje había sido reemplazado por otra cosa.

–Ay, Justice. Allí ahora tienes una cicatriz. Lo siento mucho.

–Basta ya, Daisy. No sólo recuerdo perfectamente quién eres sino también lo que hiciste.

–¿Y qué fue lo que hice?

Justice frunció el ceño y la miró con desaprobación.

47

–Aquel verano me mentiste sobre tu edad. Me dijiste que tenías diecisiete años. Me dijiste que ibas a empezar el último año del instituto y yo el primero de universidad. Que sólo estabas un año detrás de mí. En vez de eso, eras una niña de quince años.

–Casi tenía dieciséis. Te mentí porque sabía que no me besarías si te decía la verdad.

–¿Besarte? –le espetó él. Se acercó a ella y le agarró los hombros, levantándola hasta que la puso de puntillas–. Te hice el amor. Eras virgen. Eras... intocable y yo te toqué. La única casa de verdad que yo había tenido desde que mis padres murieron y tú me lo estropeaste todo. Me lo quitaste. Perdí mi beca por tu culpa porque ya no era una «buena persona». Por tu culpa, no me aceptaron en Harvard.

–¿Cómo dices? –replicó ella escandalizada–. Oh, Justice. Lo siento mucho. Me dijeron que te habías marchado a la universidad antes de la cuenta. Yo no supe que...

Justice la soltó y dio un paso atrás.

–Vístete.

Aquella única palabra hizo que Daisy se sonrojara. Sin decir ni una palabra, recogió todas sus prendas y se vistió. Justice se dio la vuelta incapaz de observarla sin... volver a desearla.

–Justice...

No se había dado cuenta de que ella se había acercado hasta que Daisy le tocó en el brazo. Se dio la vuelta. Deseaba que ella comprendiera el precio tan alto que había tenido que pagar por ella. El por qué jamás perdonaría sus mentiras.

–El último hogar de acogida... ese lugar en el que me pusieron los últimos meses, fue el peor de todos. Sabían lo que había hecho y me trataron...

Se interrumpió y sacudió la cabeza para tratar de controlar sus sentimientos antes de poder seguir hablando.

–Cuando cumplí los dieciocho, me echaron a patadas a la calle. No tenía ningún lugar al que ir ni nadie que me ayudara. Ni trabajo ni dinero ni posibilidad alguna de conseguir alguna de las dos cosas.

–No lo sabía –susurró ella, con dolor e incredulidad–. Te juro que no lo sabía.

Entonces, comenzó a llorar. Los ojos se le enrojecieron y se le llenaron de lágrimas. Justice trató de no prestar atención alguna a aquellas lágrimas.

–¿Eres al menos ingeniera? –le preguntó.

–No. Por supuesto que no.

–¿Cómo que por supuesto que no? Estabas en una conferencia sobre ingeniería. Sólo se permitía el acceso a la misma de personas relacionadas con la ingeniería. No había invitados ni medios de comunicación. Ni... bueno, lo que seas tú.

–Escribo e ilustro libros para niños.

Aquella afirmación fue tan inesperada que Justice tardó un segundo más de lo esperado en reaccionar.

–Entonces, ¿qué diablos estabas haciendo en mi discurso?

–Vi tu nombre y tu fotografía en una de los tablones del hotel y te reconocí. Me colé siguiendo un impulso.

—Me dijiste que eras ingeniera.

—De eso nada. De hecho, te dije que no lo era.

—Eso no es cierto.

—Te lo dije cuando nos tomamos el té. O mejor, cuando no nos lo tomamos. Me preguntaste si nos habíamos conocido en una conferencia sobre ingeniería y yo te dije que no era ingeniera. Bueno, para ser sincera… —añadió, sonrojándose.

—Sí, por favor. Estaría bien viniendo de ti.

—Yo jamás te he mentido —le espetó ella muy enfadada—. Te dije que nos habíamos conocido antes. Jamás afirmé ser ingeniera. De hecho, había empezado a explicarte lo que hacía para ganarme la vida cuando llegó la camarera.

—Tal vez deberías haberme dicho desde el principio que tú eras la mujer que me estropeó la oportunidad de ser alumno de Harvard. Eso habría sido lo mejor.

—Lo siento. No tenía ni idea —dijo ella. Aquella disculpa parecía sincera.

—Podrían haber presentado cargos contra mí. Tus padres amenazaron con hacerlo.

—Si hubieran presentado cargos, yo les habría contado a las autoridades la verdad. Que te había mentido sobre mi edad y que lo que había ocurrido entre nosotros había sido consentido. Completamente consentido. Te lo juro, Justice… Yo no sabía que ellos se enterarían. Jamás me lo dijeron. Simplemente me desperté un día y ya no estabas.

—¿Y crees que así se habría solucionado todo? Maldita sea, Daisy. Te llevé a un salón de tatuajes.

Madre mía. Te dejé que fueras conduciendo hasta el salón de tatuajes.

Daisy se enrojeció.

—Yo era... algo precoz por aquel entonces.

—¿Precoz? Eras un montón de hormonas andantes y parlantes que sólo querían meterse en tantos líos como fuera posible, y que, de paso, me metió a mí en más líos de los que yo pudiera desear.

—Tienes razón, pero fue muy divertido mientras duró, ¿verdad?

—Fuera —rugió Justice. No podía aguantar más sin perder completamente el control—. Quiero que te marches. Ahora mismo.

—Por el amor de Dios, Justice. Lo siento mucho. Yo jamás me di cuenta de que habías pagado un precio tan algo por algo tan maravilloso.

—Para mí no lo fue.

—No... supongo que no. Igual que anoche tampoco lo fue.

—Fue sexo.

Ella cerró los ojos. Justice comprendió que le había hecho daño. Daño de verdad. Daisy se humedeció los labios y asintió brevemente.

—Por supuesto. Bueno, pues gracias por un sexo maravilloso, Justice.

Sin decir una palabra más, Daisy se dio la vuelta y se marchó del dormitorio.. Oyó que ella rebuscaba en su bolsa algo. Entonces, silencio. ¿Qué diablos estaba haciendo? Justice sabía perfectamente bien que ella no se había marchado de la suite. Aún sentía su presencia. Este hecho bastaba para volverlo loco. Por fin, por fin, por fin… La puerta de la suite se abrió y se volvió a cerrar.

Justice soltó el aliento que había estado conteniendo. Ya se había marchado. Aquella vez, para siempre. Se dirigió al salón y tomó el teléfono, con la intención de alertar a recepción de que pensaba marcharse antes de lo esperado. Entonces, vio un libro que no había estado allí antes. Un libro infantil. Lo tomó y lo observó.

La cubierta estaba llena de color, rebosante de plantas y flores. Entonces, Justice vio los intensos ojos dorados que se asomaban entre el follaje de la selva. Su aspecto era casi idéntico al tatuaje que ella llevaba.

Aquellos ojos resultaban extrañamente familiares. Tal vez porque Justice los veía todos los días en el espejo.

Tocó la portada y descubrió el trozo de una pantera negra que ella había ocultado en la escena. Incapaz de contenerse, abrió el libro. Ella lo había firmado con su nombre de pila y el breve boceto de una flor. Una margarita. «Para Justice. Me equivoqué. Tú no eres Cat».

Las palabras no tenían ningún sentido para él. Sólo las entendió cuando empezó a hojear el libro y descubrió que Daisy había llamado Cat a la pantera. Junto al enorme felino iba siempre un gatito doméstico que se llamaba Kit. El gatito tenía unos enormes ojos verdes y rayas amarillas, idéntico en nombre y en aspecto al gatito que él le había regalado a Daisy el día en el que hicieron el amor. Había elegido aquella pequeña criatura porque le recordaba a ella. Incluso le había puesto un enorme lazo verde alrededor del cuello.

Incapaz de resistirse, volvió al principio del libro y empezó a leer más cuidadosamente. Muy pronto, comprendió que aquel era el primero de una serie de libros sobre las aventuras de Kit y Cat. Contaba la historia del gatito perdido en la selva y que se encuentra con una pantera. Los dos se hacen muy amigos. Kit no causa más que problemas. Justice sonrió al encontrar las similitudes con la clase de cosas que Daisy solía hacer. Sin embargo, Cat siempre estaba a su lado para rescatarlo y para protegerlo de los peligros de la selva, aunque eso significara elegir entre el gatito y su manada.

Cerró el libro y miró su Rumi. De algún modo, en algún momento de su discusión con Daisy, lo había tomado y lo había transformado. Allí estaba, en el escritorio, brillando a la luz del sol. Los símbolos matemáticos fluían simétricamente por los pétalos de la flor que él había creado.

Una margarita, que es lo que Daisy significa en inglés.

Apretó los puños y dio un paso atrás rechazando la flor y el libro. Él no era Cat ni Daisy Kit. Además, ella había cometido un error en su libros. ¿Acaso no se había dado cuenta? ¿No había investigado los datos para su libro? Las panteras no vivían en manadas. Las panteras eran animales solitarios.

Capítulo Cuatro

Diecinueve meses, quince días, cinco horas, diecinueve minutos y cuarenta y tres segundos más tarde…

Daisy trató de colocarse el minúsculo auricular que jamás parecía encajarle adecuadamente en la oreja.

–¿Estás segura de que sabes dónde tenemos que ir, Jett? –le preguntó a la niña que había accedido a acoger casi un año antes.

–Segurísima.

Con inseguridad, Daisy abandonó la carretera y se detuvo en el estrecho arcén. Soplaba un fuerte viento del mes de noviembre, lo que provocaba que el pequeño coche de alquiler se meneara peligrosamente.

Tomó el mapa que llevaba en el asiento del copiloto y lo extendió en el volante. La memoria no le había fallado. El desvío que Jett había descrito no existía en ninguna parte.

–Escucha, Jett –dijo Daisy–. Estoy perdida en medio de Colorado. Este lugar no está en el mapa y tu estúpido GPS me pide que dé la vuelta en cuanto pueda y me marche. Y eso es precisamente lo que me siento más inclinada a hacer.

–Dora es una idiota –anunció Jett alegremente.

–Creo que eso ya te lo dije yo cuando tú insististe en que la aceptara.

–Es aún muy joven. Dale tiempo para madurar.

Daisy ahogó una carcajada.

–¿Que es muy joven? Eso sí que es bueno viniendo de ti.

–Yo tengo dieciséis años y ocho meses. O más bien los tendré mañana. Dora tiene once meses y tres días. La misma edad que Noelle.

Daisy se sorprendió ante la precisión de Jett. Aunque no había relación biológica, aquel comentario habría sido muy propio de Justice. ¿Cuándo iba a superarlo? ¿Cuándo dejaría de pensar en él? Nunca.

Por muy imposible que pudiera parecer, se había enamorado de Justice cuando no era más que una niña y se había sentido destrozada cuando él se marchó sin decirle ni una sola palabra. Sin ni siquiera despedirse de ella. Daisy había sufrido durante años. Lo había buscado durante años con la esperanza constante de que algún día él regresaría a su lado. Tan fuerte era la esperanza, que se había negado a tener ninguna otra relación con nadie en su primer año de universidad. Después, se había desilusionado al sentir que ninguna relación podía compararse a lo que había experimentado con Justice.

Entonces, milagrosamente, había vuelto a encontrarlo. A pesar del hecho de que sólo habían compartido una única noche juntos, la segunda vez que se habían separado había sido mucho peor, tal vez porque su relación había sido por fin la de dos adultos. O, por lo menos, eso era lo que ella había pensado. Durante aquellas breves horas, se había abierto completamente a él, igual que lo había hecho siendo una adolescente. Se había permitido creer que él había conectado con ella tan profunda y tan completamente como había ocurrido en su caso.

Si no hubiera sido por su hija, no hubiera podido superar aquellos últimos meses. Y en aquellos momentos, cuando resultaba evidente que la pequeña Noelle compartía la brillantez de su padre, Daisy había decidido encontrar a Justice aunque él se ocultara en los últimos confines de la tierra. Incluso Jett le recordaba a él.

Apretó la mandíbula pensando en el enfrentamiento que iba a tener con Justice. De algún modo, tenía que endurecerse, cerrarse a sus sentimientos como había hecho él. No podía cometer el error de hacerse ilusiones por tercera vez. No creía que pudiera sobrevivirlo.

–Está bien, Jett. Vamos a terminar con esto –anunció Daisy–. ¿Dónde estoy ahora y cómo tengo que hacer para llegar a Justice? Porque, por lo que yo puedo ver, no hay nada en un billón de kilómetros a la redonda.

–Pues eso sí que es imposible, teniendo en cuenta que la circunferencia de la Tierra es de sólo 40.000 kilómetros aproximadamente.

–Ya sabes lo que quiero decir.

En principio, Jett había estado en acogida en casa de los padres de Daisy. Y aún lo estaría si los

Marcellus no se hubieran retirado del programa debido a un repentino ataque al corazón del padre de Daisy. Cuando esto ocurrió, Jett le suplicó a Daisy que diera los pasos necesarios para acogerla, pues las dos se llevaban muy bien. Afortunadamente, los libros de cuentos de Daisy habían sido un gran éxito y le proporcionaban derechos de autor. Este hecho le permitía vivir la vida como ella más lo creyera conveniente y eso incluía acoger a una adolescente. Eso había ocurrido diez meses antes y ambas habían descubierto que la nueva situación funcionaba perfectamente para ambas.

–Escucha y obedece –le ordenó Jett–. Conduce exactamente cinco kilómetros y cuatrocientos metros al sur desde el lugar en el que estás ahora. Allí, encontrarás una carretera de grava a la izquierda. Tómala. Sigue conduciendo otros dieciséis kilómetros y cuatrocientos metros. Si sigues sin ver nada, llámame.

–Una cosa más. ¿Cómo sabes dónde estoy?

–Me lo ha dicho Dora.

Daisy suspiró.

–Chivata.

–Noelle y yo estamos siguiendo la señal de tu GPS, ¿verdad, pelirroja?

Daisy escuchó el alegre gorjeo de la voz de su hija a través de las ondas. De repente, la echó de menos más de lo que creía posible. Era la primera vez que se separaba de Noelle.

Arrancó el coche, metió la primera y volvió a salir a la carretera.

—Te llamaré en cuanto llegue.

—Estaremos esperando.

Jett estaba muy emocionada. Desde que descubrió que Daisy conocía al gran Justice St. John y, más aún, que era el padre de Noelle, Jett había trabajado sin descanso hasta descubrir dónde estaba la guarida de Justice. Al menos, así era como Daisy lo consideraba, teniendo en cuenta que mantenía su domicilio tan bien escondido. Ella jamás lo había conseguido, y eso que lo había intentado.

En el momento en el que descubrió que estaba embarazada, se había pasado un año tratando de averiguar dónde estaba sin éxito alguno. Había enviado cartas a todas las empresas de ingeniería que se le ocurrió sin resultados. A Jett le costó exactamente un mes. En realidad, veintinueve días, once horas, catorce minutos y un puñado de segundos.

El trayecto de dieciséis kilómetros y lo que fuera llevó a Daisy casi una hora. El sendero era pésimo. Seguramente, se trataba de un intento deliberado por parte de Justice para evitar que los visitantes pudieran llegar con facilidad a él. Por fin, cuando coronó una pequeña subida, divisó un enorme complejo que se extendía a sus pies. Se fundía bellamente con la pradera que lo rodeaba de tal manera que casi parecía un espejismo.

Inmediatamente, llamó a Jett.

—Ya he llegado.

—¿De verdad que lo he encontrado? ¡Genial!

—Te llamaré después de mi reunión.

—Quiero que me lo cuentes todo.

Daisy se quitó el auricular y lo apagó. Metió la primera al coche y bajó lentamente por la ladera de la colina hasta lo que parecía ser un rancho, con su granero, sus pastos e incluso un molino. A pesar de todo aquello, sobre el rancho pesaba una gran sensación de vacío, como si el tiempo se hubiera detenido. Paró el coche frente a la enorme casa, apagó el motor y permaneció unos instantes sentada, tratando de encontrar tranquilidad.

¿Qué le iba a decir a Justice? ¿Cómo iba a reaccionar él? ¿Le importaría el hecho de que hubiera tenido una hija suya? ¿Reconocería a su hija?

Había llegado el momento.

Observó el amplio porche y se mordió el labio. Entonces, abrió la puerta del coche, salió y la cerró de un portazo. A continuación, subió los escalones que llevaban a la puerta principal. Había algo extraño en todo aquello. Tardó un instante en darse cuenta de qué se trataba.

No había ventanas ni en la puerta ni alrededor de ésta. Ni manilla. Ni timbre o llamador.

Maldita sea.

Apretó los puños y empezó a golpear la pesada puerta de roble.

—¿Justice? ¿Justice St. John? Quiero hablar contigo.

Nada.

Le dio a la puerta una patada.

—No me voy a marchar, Justice. Hasta que hablemos, no pienso hacerlo.

Nada.

Tal vez, simplemente, no estaban en casa.

Paseó por delante de la puerta preguntándose qué era lo que debía hacer. Entonces, notó otra cosa extraña sobre aquella puerta. Algo brillaba en el marco. Se detuvo y lo observó atentamente. ¡Dios Santo! Se trataba de una cámara. Alguien la estaba observando y estaba dispuesta a apostarse cualquier cosa a que sabía quién era.

Se dirigió directamente hacia la cámara y levantó la cabeza para poder mirar al pequeño círculo de cristal.

—¿Justice? O abres esta puerta o voy a sacar el teléfono y voy a llamar a todos los medios de comunicación que se me ocurran para decirles dónde vives. Entonces, voy a meterme en Internet y voy a publicar la localización de tu casa en todos los sitios web de tíos raros como tú que pueda encontrar.

Un instante más tarde, la puerta emitió un clic y cedió un poco. Daisy la empujó y vio que se abría sin el más mínimo esfuerzo. Dio un paso al frente y entró en un ambiente en penumbra que le impedía ver nada. La puerta se cerró a sus espaldas con un estruendo de pestillos y cerrojos. Estaba encerrada ahí dentro.

—Si con eso has querido asustarme, no lo has conseguido. Tal vez me hayas intimidado un poco, pero no me has asustado.

Miró a su alrededor y, a duras penas, consiguió distinguir algo. El frío aire olía a polvo y a cerrado, como si aquella zona se utilizara en pocas ocasiones. Justice ciertamente no había gastado ninguno de sus millones en calentar aquella zona de su casa. Daisy tembló con su fino abrigo. Echaba de menos la calidez y la luz del sol de Florida.

Dio un paso al frente y miró a su alrededor. No había mesas, ni perchas, ni espejos ni cuadros. Sólo… vacío. Y polvo. Trató de encontrar el interruptor de la luz, pero sin éxito. Intuía otras habitaciones a su alrededor, que sí que tenían ventanas a pesar de que estuvieran cerradas a cal y canto con las contraventanas. ¿Por qué vivía Justice en aquella casa tan magnífica si la tenía completamente cerrada y vacía?

Antes de que pudiera sacar el valor suficiente para explorar, oyó el repiqueteo de los tacones de unas botas sobre la madera del suelo. Los pasos se dirigían en la dirección de Daisy, aunque no parecían tener prisa alguna por llegar a su lado. Aquel paso firme y deliberado añadía enteros al factor de la intimidación, como si el hecho de que él llegara a su lado fuera una certeza de la que no podía escapar.

Ya no había vuelta atrás.

Un instante más tarde, su figura apareció en el umbral de la puerta que quedaba a la derecha de Daisy. A pesar de que ella no lo podía ver con claridad, estaba segura de que se trataba de Justice. Cerró los ojos y trató de controlar el impulso que la empujaba a arrojarse a sus brazos.

–¿Cómo me has encontrado, Daisy? –le preguntó la fría y dura voz de Justice, cortando la oscuridad y confirmando así su identidad.

Daisy suspiró. ¡Qué propio de Justice no respetar las reglas sociales!

–Hola, Justice. Estoy bien, gracias. Sí. Ha sido un viaje muy largo. ¡Vaya, gracias! Me encantaría algo de beber.

–Amenazaste con exponerme a los medios de comunicación –dijo él tras una pequeña pausa.

–No me dejabas entrar. Era el único modo de conseguirlo. Esto es ridículo –respondió mientras se acercaba a él–. Vamos, Justice. Tráenos algo de beber y sentémonos a hablar. Tengo que decirte algo muy importante.

Cuanto más se acercaba a él, mejor podía verlo. Él había cambiado mucho en los meses que llevaban separados. Una gélida actitud emanaba de él. Era un hombre más duro y reservado que antes. ¿Qué había ocurrido para provocar aquel cambio? No era posible que se hubiera convertido en aquel hombre frío y distante como consecuencia de su encuentro. Para que así fuera, la noche que pasaron juntos tendría que haber significado algo para él y, aunque a Daisy le rompía el corazón admitirlo, hacía mucho que había llegado a la conclusión de que aquellas gloriosas horas no habían dejado huella alguna en él. Si no, al menos había respondido a las cartas que le había enviado.

–¿Te gustaría tomar algo antes de que te marches?

Daisy suspiró. Aquel encuentro iba a ser mucho más duro de lo que había anticipado.

–Sí, gracias.

Justice la condujo a una impresionante cocina que parecía sacada de una película de ciencia ficción y en la que parecían faltar los electrodomésticos.

–Luces –dijo él. Inmediatamente, las luces se encendieron.

–¿Es así cómo se encienden las luces en esta casa?

–Sí, si tu voz está codificada para que el ordenador te autorice a hacerlo. La tuya no lo está. ¿Agua, té, refresco o algo más fuerte?

–Agua –respondió tratando de controlar los nervios–. No lo habría dicho, ¿sabes? Me refiero al lugar en el que vives.

Justice marcó un código en un panel que había en la pared. Con un suave susurro, dos botellas salieron de una puerta que se abrió en la pared. Él le entregó una a Daisy y tomó la otra. La abrió y le dio un largo trago.

–Lo sé.

–¿De verdad? –dijo ella. Aquel comentario la ayudó a relajarse un poco. Sonrió–. ¿Cómo lo sabes?

–Porque Pretorius ha bloqueado tu teléfono móvil y lo seguirá haciendo hasta que yo le ordene que deje de hacerlo.

–¿Y cuándo se lo vas a ordenar? –replicó ella. La sonrisa se le había helado en los labios.

–En cuanto mi tío y yo cambiemos de domicilio. Hasta entonces, permanecerás aquí en calidad de invitada.

–¿Cómo has dicho?

–Ya me has oído.

–Pero... pero no puedes hacer eso.

–Ya lo verás.

Daisy comprendió que hablaba en serio. El pánico se habría apoderado de ella si no hubiera visto algo que le hubiera dado esperanzas. En aquellos ojos dorados, captó la chispa del deseo.

Ella decidió ponerlo a prueba.

–¿Y qué se supone que tengo que hacer mientras me tienes aquí? –le preguntó. En ese momento, la mirada cambió y se hizo más dura e inescrutable–. No puedes hablar en serio.

–Tú elegiste venir aquí. Al hacerlo, asumiste unos riesgos y las consecuencias de tus actos.

Daisy se acercó a él hasta que sólo hubo unos pocos centímetros de distancia entre ambos.

–¿Y hacer el amor es el riesgo y la consecuencia que he asumido presentándome en tu casa? Venga ya. Según tú, nosotros nunca hemos hecho el amor. Me parece recordar que me dijiste que era solo sexo.

Justice esbozó una fría sonrisa.

–Según tú, sexo maravilloso.

Daisy estalló.

–¿Cómo te atreves a decirme esto después de todo este tiempo? ¿Cómo te atreves a decirme que me vas a tener aquí en contra de mi voluntad? Sólo porque no has tenido relaciones sexuales desde hace mucho tiempo y yo aparezco en tu puerta, no te creerás que puedes echarme en tu cama y aprovecharte de mí.

–Sí.

–¿Sí? ¿Es eso lo único que tienes que decir? ¿Sí? ¿Has perdido la cabeza?

–¡Una vez más, sí! Perdí la cabeza hace diecinueve meses, quince días, seis horas, veintiocho minutos y doce segundos. Y quiero recuperarla, que es precisamente lo que tú vas a hacer. El hecho de tenerte aquí en mi cama me ayudará a recuperar la cordura. Es una solución perfectamente lógica a un problema completamente ilógico.

Daisy no recordaba que Justice hubiera estado tan a punto de perder el control. Siempre se había comportado como una persona muy contenida. Aquella vez no. Daisy sabía que si seguía presionándolo, él terminaría por estallar. Decidió que era mejor permitirle que se calmara.

–Tienes mucha cara dura, Justice –dijo en voz muy baja.

–Tienes razón. Y eso no cambia el hecho de que tú harás lo que yo te diga.

–¿Cualquier cosa?

–Cualquier cosa. Todo…

–Yo creía que no me deseabas.

Para alivio de Daisy, Justice no lo negó.

–Aparentemente estaba equivocado. Supongo que lo estábamos los dos.

–¿Acaso me estás proponiendo una aventura? Yo me quedo aquí durante el tiempo que tú tardes en encontrar otro lugar en el que esconderte…

–Yo no me estoy escondiendo.

–Venga ya –comentó ella con una carcajada.

–Te equivocas. Estoy protegiendo mi intimidad. Si el público en general supiera dónde vivo…

–Estoy segura de que no le importaría lo más mínimo. Tal vez a los medios de comunicación, sí, pero sospecho que los únicos sobre los que te tienes que preocupar es sobre otros aspirantes a científicos locos. Por lo tanto, ¿cuál es la verdadera razón?

Justice dio un largo trago de agua y la miró. Entonces, cambió de tema.

—¿Cómo me has encontrado?

—Me han ayudado. Esa es otra razón por la que no me puedes mantener aquí contra mi voluntad. Jett terminará preocupándose y llamará a la policía.

—¿Jett? —repitió él. Los ojos le ardieron de furia antes de recuperar el control—. ¿Novio? ¿Esposo? ¿Amante?

Daisy decidió jugar el mismo juego de Justice. Se cruzó de brazos y lo contempló con gesto desafiante.

—¿Cómo nos encontró ese tal Jett, Pretorius? —preguntó Justice sin dejar de mirarla.

Para sorpresa de Daisy, una voz respondió:

—Estoy trabajando en ello.

—Pues date prisa. Quiero que lo encuentres y le aísles.

—¿Acaso crees que no lo sé? Pues lo sé, pero ese Jett es bueno. Muy bueno.

—Pensaba que tú eras el mejor.

—Vete al infierno, Justice.

Para alivio de Daisy, aquella respuesta demostraba que la voz de Pretorius pertenecía a un ser humano. Entonces recordó que Justice le había dicho que Pretorius era su tío.

—Creo que he descubierto cómo nos ha encontrado. Estoy negándole el acceso. Ya está.

–¿Ya está? –preguntó Daisy–. ¿Somos ya invisibles a Jett? Supongo que comprenderéis que he llegado aquí con un GPS.

–No tardaremos mucho en marcharnos de aquí.

–Eso me resulta difícil creerlo, a no ser que ya tengas otro sitio preparado –dijo ella. El brillo en los ojos de él confirmó esta sospecha–. Está bien. ¿Sabes una cosa, Justice? Adelante. Detenme aquí mientras tu tío y tú os largáis a vuestra nueva cueva. Francamente, no me importa.

–Ya te he dicho que no nos estamos escondiendo.

–Pero aún no me has preguntado por qué he venido. Has estado tan preocupado por saber cómo te he encontrado que has pasado por alto la cuestión principal.

–¿La de la razón por la cual me escribiste veintiséis cartas? Por no mencionar la de por qué, después de tanto tiempo, te has tomado tantas molestias para localizarme. ¿A esas cuestiones te refieres?

Justice había recibido sus cartas y no se había puesto en contacto con ella. Una potente ira se apoderó de ella.

–Sí, esas cuestiones –respondió apretando los dientes.

–No me tengas en suspense. ¿Qué podrías tener que decir que no me dijeras hace diecinueve meses y quince días?

¿Justice quería que fuera al grano? Lo haría.

–Tienes una hija.

Capítulo Cinco

Justice siempre se había considerado un hombre muy racional. Inteligente. Sensato. Tranquilo. Un hombre que controlaba sus emociones. Sin embargo, aquellas sencillas tres palabras le acababan de descubrir lo equivocado que estaba.

–¿Cómo...?

–¿Que cómo se llama? Noelle.

–¿Cuándo...?

–¿Que cuándo nació? Hace exactamente once meses y un puñado de días. La mañana de Navidad para ser exactos. Si quieres que te especifique más, registraron el momento preciso de su alumbramiento en el certificado de nacimiento. Haré que te manden una copia.

–¿Cómo...?

–¿Cómo sé que tú eres el padre? Porque tú eres el único hombre con el que me he acostado en los tres últimos años. Sin duda, querrás una prueba de ADN, a lo que no me opongo. Pensaba que deberías saber lo de Noelle, por lo que me he pasado el último año y medio tratando de localizarte sin conseguirlo. Pero eso, dado que tú recibiste todas mis cartas, ya lo sabes. ¿Estás escuchando, Pretorius?

–Sí... –susurró la voz del tío.

–Ya me parecía. Noto el parecido familiar. A Jett sólo le costó unas pocas semanas encontraros. Creo que eso significa que mi experto en ordenadores es mejor que el tuyo. Ahora, ¿qué era lo que decías sobre lo de retenerme aquí?

–¡Maldita sea tu sombra!

Daisy se plantó las manos en las caderas.

–Espero que no utilices esa clase de palabras delante de nuestra hija. Habla mucho para ser tan pequeña y trata de repetir todo lo que se le dice.

–La quiero. Os quiero a las dos.

Daisy levantó la barbilla y lo contempló con gesto desafiante, lleno de furia femenina.

–No creo que me merezcas. Y estoy segura de que no te mereces a Noelle.

–Si eso es lo que crees, ¿por qué estás aquí?

–Te merecías saber que tienes una hija. Ahora que ya lo sabes, no tengo nada más que hacer aquí.

Justice estaba seguro de que ella le estaba ocultando algo.

–Hay más que eso, ¿verdad? –le preguntó. Sin embargo, estaba seguro de que ella no tenía intención de explicarse a sí misma–. No importa. Considerando lo celoso que yo soy de mi propia intimidad, no pienso entrometerme en la tuya.

–Gracias.

–Pero si puedo ayudar, lo haré –dijo. Se sorprendió al decir aquellas palabras, dado que no había tenido intención alguna de decirlas.

Daisy estudió su rostro durante un largo instante. Entonces, asintió.

–Gracias. Te lo agradezco.

Tanto si se había dado cuenta como si no, el anuncio de Daisy le había dado la oportunidad perfecta de conseguir los objetivos que se había propuesto hacía más de dos años: crear una familia. Tener alguien en la vida a quien él le importara. Aunque Daisy no cumpliera las condiciones para convertirse en su ayudante ni en la perfecta esposa, tenía potencial para encajar en muchos de los parámetros. Diablos. Él estaba dispuesto incluso a alterar su estilo de vida para amoldarse a lo que ella requiriera como esposo.

Además, estaba Noelle. Le costaba respirar al pensar en su hija. Una hija. ¡Tenía una hija! Era sorprendente pensar en cómo un hecho tan sencillo había cambiado el modo en el que procesaba la información. Descubrió que la quería, incluso sin conocerla. Las quería y las necesitaba a ambas de un modo que encontraba inexplicable. Costara lo que costar, le daría a Daisy lo que le pidiera para tener a su familia a su lado.

Se dirigió a la mesa y sacó una silla.

–Sentémonos para hablar de esto.

¿Cuántas ayudantes/esposas había entrevistado desde la noche que pasaron juntos? ¿Cuántas veces había trabajado Pretorius es su programa informático en un esfuerzo de encontrar a la mujer perfecta? ¿Cuántos fallos había habido?

Y todo porque ninguna de las candidatas era Daisy. Por fin lo había comprendido. Por supuesto, encajaban perfectamente con sus requerimientos. Eran ingenieras, inteligentes, racionales y sensatas.

Algunas eran incluso más atractivas que Daisy, aunque, por alguna razón inexplicable, su belleza lo dejaba frío. Para ser justo, ninguna de ellas revelaba maldad alguna, pero no habría dicho que eran amables. Tal vez la falta de profundidad emocional evitaba que ellas exhibieran las cualidades que Daisy poseía tan abundantemente.

Fuera como fuera, su búsqueda había tenido como resultado una única candidata... Daisy. En aquel momento tenía la oportunidad de moldear a la mujer que quería para convertirla en la perfecta esposa.

—Pensaba que íbamos a hablar —le dijo ella con otra de sus irresistibles sonrisas.

—Hablar es lo fácil.

—¿Y cuál es la parte menos fácil? —le preguntó ella.

—No sé cocinar ni Pretorius tampoco.

—Tal vez eso explica la falta de electrodomésticos.

—En el armario que hay a mis espaldas, hay un frigorífico y un congelador completamente equipados —comentó él mientras tomaba asiento—. También hago que venga una persona una vez por semana para que nos prepare la comida, por lo que puedes tachar eso de tu lista.

—No sabía que tuviera una lista —comentó ella frunciendo el ceño.

—Te la estoy haciendo yo.

Daisy entornó los ojos.

—¿Y por qué ibas a hacer eso? ¿Y por qué iba a importar que sepas o no cocinar o si tienes a alguien que te prepare las comidas? Eso no tiene nada que ver conmigo.

Se acercaba el momento de decirle la parte más dura. No había razón para retrasar lo inevitable. Era mejor ir al grano.

–Tiene que ver mucho contigo porque quiero que Noelle y tú os mudéis aquí con nosotros. Estoy dispuesto a hacer lo que sea para conseguirlo.

Ella comenzó a negar con la cabeza antes de que él terminara de hablar.

–Olvídalo, Justice. No me interesa tenerte en mi vida del mismo modo que a ti no te interesa tenerme en la tuya.

Justice levantó una ceja.

–¿Preferirías compartir la custodia de Noelle?

–¿Cómo has dicho?

–Tú has dicho que es mi hija. Ahora que yo conozco su existencia, estoy dispuesto a ejercer de padre para ella. Sólo hay dos maneras en las que eso podría salir bien. O vivimos juntos o llevamos a la niña de allá para acá entre tu casa y la mía. A mí me parece que en interés de la niña es mejor que vivamos todos juntos.

Daisy miró a su alrededor. A pesar del equipamiento de última generación todo tenía un aspecto frío. Vacío. Oscuro, incluso con unas luces tan potentes.

–¿Quieres que vivamos aquí, en medio de ninguna parte? –le preguntó ella con incredulidad–. ¿Qué vida es esa para una niña?

–Podemos solucionar algunas de tus objeciones

—replicó él—. Hay razones por las que prefiero vivir en medio de ninguna parte.

—¿Cómo cuáles?

—¿Pretorius? Permiso, por favor.

Se produjo un momentáneo silencio.

—Cuéntaselo.

—Mi tío tiene un desorden de ansiedad social. Es una de las razones por las que me dejaron en acogida después de la muerte de mis padres. Los tribunales no consideraron que Pretorius fuera un tutor adecuado para mí.

La compasión se reflejó en el rostro de Daisy. Justice comprendió que era una parte innata de su carácter.

—¿Agorafobia?

—Seguramente es una parte del problema. En realidad, tiene problemas para relacionarse con las personas.

—Vaya… Yo tengo ese mismo problema… con ciertas personas.

Justice admitió la broma con una fría sonrisa.

—Él necesita aislamiento y yo valoro mi intimidad. Cuando cumplí los dieciocho años y no tuve ningún lugar al que ir, mi tío me abrió su casa aunque le costó mucho. Desde entonces, ha funcionado para nosotros. O, más bien, funcionaba.

—¿Debería yo asumir que algo ha cambiado?

Había llegado el momento de ser sincero con ella. Totalmente sincero.

—Sí. Cambió hace un par de años.

—¿Qué ocurrió hace un par de años?

De repente, el rostro de Daisy reflejó que lo había entendido todo perfectamente. Una profunda compasión se reflejó en su mirada.

–Oh, Justice. El accidente de coche…

–Sí. Me hizo darme cuenta de que lo que tenía no era suficiente.

–¿Y?

Justice eligió sus palabras con cuidado. Se sentía como si hubiera entrado en un campo de minas.

–Le pedí a Pretorius que modificara un programa que él había comercializado hacía unos años. Yo le di una serie de parámetros en los que se combinaban cualidades que eran importantes para mí, con características que podrían ser compatibles también con mi tío.

–No entiendo nada.

–Él me pidió que le encontrara una esposa –intervino Pretorius–. Una esposa que nos gustara a los dos.

Justice se enfadó.

–Lo estoy contando yo.

–Y yo estoy completando las partes que tú pasas por alto.

–Iba a hacerlo. Sólo quería que todo tuviera un orden lógico.

Pretorius soltó un bufido.

–Sí, claro.

Justice había tenido más que suficiente.

–Ordenador, cierra el circuito de la cocina y mantelo cerrado hasta que yo diga lo contrario.

–No. Quiero oír…

74

La voz de Pretorius se cortó a mitad de la frase. Justice respiró profundamente.

–Ahora, ¿dónde estaba?

–Creo que me estabas explicando cómo utilizaste un programa de ordenador para encontrar una esposa –comentó ella con cierta sorna.

–En su momento, tenía todo el sentido del mundo.

–Claro.

–El Programa Pretorius ha tenido mucho éxito a la hora de elegir el empleado perfecto para un puesto de trabajo. Como yo quería unos requerimientos bastante específicos para elegir esposa, Pretorius tuvo que alterar los parámetros.

–¿De qué clase de requerimientos y de parámetros estamos hablando?

–Eso no importa…

Desgraciadamente, ella no parecía estar dispuesta a abandonar ese camino.

–En la conferencia de ingenieros estabas buscando esposa, ¿verdad? Por eso te enfadaste tanto cuando descubriste que yo no era ingeniera.

–Es muy posible –admitió.

Ella se inclinó hacia delante y lo miró con extremada intensidad.

–¿Me estás diciendo que Pretorius diseñó un programa de ordenador que te ayudara a encontrar la esposa perfecta y que se suponía que ella debía estar en aquella conferencia?

Maldita sea.

–Sí.

–¿De verdad vas a admitir que tú pensaste que podrías entrar en aquella conferencia, examinar las mujeres que el programa de tu tío había seleccionado y convencer a una de ellas para que se casara contigo?

Justice apretó los dientes.

–Los ingenieros somos personas muy lógicas. Las mujeres implicadas se habrían dado cuenta de que éramos la pareja perfecta.

Daisy se quedó boquiabierta.

–¿Y habrían accedido a casarse contigo allí mismo?

–Eso habría sido lo deseable, aunque no lo más posible.

–¿Tú crees?

–Sí, pero Pretorius me sugirió otra manera de conseguirlo.

–Ay, esto lo tengo que escuchar.

–Me sugirió que ofreciera a la candidata perfecta el puesto de mi ayudante. Eso nos daría la oportunidad de conocernos mejor antes de contraer matrimonio. También me ayudaría a mí a determinar si era aceptable para Pretorius.

–Vaya… No es un plan tan malo. Explícame una cosa. De eso hace casi dos años. ¿Por qué no tienes ya una ayudante/esposa?

–Parece ser que el programa de ordenador tenía un fallo.

–No me digas.

–Sí. Ahora me he dado cuenta de que hay ciertas cualidades que no se pueden adaptar a un programa de ordenador.

–Vaya. ¡A quién se le hubiera ocurrido pensar algo así! Tú dirás. ¿De qué clase de cualidades indefinibles estamos hablando?

Justice lo había pensado mucho a lo largo de los meses posteriores y había llegado a una única conclusión.

–Creo que debe haber sido química en naturaleza y, por lo tanto, extremadamente difícil de cuantificar.

–En cristiano, por favor.

Justice se puso de pie para darse un respiro.

–Yo no quería a ninguna de ellas. Te quería a ti –dijo sinceramente–. No es lógico y yo no puedo explicarlo, pero es así.

Daisy sacudió la cabeza y, para sorpresa de Justice, los ojos se le llenaron de lágrimas.

–No, Justice. No puedo volver a pasar por eso, y mucho menos cuando sé lo que verdaderamente sientes por mí. Que aún me crees responsable por haber perdido tu beca y por haber sido enviado a una casa de acogida horrible.

Él apoyó la cadera contra la encimera y se cruzó de brazos.

–¿La verdad?

–¿Me va a doler?

–No lo creo.

–Es ese caso, supongo que puedo afrontarlo.

–Hace seis meses, tres días, veintidós horas y nueve minutos llegué a una conclusión.

–¿Y qué conclusión es ésa?

–Que incluso aunque hubiera sabido antes de

hacer el amor contigo que iba a perder la beca, no creo que hubiera podido resistirme. Lo habría intentado por tu edad, pero, para ser sincero contigo, a los diecisiete años yo carecía de la madurez para tomar decisiones basada en el intelecto en vez de en los imperativos hormonales.

–¿Significa eso que me perdonas?

–No sería racional seguir guardándote rencor. Aunque ya no siento ira asociada con lo que ocurrió, sigo poseyendo un cierto nivel de resentimiento. Sin embargo, considerando que mi éxito en el campo de la robótica no se ha visto afectado negativamente por los acontecimientos, incluso el resentimiento es una respuesta poco razonable.

–Así es.

–También he decidido que no sé si nuestra relación tuvo un impacto negativo en tu vida. ¿Fue así?

–Sí.

Justice frunció el ceño.

–¿Cómo? No te quedarías embarazada, ¿verdad?

–No, nada de eso. Me dolió porque te marchaste sin decirme una sola palabra. Por supuesto, ahora comprendo el porqué. Sin embargo, en su momento me rompió el corazón –susurró–. Te eché tanto de menos…

Un extraño sentimiento se apoderó de él, un anhelo combinado con un dolor casi olvidado.

–Yo también te eché de menos –confesó–. No quería, dado que te culpaba de lo que había ocurrido, pero fuiste la primera amiga de verdad que tuve nunca.

–Justice…

Daisy se levantó de la silla y se arrojó a sus brazos. En aquel instante, Justice comprendió que había cometido un serio error de cálculo. Fuera lo que fuera lo que habían experimentado todos esos meses atrás, no se había disipado tal y como él había anticipado. Más bien, el anhelo se había hecho aún más grande. Podría no ser lógico, pero era una incuestionable verdad. Por lo tanto, tomó la única medida que le pareció razonable.

La besó.

De repente, tenía al alcance de la mano todo lo que había creído perdido.

El placer se apoderó de ella como una ola de burbujeante gozo. Le recorrió el cuerpo. No era amor, dado que no podía estar enamorada de él. Pasión. Lujuria. Atracción sexual. Todo esto lo podía aceptar, pero el amor no. Haría todo lo que estuviera en su mano para evitar que se formara un vínculo emocional con un hombre que se pasaba la vida suprimiendo los suyos. No podría enfrentarse a la desesperación y la desilusión una vez más.

La boca de Justice se deslizó por la de ella y profundizó el beso.

¿Cómo lo hacía? ¿Cómo podía Justice despertar una reacción tal en ella? Daisy separó los labios para permitir aquella deliciosa invasión. Justice era un hombre de lógica y control, pero ella sintió el momento exacto en el que el control se hizo añicos.

La tocaba, la besaba y movía su cuerpo contra el de ella con un ritmo que los dos habían perfeccionado la última noche que pasaron juntos. A pesar del tiempo transcurrido, podría haber ocurrido la noche anterior, dado que los movimientos eran tan familiares como excitantes. Daisy no tuvo más remedio que rendirse al poder de los primarios sentimientos que se despertaban entre ellos cuando estaban juntos.

Justice le enmarcó el rostro entre las manos y la obligó a inclinar la cabeza para que pudiera explorarle más profundamente la boca. Daisy se perdió en el beso mientras que la dulzura de los recuerdos se deslizaba por encima de ella, evocando, por ejemplo, la última noche que estuvieron juntos, cuando él la había poseído incontables veces, siendo la última de una ternura y una dulzura casi insoportable. Ella sospechaba que había sido entonces cuando concibió a Noelle, porque la pasión les había hecho que se olvidaran de un cajón repleto de anticonceptivos. En ese momento, Justice la había marcado para siempre en el corazón, en el cuerpo y en el alma.

No… No… ¡No! ¿Cómo podía ser tan tonta?

Se apartó de él y puso la mesa de por medio. Había acudido allí con la certeza de que podría mantener a raya a Justice y había terminado en sus brazos a la primera de cambio. Lanzó una maldición en silencio y agarró su botella de agua para darle un largo trago mientras trataba de serenarse.

–Cuando dijiste que querías que Noelle y yo viviéramos aquí y que harías lo que fuera para conseguir que eso ocurriera…

–Siempre he visto que el refuerzo positivo funciona mejor.

–¿Serías capaz de chantajearme para que viviera contigo, Justice? –preguntó mientras volvía a tapar la botella–. O tal vez ese beso ha sido parte de tu refuerzo positivo.

–Ojalá funcionara. Si no, ¿qué puedo ofrecerte para convencerte de que hagas lo que yo te pido?

–¿Te das cuenta de que suenas como un ordenador cuando te pones tenso? El chantaje no te va a funcionar, Justice. Ni tampoco los besos.

–¿Y qué podría funcionar?

Daisy se acercó a la ventana y observó las contraventanas.

–¿Hay alguna manera de abrir esto?

–Ordenador, abre ventana en la cocina. Estación 1 A.

Se escuchó un suave rumor y poco a poco las contraventanas comenzaron a abrirse. Aquel lado de la casa daba a un hermoso valle que debía de ser maravilloso en la primavera. En aquellos momentos, ofrecía un aspecto duro y pétreo.

Aquella imagen le hizo darse cuenta de que no había sido del todo sincera con Justice sobre las razones que la habían llevado a localizarlo. En gran parte, había sido por su hija Noelle, pero había otra, una que le había ocultado, que le costaba admitir. Desde la noche que habían pasado juntos, ella había sido incapaz de pintar. Lo había intentado en incontables ocasiones, sin éxito. Parecía que su chispa creativa, el talento que se le había otorgado, se había evaporado como si jamás hubiera existido. Este hecho la había llevado a tomar medidas extremas, como el hecho de permitir que Jett utilizara todos los medios a su alcance para encontrar el paradero de Justice con la esperanza de enmendar algo que, evidentemente, se había estropeado tanto para Noelle como para ella misma.

Justice le había pedido que se quedara y ella quería hacerlo. Quería formar parte de su mundo y descubrir si podrían recapturar parte de la magia que habían compartido en el pasado. ¿Por qué dudaba cuando era eso precisamente lo que Justice le estaba ofreciendo?

Porque no era amor lo que le ofrecía.

Era una pena. Podía mudarse allí para ver qué pasaba o podía compartir la custodia de Noelle.

—Nada de chantajes, Justice. Además, no puedo comprometerme a vivir contigo permanentemente, pero estoy dispuesta a venir de visita como invitada tuya. Podemos probar unos meses para ver cómo funciona. Más o menos lo que tú querías con tu programa de ayudante/esposa. ¿Te parece?

—Por el momento. Sin embargo, yo no esperaría demasiado. El invierno se echa encima.

—No creo que yo tardara más de una semana en organizarme. ¿Hay espacio suficiente para todos?

—Esta casa tiene una docena de dormitorios. Los prepararé todos para que puedas elegir el que más te guste.

—¿Y Pretorius? ¿Cómo se sentirá él ante la idea de tener visitantes?

–Él tiene su propia parte de la casa, por lo que, mientras no te entrometas, estará bien.

Daisy asintió.

–En ese caso, nos veremos dentro de una semana –dijo.

Con eso, se dio la vuelta y se dirigió hacia la puerta. Se detuvo en el último momento. En ese instante, aceptó una tremenda verdad.

–Nuestras vidas jamás volverán a ser las mismas. Todo cambió hace veinte meses y ya no hay vuelta atrás, ¿verdad? Para ninguno de los dos.

Sin mirar hacia atrás, ella se marchó.

Justice se quedó inmóvil mientras la casa quedaba sumida en un absoluto silencio. Regresó el ambiente frío, el aire hostil. Siempre había sido su casa, pero jamás había sido un hogar.

–Tienes razón. Ya no hay vuelta atrás –susurró–, pero de lo que no te das cuenta es de que yo no quiero volver atrás. Ya no puedo volver a vivir así.

Daisy apretó los dientes y trató de evitar otro bache más. Si terminaba quedándose con Justice allí durante algún tiempo, iba a tener que hablar con él sobre aquella carretera.

–Ya casi hemos llegado –exclamó Jett, muy emocionada–. Sólo faltan dos kilómetros y cien metros y seguro que lo vemos.

–¿Vemos? –repitió Noelle, a pesar de que pronunciaba la uve más bien como una efe.

–Estamos rodeadas –le dijo a Aggie, su ama de

llaves–. Es mejor que te vayas acostumbrando. Hay algo peor y estás a punto de conocerlo.

–Estoy segura de que podré soportarlo –dijo la tranquila Aggie.

Años atrás, Aggie había sido maestra de infantil. Se había jubilado antes de la edad debida para cuidar a su esposo durante una larga enfermedad. Desgraciadamente, cuando él murió, descubrió que todos sus ahorros se habían esfumado, por lo que no le había quedado más remedio que volver a trabajar. Este momento coincidió con el nacimiento de Noelle y la decisión de Daisy de que necesitaba ayuda con la cocina y con el mantenimiento general de la casa, en especial después de acoger a Jett. Contrató a Aggie sin dudarlo. Afortunadamente, habían congeniado muy bien y habían constituido una pequeña familia que a Justice no le quedaría más remedio que aceptar si quería que se quedaran en Colorado.

–¿Estás segura de que al señor St. John no le importará que nos hayas traído a todas? –le preguntó Aggie con un cierto nerviosismo.

–Las cuatro somos una familia. Eso significa que vamos todas juntas. No te preocupes. Justice estará encantado.

–No me puedo creer que esté a punto de conocer al hombre que hay detrás de Sinjin –dijo la muchacha.

–¿Finfin?

–Es tu papá, pelirroja.

–Papá…

La pequeña pronunció la palabra con claridad

cristalina. Por alguna razón, este hecho hizo que Daisy se estremeciera. Aggie la miró con comprensión.

—Estoy segura de que será un padre fantástico.

—No hay duda de que Noelle lo necesita. Dios sabe que yo no puedo satisfacer todas sus necesidades.

—Ningún padre puede darle a su hijo todo lo que necesita. No es posible —afirmó Aggie—. Si tienes suerte, se puede cubrir la mayor parte de las necesidades entre los dos y esperar que familiares, amigos y profesores se ocupen del resto. Sólo quererles es mas que suficiente.

¿Sería Justice capaz de amar? ¿Estaba programado en su disco duro? Sólo el tiempo lo diría.

Cuando por fin llegaron frente a la casa, apagó el motor y dijo:

—Está bien. Ya hemos llegado. Que todo el mundo tome algo y vayamos dentro.

Subieron los escalones y Daisy empujó suavemente la puerta. Se sintió aliviada al ver que se abría sin esfuerzo.

—¿Veis? —preguntó con tranquilizadora sonrisa—. Vayamos a la cocina y busquemos algo de beber mientras esperamos a Justice.

No tardó mucho. Un minuto más tarde, él entró en la cocina. Observó al grupo. Una mirada advirtió a Daisy que no estaba muy contento con la llegada de los invitados que no esperaba. Entonces, durante un doloroso momento, miró a su hija. Daisy sintió que los ojos se le llenaban de lágrimas ante el intenso anhelo que se adivinaba en la expresión de su hermoso rostro. De repente, él bajó los ojos y se dio la vuelta. Daisy sospechó que no le había quedado más remedio para no perder el control.

–Dijiste una semana –gruñó–. Han pasado diez días, tres horas y catorce minutos.

–Lo siento. He tardado más de lo que esperaba en organizar a todo el mundo. Te mandé un correo con el cambio de fechas –dijo.

–¿Tienes un momento?

–Esperadme aquí –comentó–. Hay bebidas en el frigorífico, si es que podéis descubrir dónde está escondido.

Justice impidió que Daisy siguiera dando instrucciones. La agarró del brazo y la sacó de la cocina. Regresaron a la puerta principal y continuaron en la dirección opuesta hasta llegar a un enorme despacho que tenía una espectacular vista de las Rocosas. La estancia tenía el mismo aire de abandono que las anteriores, pero al menos tenía las contraventanas abiertas.

Allí, Justice comenzó a pasear de arriba abajo. Tenía aquella extraña esfera con la que le había visto en varias ocasiones. No hacía más que girarla y girarla para crear diferentes formas.

–Está bien. Tú dirás.

–¿Qué es lo que quieres que te diga? –le preguntó ella. Como si no lo supiera.

Justice la observó con la mirada entornada.

–Lo sabes muy bien, Daisy. ¿Quién diablos son esas personas?

Capítulo Seis

–Una de esas personas era tu hija –le replicó Daisy–. Y si me hubieras dado un minuto para presentarte a las otras, sabrías de quiénes se trata.

–¡Maldita sea, mujer! –rugió él lleno de ira.

¿Acababa de llamarla «mujer»? Daisy se acercó a él. La ira que sentía era comparable a la de él.

–Ahora que estoy aquí, creo que ha llegado el momento de hablar de las condiciones de mi estancia. Primera condición, si quieres que estemos aquí más de cinco minutos, vas a tener que moderar tu lenguaje. Noelle es muy parlanchina y trata de repetir todo lo que oye.

–Dem… De acuerdo. Haré lo que pueda.

–Condición número dos, me llamo Daisy. Si me vuelves a llamar mujer en ese tono de voz o te vuelves a dirigir a mí en esos términos, me largo. Y tu hija también. ¿Te has enterado?

Justice apretó los dientes con tanta fuerza que fue un milagro que no se le rompieran. En este caso se limitó a asentir levemente.

–¿Alguna otra condición?

–Tercera. Aggie y Jett son miembros de mi familia y van donde voy yo.

–¿Quién es Aggie?

–Aggie fue maestra de infantil y, en estos momentos, es mi cocinera y mi ama de llaves. Dado que soy un desastre en la cocina y todos tenemos que comer, la he contratado para ocuparse de todo lo que se refiere a la casa.

–¿Sabe cocinar?

–Y limpiar –afirmó Daisy mirando con desagrado el despacho–. En serio, Justice. Este lugar es un desastre. No puedo creer que te encuentres cómodo viviendo así.

–No es más que un poco de polvo. Además, yo no vivo en esta sección de la casa.

–¿Científicos locos más lugar secreto es igual a laboratorio misterioso y secreto?

–Algo así.

–¿Un laboratorio misterioso, secreto e impoluto?

–Por supuesto.

–Bien, dado que ahora tienes invitados que van a vivir en esta sección de la casa, necesitaré que nuestras habitaciones estén tan impolutas como nuestro laboratorio.

Justice volvió a examinar el despacho. Aquella vez miró de verdad y por fin vio a lo que Daisy se refería.

–He estado muy centrado en un proyecto y no me había dado cuenta de lo mal… Perdón. Debería haber hecho más para preparar vuestra llegada.

–Nosotros nos ocuparemos.

–Ya me has explicado quién es Aggie. ¿Quién es la niña con aterrador aspecto gótico?

–Es Jett.

–Jett… ¿Tu experto en ordenadores?

—Efectivamente.

—Estamos en el mes de noviembre. ¿No debería estar en el colegio?

—Terminó hace unos meses. En estos momentos está pensando a qué universidad quiere ir.

Justice la miró asombrado.

—¿Cuántos años tiene? Si parece que tiene doce.

—Va a cumplir los diecisiete dentro de unos meses. Ella te podrá dar los días, las horas y los minutos y hasta los segundos si quieres un número más exacto.

—Es lista.

—Sí. Da un poco de miedo de lo lista que es. Como tú. Y como Noelle.

—Por eso estás aquí…

—Sí. Es uno de los motivos —explicó. No había razón para señalar los otros. Se harían evidentes con el tiempo—. Resulta evidente que necesita a alguien que vaya a comprender el modo en el que piensa. En estos momentos tiene a Jett, que es una gran ayuda, pero Jett no va a estar a su lado para siempre. Además, no hay figura masculina en la vida de Noelle. Condición número cinco.

—Cuatro.

—Lo que sea. Mis padres son parte de mi vida del mismo modo que Jett y Aggie. Tendrás que aceptarlo.

Justice la miró con desaprobación. Los ojos le ardían como si fueran de oro líquido.

—¿Alguna otra condición?

—No has accedido a la última.

—¿Por qué no dejas que esa la discutamos en un futuro cercano?

–Ni hablar. Si crees que voy a dejar a mis padres al margen de la vida de su única nieta, estás muy equivocado. Y antes de que decidas infringir de nuevo la condición número uno…

–¡Maldita sea! ¡Demasiado tarde!

–... te sugiero que te pongas en mi lugar. En el lugar de Noelle. Tú eres el que se marchó, Justice. Mis padres han estado a mi lado siempre. Tú no.

–Sólo porque no lo sabía.

–Eres un hombre muy inteligente. Deberías haber considerado esa posibilidad y haberte asegurado. Al menos, deberías haberte puesto en contacto conmigo después de las primeras doce cartas.

–Eso no es cierto. Yo habría… –se interrumpió y se dio la vuelta para mirar por la ventana–. ¿Alguna otra condición?

–¿Accedes a la última?

–Sí.

Daisy se tomó un instante para pensar antes de proseguir.

–Condición diez.

–Cinco.

–Tengo las otras en reserva. Necesito una habitación para que sea mi estudio. Debe tener ventanas –dijo, aunque no estaba segura de que lo utilizara. Su don para pintar no había regresado e íntimamente había empezado a cuestionarse si volvería a hacerlo. Ese pensamiento la aterrorizaba–. Ventanas grandes, si no te importa.

Justice se encogió de hombros.

–Puedes echar un vistazo y ver si algo te viene

bien. Asegúrate de que está en esta planta o arriba. El sótano está prohibido para todo el mundo.

—¿Es ahí donde vive tu tío?

—Sí. Y también es donde está mi laboratorio.

—¿Tú también tienes condiciones?

—¿Acaso pensabas que tú ibas a ser la única?

—Bien. ¿Cuáles son las tuyas?

Justice se acercó a ella. La esfera no dejaba de dar vueltas entre sus dedos.

—Una. Es tu responsabilidad evitar que nadie baje al sótano. Y eso te incluye a ti. Tenerte a ti y a Noelle aquí ya es demasiado para Pretorius. Dos personas más será extremadamente difícil para él. Necesita saber que está a salvo en su zona de la casa. ¿Ha quedado claro este punto?

—Cristalino.

—Dos —dijo. Un paso más—. Yo tengo una rutina, una rutina que no aceptaré que te interrumpa.

—Venga ya, Justice. Estamos hablando de un bebé. Los bebés rompen con todas las rutinas. Es parte de su naturaleza.

—En ese caso, espero que procures que las interrupciones sean las menos posibles.

—Mira —le espetó ella colocándose las manos en las caderas—. Tú eres el que me pediste que la trajera aquí, ¿recuerdas? Si no puedes aceptar ciertas cosas, nos vamos.

—Es demasiado tarde. Está a punto de nevar.

—Estoy segura de que aún tenemos tiempo para marcharnos de aquí.

Justice señaló la ventana con la cabeza. Daisy se

quedó boquiabierta. En el breve tiempo que llevaban hablando, el cielo se había cubierto de nubes. ¿Dónde se había ido el delicioso cielo azul de hacía unos instantes?

Justice dejó el Rumi encima de la mesa y dio un último paso hacia ella. Entonces, tiró de ella y la tomó entre sus brazos.

–Tres. Quiero intentar crear un vínculo contigo. Para ver si podemos formar una unidad familiar.

–¿Por el bien de Noelle?

–Por el bien de todos.

–¿Eso de crear un vínculo incluye… el sexo? –preguntó.

–El sexo estará presente dado que parece ser uno de los pocos puntos de encuentro en el que nos comunicamos a la perfección.

–¿Y si yo no estoy dispuesta?

–Lo estarás. Te lo garantizo.

Justice le enmarcó el rostro entre las manos y lo levantó para poder besarlo. Ella no se resistió. En realidad, no quería hacerlo. El beso de hacía una semana había prendido de nuevo el anhelo y la pasión en ella. Pensaba que ambos habían muerto hacía mucho tiempo, pero se había equivocado. Cada vez que Justice entraba en su vida, le provocaba un deseo tan intenso que no sabía cómo podría sobrevivir si él no volvía a poseerla de nuevo.

Cuando por fin la besó, ella suspiró y se entregó a él con entusiasmo.

–¿Qué es lo que quieres de mí? –le preguntó sin que dejaran de besarse.

Justice se apartó de ella y le dio un beso en la frente antes de besarle la boca por última vez. Entonces, con los dedos, trazó los henchidos labios.

—Te deseo.

—No es tan sencillo —protestó ella—. Tratas este asunto como si fuera una simple ecuación sexual. Tu y yo igual a sexo.

—Y es así de sencillo.

Justice se apartó de ella y volvió a tomar el Rumi. Entonces, ella vio que, en algún momento, lo había transformado en una flor, una margarita.

Antes de que Daisy pudiera seguir preguntando, la voz de Pretorius resonó en los altavoces. El tono era frenético.

—Justice, ¿quiénes son esas personas que hay en la cocina? Están haciendo cosas… Tienes que detenerlas. Ahora mismo.

—Tranquilo —replicó Justice—. Yo me ocuparé.

—¿Harás que se marchen?

—Me ocuparé de todo.

Seguramente aquella no era la respuesta que su tío estaba buscando.

—Corta la comunicación —le ordenó Justice. Entonces, miró a Daisy—. Esto no ha terminado.

Con eso, ella salió del despacho. Justice no tardó en seguirla. Regresaron juntos a la cocina y allí se encontraron con el… caos.

—Hijo de…

—¡Alerta sobre la condición uno! —le dijo Daisy mientras le daba un codazo.

—¡Mira lo que le han hecho a mi cocina!

Daisy no podía culparle por sentirse disgustado. Si aquella hubiera sido su casa, ella también lo habría estado. Aggie había sacado todo de la enorme despensa y había colocado su contenido sobre cada superficie disponible. Tenía un cubo de agua con jabón en el suelo y con un estropajo iba frotando cada estantería y cada armario.

Jett estaba de espaldas a la puerta. Tenía los cascos puestos y estaba escuchando música de rock a todo volumen mientras tecleaba en su portátil. Junto al portátil estaba Kit, la otra mitad de la inspiración de los libros de Daisy. La habían sacado del transportín y estaba sobre la mesa acicalándose muy tranquilamente. Una voz de ordenador daba órdenes a diestro y siniestro y en tono desesperado y competía con las exigencias de Pretorius.

Además, estaba Noelle. Daisy suspiró.

Todas las puertas de los armario estaban abiertas. Su encantadora hija estaba sentada en medio del suelo completamente desnuda, rodeada de prendas infantiles y de todas las cacerolas, cazos y cazuelas que había podido encontrar en la cocina. Se entretenía golpeando las tapas contra las cazuelas e incrementando así el nivel de ruido.

Durante un instante, Daisy creyó que Justice iba a explotar.

—¡Ordenador, desactivado!

—¡Desactivado!

De repente, reinó el silencio. Noelle dejó de golpear, Jett de teclear y Aggie de limpiar. Daisy tomó a su hija en brazos y dijo:

—Maldita sea, Jett. Prometiste comportarte.

—En realidad, no prometí nada. Tú me pediste que lo hiciera. Sin embargo, dado que yo no respondí, técnicamente no prometí nada.

—¿Cuántas veces te he advertido que a mí no me vengas con formulismos?

—Novecientas cincuenta y dos.

—¡Basta ya! —gritó Justice mirando a su alrededor—. Que alguien me explique qué demonios está pasando aquí y ahora mismo.

Noelle sonrió desde la seguridad de los brazos de su madre y se dirigió a su padre.

—¡Demonios! —exclamó con tremenda claridad.

Daisy gruñó.

—Genial. ¿Qué parte de la condición número uno no has comprendido?

—La he comprendido perfectamente. Esto, sin embargo —dijo, señalando la cocina—, esto desafía mi habilidad de comprensión, pero no mi habilidad de corrección. Lo primero es lo primero.

Se dirigió hacia Jett y con unos rápidos movimientos la desconectó de su sistema informático.

—Vuelves a tener el control pleno, Pretorius.

—Se marchan ahora mismo, ¿verdad?

—Bajaré en breve a hablar del tema.

—Hablar implica que no se van a marchar. Yo no quiero hablar —dijo la voz llena de pánico—. Quiero que se marchen.

—Dame cinco minutos.

A continuación, centró su atención en su hija, a la que tan sólo había mirado durante unos segundos a su llegada. Hasta ese momento, no comprendió el profundo efecto que una personita tan pequeña podía tener sobre él. Parecía estar a punto de perder el control, algo que Daisy no iba a permitir que ocurriera delante de testigos.

—Aggie, ¿por qué no vais Jett y tú arriba a escoger los dormitorios?

El ama de llaves la observó y asintió, como si comprendiera perfectamente la situación. Entonces, agarró del brazo a Jett y las dos salieron de la cocina. Justice seguía de pie, incapaz de apartar los ojos de su hija. Dio un paso hacia ella, pero dudó. En aquellos momentos transmitía una profunda vulnerabilidad.

—¿Puedo? —preguntó.

Daisy tragó saliva.

—Por supuesto. Es tu hija.

Justice se acercó a Noelle y extendió la mano. La niña se la agarró con su habitual impulsividad y se la llevó a la boca. Daisy se la ofreció para que la tomara en brazos y dio un paso atrás para observar.

Justice la abrazaba muy delicadamente, como si fuera a rompérsele en mil pedazos.

—Es preciosa…

—Gracias.

—En realidad, yo diría que se parece a ti.

—Yo diría que tiene una mezcla perfecta. Mírala, Justice. Su color de ojos está a medio camino entre el tuyo y el mío. Su cabello es más rojizo que rubio u oscuro. Es tan extrovertida como yo y tan inteligente como tú.

La pequeña sonrió.

–Pero si ya tiene dientes –susurró Justice–. Y has dicho que es muy charlatana. ¿Sabe andar?

–Sí. Aún le cuesta un poco, pero eso no le impide llegar a donde quiere ir.

–Tanto… me he perdido ya tanto –murmuró él mientras le acariciaba suavemente el cabello y la mejilla. La niña sonreía y le agarraba el dedo para volver a llevárselo a la cara–. No es nada tímida.

–No. Es muy sociable.

–¿Por qué está desnuda?

–Me temo que a tu hija no le gusta ir vestida. No sé cómo lo hace, pero se desnuda. Si me doy la vuelta dos segundos, se ha quitado lo que le haya puesto. Ni las cunas, ni las tronas ni los parques son capaces de sujetarla.

–Ah.

–¿Qué significa eso?

–¿Y los armarios? ¿Ha sido tu ama de llaves o la niña?

–La niña.

–Ah.

–Es la segunda vez que dices eso y aún no me has explicado por qué. ¿Qué significa eso?

–Indican que entiendo lo que hace Noelle y cómo piensa.

–Veo que no te ha llevado mucho tiempo.

–No, pero hay una razón para ello. En este caso, deberíamos hablar de propensión genética, algo que espero que aprendas a aceptar con el tiempo. Es parte de los genes que ha heredado de mí. Espero que no se lo tengas en cuenta.

97

–Dios santo, Justice. ¿Acaso crees que yo sería capaz de criticar a nuestra hija por algo tan natural y básico como la curiosidad humana? ¿Que la castigaría por explorar el mundo?

–Bueno, algunas personas considerarían que eso debería corregirse.

–Tal vez, pero yo no. Soy su madre y la adoro. Haría cualquier cosa por ella.

–Perdóname… –susurró él–. Es que… he visto que ocurría antes.

–¿Acaso te ocurrió a ti?

–Sí. Noelle procesa el mundo desmantelándolo. Esa característica en particular me expulsó a mí de mis primeras seis casas de acogida.

–¿Hablas en serio?

–Sí. Yo no podía evitarlo. Me imagino que era muy molesto cuando uno se levantaba por la mañana y descubría que la cafetera o la tostadora estaban desarmadas, pero yo necesitaba desmontar las cosas para poder estudiarlas y comprender cómo funcionaban. Era lo más lógico.

–Por supuesto, suponiendo que podías volver a montarlas.

–En eso tardé un poco más. Ahora que lo pienso, tu padre fue el único que animó mi curiosidad. Me encontraba máquinas rotas y me dejaba trastear con ellas.

–Sí, me acuerdo. Tenías todo el garaje lleno de cosas…

–Así es. El error que cometí con tus padres es que no me limité a enredar con las máquinas que tu padre me proporcionaba, sino que lo hice también con su hija…

Daisy se acercó a él.

–Te juro que no supe nunca cómo se enteraron de lo nuestro. No sabía que esa fuera la razón de que te hubieras marchado. Si lo hubiera sabido, te habría defendido. Se lo habría impedido. Les habría explicado lo ocurrido…

–Tú tenías quince años. No había nada que explicar. Lo que hicimos estuvo mal y yo pagué el precio. Ahora comprendo perfectamente la reacción de tus padres –dijo mirando a su propia hija.

Daisy no pudo responder. Se limitó a observarlo con una sombría expresión en el rostro.

–Ahora –dijo él tras unos segundos–, tengo que ir a hablar con Pretorius. Va a tener mucha dificultad para aceptar los cambios. Justice contempló a la pequeña muy fijamente.

–Ya anda, habla y tiene dientes. ¿Estás segura de que no es demasiado tarde?

Los ojos de Daisy se llenaron de lágrimas.

–No, Justice. No es demasiado tarde si tú no dejas que así sea.

Justice la miró y asintió.

–En ese caso, no lo permitiré.

Capítulo Siete

Daisy no debía sorprenderse de que no pudiera dormir. Había sido un día muy largo y lleno de emociones. Había vuelto a ver a Justice después de lo que le había parecido una separación interminable. Y él había conocido por fin a su hija. Era aún demasiado pronto para determinar si Justice y la pequeña podrían vivir juntos, aunque esperaba que así fuera. De lo que no le quedaba ninguna duda era de que él haría todo lo estuviera en su mano para ser un buen padre.

Kit, la gatita, acudió a su cama para acomodarse junto a ella. Daisy comenzó a acariciarle la cabeza, a lo que el animalito correspondió con un ronroneo. De repente, la gatita corrió hacia la puerta con las orejas erguidas. Daisy se levantó de la cama y se dirigió hacia la puerta. Sin pensárselo, abrió la puerta y siguió a la gata escaleras abajo, tratando de hacer el menor ruido posible. Tenía los pies helados, pero no tenía frío gracias al camisón de algodón que le llegaba casi hasta el suelo.

No tardaron en llegar a la planta baja. Entonces, Kit desapareció en dirección a territorio prohibido.

¿Se aplicaba también la primera condición de Justice a la gata?

Se quedó unos instantes al pie de la escalera, sin saber si debía bajar detrás de la gata. Dudaba que el animalito sufriera daño alguno, pero… ¿quién sabía lo que Justice guardaba allá abajo?

Por fin, se rindió a lo inevitable sabiendo muy bien que si no bajaba no lograría dormir. Bajó la escalera y llegó a la planta inferior. Aunque sospechaba que aquella zona ocupaba la misma superficie que las plantas superiores, su distribución era muy diferente. Mucho más técnica. Las luces superiores estaban apagadas, pero había otras de bajo voltaje que iluminaban el suelo y reflejaban unas paredes blancas y un pasillo muy limpio, casi estéril. Se asomó hacia la derecha del pasillo y vio misteriosas habitaciones cerradas que se moría de ganas por explorar.

—¿Cómo sabía yo que ibas a infringir la condición número uno antes de que terminara el día?

Daisy se sobresaltó y miró hacia su izquierda.

—No he infringido ninguna condición.

Él se le acercó silenciosamente. La tenue luz le llenaba el rostro de sombras y le daba una apariencia imponente.

—¿Qué estás haciendo aquí?

—He venido en misión de rescate. Mi gata ha bajado aquí y no sabía en qué líos podría meterse.

—¿Kit? Si no recuerdo mal, le pusiste Kit. Te la regalé la noche que hicimos…

Se interrumpió, pero Daisy sabía perfectamente lo que había estado a punto de decir. La noche que hicieron el amor.

—Me dijiste que la elegiste a ella porque las dos teníamos los ojos verdes y no hacíamos más que meternos en líos.

—No puede ser el mismo gato.

—Por supuesto que sí. ¿Acaso no la reconoces?

—Ni siquiera me había dado cuenta de que habías traído un gato. Supongo que yo centraba mi atención en otra parte.

—Por supuesto. No podías apartar la mirada de tu hija.

—Ni de ti.

Justice se le acercó. Gracias a que ella aún seguía subida en el escalón, sus rostros quedaban frente a frente.

—¿Y la has tenido todos estos años?

—¿Acaso creías que iba a echarla a la calle? La adoro.

—Pensé que tal vez tus padres se habrían librado de ella, teniendo en cuenta todo lo que había ocurrido.

—¿Quieres decir que porque te echaron a ti también iban a echar a un pobre gato?

—Algo por el estilo.

—Pues no fue así –replicó Daisy–. Lleva conmigo diez años y, si tengo suerte, estará conmigo otros diez. ¿Acaso no te has dado cuenta de que la utilizo en mis libros? Y, por si no te has percatado, tú eres Cat.

—¿La pantera? ¿Yo?

—En su momento, me pareció que te pegaba –comentó. Entonces, esbozó una tentadora sonrisa–. Bueno, ¿me vas a permitir que utilice a Kit como excusa para darme una vuelta por lo prohibido?

–Si satisfago tu curiosidad, ¿te mantendrás alejada de aquí en lo sucesivo?

–Lo intentaré.

Justice suspiró y extendió una mano.

–Vamos.

Daisy bajó el escalón. Notó que los azulejos eran aún más fríos que el suelo de madera. Contuvo un escalofrío porque no quería darle a Justice excusa alguna para que la mandara a su habitación.

–¿Qué hay por ahí? –preguntó señalando a la derecha.

–Ésa es la parte de mi tío. Eso no se puede visitar sin su invitación expresa –le advirtió–. Hablo en serio, Daisy. Nada de excusas. ¿Comprendido?

–Te aseguro que no lo haría. A ti a lo mejor, pero a Pretorius no.

La sinceridad con la que ella había hablado pareció convencerle. Entonces, asintió y señaló a la izquierda.

–Por aquí tengo varios laboratorios, al igual que mis habitaciones privadas.

–¿Laboratorios, has dicho?

–Sí. Para medida e instrumentación. Para investigación y desarrollo. Un laboratorio de informática, uno de pruebas.

–Quiero ver el laboratorio de robótica.

–Está bien. Te enseñaré el que no es estéril.

–¿Tienes laboratorios estériles?

–Sí, pero tienes que desnudarte para que te pueda esterilizar antes de entrar.

Una mirada le aseguró que estaba bromeando.

–Pues no creo que esterilice muy bien –replicó ella–. Si lo hiciera, no tendrías una hija.

Justice colocó la mano sobre una placa que había en el exterior de una de las puertas y luego pidió que se le dejara entrar.

–Tal vez no tengamos que estar esterilizados –admitió él mientras el sistema de seguridad comprobaba sus huellas y su voz.

–Y tal vez tampoco tengamos que estar desnudos.

La puerta del laboratorio se abrió suavemente.

–No. En lo de ir desnudos insisto.

Entraron en una enorme sala que tenía la apariencia de un taller. Había largas mesas contra la pared, herramientas que colgaban de las paredes y cajones en los que se organizaban las diferentes piezas o partes que se utilizaban allí, además de ordenadores por todas partes.

En el centro de la sala, había un banco de trabajo, sobre el que había un Rumi que, una vez más, se había visto transformado en una margarita. Daisy iba a realizar un comentario al respecto, pero decidió que era mejor guardar silencio y centrarse en el proyecto que Justice tenía entre manos en aquellos momentos. Sobre la mesa, había dos extrañas máquinas con ruedas. La primera tenía más o menos la apariencia de una aspiradora y la segunda era prácticamente una copia idéntica de su gemela, aunque parecía más sofisticada.

–¿Qué son? –preguntó ella fascinada.

–Ese es Emo X-14 y el X-15. Es la abreviatura de Emotibot. La X significa la décima generación, con sus versiones 14 y 15. Al menos, eso es lo que se supone que son. En estos momentos, no son casi nada –añadió frunciendo el ceño.

–¿Y en qué esperas que se conviertan?

–Espero que Emo sea la próxima generación de un detector de mentiras. Supongo que será un detector de sentimientos.

–¿Y por qué quieres crear un detector de sentimientos?

–Estoy intentando diseñar un robot que pueda anticipar y responder a las necesidades humanas y que no sólo se base en lo que se le pide verbalmente, sino también en la comunicación no verbal. De hecho, me gustaría utilizar los vídeos y las cámaras para fotografiar las respuestas de todo el mundo a ciertos estímulos para ayudar a enseñárselo. Por supuesto, si nadie se opone.

–Bueno, se lo preguntaré a los demás, pero a mí no me importa. A ver si lo entiendo. Utilizando fotos y vídeos nuestros esperan que Emo descubra cuando estamos felices, tristes, hambrientos, sedientos y que pueda reaccionar del modo adecuado.

–Efectivamente.

–Es genial. ¿Y este ya puede hacer algo de eso? –preguntó señalando al menos avanzado de los dos–.

–No, esté no. Y ese es el problema. Emo 14 no ha tenido tanto éxito a la hora de interpretar sentimientos como el 15. Tal vez termine desmontándolo para reutilizar las piezas.

–No, no. Es demasiado adorable para desmontarlo –dijo ella mientras observaba al robot, que tenía una especie de sombrero sobre el que descansaban unas piezas de color aguamarina que se semejaban ojos.

Justice la miró con desaprobación.

–Adorable o no, algunas veces hay que desmontar lo que uno ha montado cuando hay un fallo catastrófico para poder volver a empezar.

–Espero que no hagas eso con el 14. No sé… Es tan mono. Tan pícaro.

–Pícaro… Por Dios, Daisy, Emo es una máquina, no un ser humano masculino. Si yo antropomorfizara todas mis creaciones, no conseguiría nunca nada.

–Supongo, pero le has puesto nombre. ¿No te parece que eso también es antropomorfizar a una máquina? Sé que Emo no está vivo, pero es que me recuerda a algo en lo que estabas trabajando hace diez años.

–¿Te acuerdas de eso? –preguntó él muy sorprendido.

–Por supuesto que me acuerdo. Todas tus creaciones me resultan fascinantes –dijo ella. Sacó un taburete de debajo del banco de trabajo y se sentó para apartar sus gélidos pies del suelo–, pero mi favorito fue siempre el que me recuerda a Emo. Era una nave espacial sobre ruedas.

–No era una nave espacial.

–Sí, lo sé. Me lo dijiste mil veces pero a mí me lo parecía y, de algún modo, se parece a este.

–En realidad, es al revés. Este se parece a la nave espacial, tal y como tú la llamas. En realidad, era el prototipo de Emo. Trabajo en ese proyecto en mi tiempo libre.

—Me sorprende que no lo hayas terminado después de tantos años –comentó ella. La expresión de Justice cambió y Daisy se preguntó qué había dicho para disgustarlo–. Sin embargo, supongo que tienes que ocuparte primero de los proyectos que te reportan dinero.

—Así es.

—¿Qué es lo que pasa, Justice?

Él se dio la vuelta. ¿Cómo era capaz de hacerlo? ¿Cómo era posible que Daisy tuviera la habilidad de colarse entre sus defensas con tanta habilidad?

Desde muy temprana edad, había descubierto que su apariencia y su intelecto intimidaban a la gente, incluso hasta sus propios padres. Más tarde, había descubierto que se parecía a su tío Pretorius, lo que era otro punto en su contra, teniendo en cuenta los temas de ansiedad social de su pariente. La muerte de sus padres cuando sólo tenía diez años lo había empujado a las casas de acogida y le había enseñado a utilizar su aspecto y su cerebro para mantener a la gente a raya, algo que podía conseguir en ocasiones con una única mirada.

Sin embargo, jamás le había funcionado con Daisy. Por muchas miradas que le echara, no conseguía amedrentarla. Por muchas barreras que él creara, ella las superaba sin dificultad. Incluso sentada en su taller con un camisón casi transparente, conseguía encajar cuando debería haber estado tan fuera de lugar.

Se rindió a lo inevitable y se sentó junto a ella para tocar el panel que había sobre el casco del robot. Inmediatamente, Emo 14 cobró vida.

—Emo, soy Daisy.

—Hola, Daisy —replicó dulcemente una joven voz masculina.

—Hola, Emo —dijo ella encantada.

—¿Cómo estás hoy?

—Bueno… —respondió ella considerando cuidadosamente su respuesta—, me siento un poco nerviosa y un poco triste ante la posibilidad de que tu creador pueda desmantelarte.

—Tal vez simplemente necesitas que Aggie te prepare una buena taza de té —sugirió Justice.

Ella entornó sus magníficos ojos verdes. No parecía haberle gustado el comentario.

—Tal vez…

Las luces de Emo comenzaron a parpadear y empezó a emitir un sonido parecido al de un ordenador cuando está procesando información.

—Procesando… —le informó Emo. Entonces, hizo un sonido parecido al hipo.

—Tal vez sea Emo el que necesita una taza de té —comentó Daisy—. ¿Por qué tiene hipo?

—Le ocurre a veces cuando él… ello está realizando múltiples funciones.

—¿No puede andar, hablar y procesar al mismo tiempo?

—No muy bien.

Daisy le acarició suavemente el casco.

—Aún es muy joven. Dale tiempo. No irás a matarlo porque sea un poco lento, ¿verdad?

Justice se frotó el rostro.

—Te lo voy a decir una sola vez más, Daisy. Te agradecería mucho que prestaras más atención. Emo es una máquina. No se puede matar a una máquina.

Al escuchar su nombre, Emo se animó.

—¿Cómo te sientes?

Daisy lanzó a Justice una mirada de suprema indignación.

—Estoy muy, pero que muy triste, Emo. Tanto que podría tener que despertar a Aggie para que me prepare una taza de té. Y es culpa de tu creador.

Justice levantó las manos como si se estuviera rindiendo.

—Está bien. No desguazaré a Emo. En vez de darle sus piezas a un futuro hermano, lo mantendré para la posteridad. ¿Contenta?

—Sí, mucho. Gracias —replicó ella. Entonces, dudó un instante—. Hay algo de lo que me gustaría hablar contigo.

—Y no me va a gustar, ¿verdad?

—Lo dudo. Tenemos que contratar a algunas personas para que vengan a limpiar las dos plantas superiores. No es justo cargarnos a Aggie, a Jett y a mí con todo eso. Además, tener la casa en estas condiciones no es saludable para la niña.

—No tengo objeción alguna. Puedes contratar a quien necesites para que venga a echar una mano.

—¿Y tu tío?

—Haré que Pretorius escanee por completo el sistema durante la limpieza. Así no estará pendiente de lo que ocurre en el resto de la casa durante al menos medio día y no se dará cuenta de que ha habido más gente en la casa hasta que se hayan marchado.

Una rápida mirada a Daisy le dijo a Justice que ella aún no había terminado.

–¿Algo más?

–Bueno, sí. Es sobre tu casa.

–¿Qué es lo que tiene mi casa de malo aparte de la limpieza?

–Es que no hay donde sentarse.

–Supongo que tienes razón.

–Pues nos gustaría sentarnos y supongo que algunas camas y otros muebles no vendrían mal.

–¿Estarías dispuesta a ocuparte tú de encargar lo que haga falta?

–¿No te opones? Considerando el tamaño de esta casa, podría ser bastante costoso.

–Dinero no es lo que me falta.

–Gracias –dijo ella–. Hay algo más que me preocupa.

–¿Aparte de la limpieza y los muebles?

–Sí. ¿De verdad crees que cuando se produce un fallo catastrófico y lo que se está intentando producir no funciona en ningún nivel, lo mejor es tirarlo y volver a empezar?

–Sí.

–Pues podríamos decir que nuestra relación experimentó un fallo catastrófico.

–Yo diría que esa descripción es bastante exacta –admitió él.

–Y yo. Y la mañana siguiente después de que hiciéramos el amor, tú te deshiciste de nuestra relación, al menos del potencial que podría tener como relación.

–Lo intenté, sí.

110

–Tal vez ahora podríamos volver a empezar. Tal vez podríamos reutilizar las partes buenas y conseguir que esta vez nos salga bien. Porque hay partes buenas. Ocasiones en las que nos hemos comunicado perfectamente.

–Estoy de acuerdo.

–Entonces, ¿qué dices, Justice?

Él se no se podía resistir a Daisy, al igual que le había ocurrido diez años atrás. Por primera vez en su vida, no dudó. No se puso a ponderar y a considerar. Simplemente se aferró a ello con todas sus fuerzas.

–Me gustaría –susurró. La tomó entre sus brazos–. ¿Cómo te sientes? –añadió contra los labios de ella.

–Tengo mucha, mucha hambre.

Justice la sacó del laboratorio en brazos y la llevó a su dormitorio.

–Luces –ordenó–. Bajo voltaje.

Las lámparas de la mesilla de noche se encendieron, pero con una luz muy tenue, iluminando suavemente los hermosos rasgos de Daisy.

Se dio cuenta de que no quería darse prisa. El tiempo ya no tenía ningún significado. Lo único que importaba era que Daisy gozara. La colocó en la cama y se tumbó a su lado. Entonces, comenzó a besarla. Sin embargo, se contuvo. Tenía la intención de que aquella noche fuera completamente memorable. Un tierno suspiro se escapó de los labios de Daisy, un suspiro que expresaba un gozo absoluto. En ese momento, él experimentó una felicidad y un sosiego que no había experimentado desde la última vez que la tuvo entre sus brazos y en su cama.

–Si no quieres quedarte, no tienes por qué hacerlo –susurró–. Rescindo mi tercera condición.

–Preferiría que no lo hicieras…

–¿De verdad?

–Por supuesto. De ese modo, no me vería obligada a sacrificar mi virtud y podría sentirme obligada a marcharme.

–¿Significa eso que no deseas hacerlo?

–En absoluto.

–¿Estás dispuesta a sacrificar tu virtud?

–Bueno, si insistes… por favor, insiste –susurró ella contra la boca de Justice.

–En ese caso, rescindo mi rescisión e insisto en que permitas que me aproveche de ti –bromeó mientras le mordisqueaba suavemente el labio inferior.

–Dado que no tengo elección –suspiró ella exagerada y dramáticamente–, soy toda tuya. Pero espero que cumplas tu promesa y te aproveches muy bien de mí. Muy pero que muy bien.

Justice le acarició la mejilla y luego un poco más abajo. La piel de Daisy era tan suave como la seda.

–¿Como yo quiera?

–Si necesitas alguna sugerencia, estaré encantada de proporcionártela.

–Creo que no hará falta, pero si hay algo que haga que tu sacrificio resulte más soportable, no dudes en hacérmelo saber.

–Tal vez otro beso me ayudaría a tolerarlo un poco mejor…

–¿Un beso así...?

Justice volvió a adueñarse de sus labios, permitiendo que su pasión se le escapara ligeramente a su control. Ella suspiró y agradeció el esfuerzo, separó los labios y se rindió ante él antes devolverle el beso de un modo igualmente apasionado.

–Esta vez es diferente, ¿verdad? –preguntó ella.

–¿Cómo?

–Bueno, la primera vez que hicimos el amor éramos unos niños y yo fingía ser alguien que no era –explicó ella–. La segunda vez, tú pensaste que yo era alguien que no era, pero en esta ocasión…

Justice lo comprendió.

–Es real. Sincero. Sabes quien soy yo y yo sé quién eres tú.

–A mí me gusta más así –comentó ella.

–A mí también.

Así fue. Aquella vez añadió una nueva dimensión a sus relaciones íntimas. Fortaleció el vínculo que había entre ellos. Sin poder resistirse más, Justice desabrochó el camisón y descubrió que, debajo de la suave tela de algodón, la piel de Daisy era aún más suave. Trazó las curvas de su cuerpo y se familiarizó con los sutiles cambios que la maternidad le había provocado. Este hecho los unió aún más. Habían creado juntos una nueva vida y siempre estarían unidos por su hija. Durante el resto de sus vidas, tendrían eso en común. Si tenían suerte, Noelle sería sólo el principio.

Sus bocas se unieron de nuevo. Brazos y piernas se entrelazaron, aferrándose con creciente urgencia. Sólo un preludio de lo que estaba a punto de llegar. Ella se puso de rodillas sobre la cama y se quitó el camisón. La suave luz de la mesilla de noche le iluminaba suavemente los senos y la ensombrecida entrepierna. Entonces, muy suave y tiernamente, él la abrazó y la besó con una pasión que la dejó sin aliento. El deseo se apoderó de ambos. Justice le agarró uno de los senos y se lo metió en la boca para estimular el rosado pezón con la lengua y los dientes. Daisy se acercó a él con las piernas separadas, ofreciéndole las caderas y haciendo que se tumbara encima de ella.

—La próxima vez iremos más lentos. Ahora no. Ahora te quiero entero. Y rápido.

Ella le envolvió entre sus piernas. Justice le acarició los suaves muslos y el sedoso trasero antes de levantarlo ligeramente. Entonces, se hundió en ella con un único y fluido movimiento. Los gemidos de placer se transformaron en sollozos frenéticos y suplicantes, por lo que Justice comenzó a moverse desesperadamente dentro de ella, ansioso por hacerle alcanzar el placer, por satisfacerla de todas las maneras posibles. Lo vio en sus ojos un instante antes de que ella alcanzara el clímax, segundos antes de él. Brillante deseo. Entonces, vio algo más. Algo que amenazaba con destruirlo. En aquellos maravillosos ojos verdes, vio lo único en lo que no había confiado nunca. En lo que nunca se había atrevido a creer.

Vio amor.

Capítulo Ocho

¿Qué había hecho?

Daisy cerró los ojos y se apretó contra Justice para que él no viera su rostro. Demasiado tarde.

En aquella ocasión, había esperado que su relación se desarrollara a un ritmo más pausado. Había esperado permitir que los sentimientos maduraran más lentamente, que llegaran al punto en el que el compromiso sería posible en todos los aspectos y no sólo en el plano sexual.

Contuvo una carcajada de desesperación. Lo había estropeado todo. No había tardado ni veinticuatro horas en meterse en la cama de Justice.

—Daisy… ¿Te encuentras bien?

—En realidad, no —respondió. Forzó una sonrisa y habló en tono de sorna—. Estoy algo confusa sobre una de las subcláusulas de tu tercera condición. Tal vez podrías explicármela con más detalle.

Él se echó a reír. Parecía más relajado de lo que ella lo había visto nunca.

—¿Cuál es la que no has comprendido? —preguntó mientras deslizaba las manos por la pierna de ella y entraba en territorio bendecido por la húmeda calidez femenina—. ¿Esta?

—Esa justamente —replicó ella. Le devolvió el favor

acariciándole a él el miembro–. Y creo que esta es otra.

–Ah, bueno. Esa cláusula en particular te la puedo explicar con todo detalle…

Daisy sonrió a pesar de que sus sentimientos estaban más desbocados que nunca y se negaban a que ella los contuviera.

–Me gustaría… Me gustaría mucho…

Lo primero que Daisy hizo a la mañana siguiente fue prometerse firmemente que se tomaría su relación con Justice más lenta y más decorosamente. Que ocultaría sus sentimientos hasta que él hubiera tenido tiempo de asimilar o analizar algo que debería ser tan sencillo y evidente como el amor.

Por supuesto, aquella promesa duró hasta que él volvió a tomarla entre sus brazos a la noche siguiente. Aquella vez, la llevó al dormitorio de ella. Una vez allí, los verdaderos sentimientos de Daisy se escaparon plenamente a su control mientras que los de Justice permanecían sumidos en las sombras. A lo largo de las noches posteriores que pasaron en la cama, Daisy siguió esperando que él terminara por rendirse a sus sentimientos en vez de ocultarse tras la racionalidad, la lógica y el oscuro recuerdo de acontecimientos pasados. Sin embargo, él se marchaba de su cama cada mañana, para regresar a su dormitorio en el sótano antes de los primeros rayos del sol.

Mientras tanto, Daisy se ocupó de la limpieza. Contrató a un grupo para que limpiara la casa de arriba abajo. Como prometió, Justice le pidió a su tío que realizara un diagnóstico completo del disco duro del sistema informático de la casa, pero la treta no salió como esperaban. En cuanto se marcharon los de la limpieza, Pretorius se hizo sentir en los altavoces.

–Justice… ¡Justice! Alerta roja. Una de las unidades ha detectado algo extraño. Necesito contar a los presentes inmediatamente.

–Todo está bajo control, Pretorius –dijo Justice tratando de calmarlo–. Estoy en la cocina con Aggie, Daisy y Noelle.

–Pues falta una –le espetó Pretorius–. ¿O acaso no sabes contar?

–¿Le gustaría tomarse una taza de té? –le preguntó Aggie con dulce voz–. Parece muy disgustado.

–No, no quiero té –replicó Pretorius–. Quiero saber dónde está la otra. La problemática.

–No falto. Estoy aquí.

Pretorius se levantó de su silla y se dio la vuelta. Jett estaba frente a él. El pánico le aceleró el corazón y le dificultó la respiración. Se tiró del cuello de la camiseta sintiendo un sudor frío por la espalda.

–¿Qué diablos estás haciendo aquí? –le preguntó.

–Justice y tú sudáis mucho –comentó sencillamente Jett, de un modo tan natural que Pretorius sintió que el pánico remitía un poco.

–No has respondido a mi pregunta, muchachita. ¿Qué estás haciendo aquí?

–En primer lugar, no soy ninguna muchachita. He decidido venir a visitarte para verte. Dado que tú siempre nos estás observando, me parece lo justo.

—¿Te ha dicho Justice que no vinieras aquí? ¿Que no me gusta la gente de verdad y que deberías mantenerte alejada de mí?

—Sí, pero no me pareció que a mí se me considerara gente de verdad.

—¿Por qué no?

—Porque es lo que me dice todo el mundo. Que yo no soy gente de verdad.

—¿Sí? Pues te aseguro que sí lo eres. Yo lo sé muy bien. No puedo soportar a la gente de verdad y, dado que no te puedo soportar a ti, debes de ser de verdad.

Aquel comentario tan grosero no arredró a Jett. Simplemente asintió. Por alguna razón, el hecho de que ella aceptara tan estoicamente sus palabras molestó a Pretorius.

—Estaba pensando que, dado que te molesto mucho, podrías fingir que yo soy uno de los robots de Justice o algo así. También me suelen decir que soy un robot porque a veces parece que no tengo sentimientos.

—¿De verdad te dijeron eso?

—Sí, pero no me importa. Por eso, tal vez, si me consideraras así, como un robot, podría bajar algunas veces para ver cómo trabajas. Aprender de ti.

—Pues no puedes. No me gusta la gente. Me pone nervioso.

—Pues a mí no me parece que ahora estés nervioso. Tal vez si me dejaras bajar de vez en cuando, no te pondrías tan nervioso. Tal vez incluso yo podría llegar a caerte bien.

Pretorius se había pasado la vida observando a la

gente, escuchando desde la distancia. No le interesaba. Abrió la boca para decir que se marchara, pero no pudo hacerlo. Sentía que aquella chica había sido rechazada en muchas ocasiones y no quería ser uno más. Además, por alguna razón, ella no le ponía tan nervioso como la mayoría de la gente.

–Está bien. Te puedes quedar un rato, pero en cuanto yo me ponga nervioso, te vas.

–Gracias, tío P –dijo la muchacha con una sonrisa–. Me sentaré aquí y no te molestaré en nada. Ni siquiera sabrás que estoy aquí.

–¿Sentarte? Ni hablar. Si has bajado aquí, tienes que trabajar.

–¿De verdad?

–Sí –replicó Pretorius. Entonces, le lanzó la silla que tenía libre–. ¿A qué estás esperando? Ven aquí y enséñame lo que sabes hacer…

Jett se sentó a su lado inmediatamente.

–De acuerdo.

A la semana siguiente, llegaron los muebles que Daisy había elegido.

–Lo único que quiero hacer –le explicó a Justice cuando él le preguntó lo de las chapuzas– es crear un hogar para todos nosotros.

–Bien. Eso lo entiendo, pero ¿tiene que ser un proceso tan ruidoso, maldita sea?

Inmediatamente, un agudo pitido resonó desde los altavoces.

–¿Qué diablos es eso?

–Jett ha creado un programa experimental. Se trata de un programa para la modificación del comportamiento.

Justice tardó tan sólo un par de segundos en comprender.

–¿Me estás diciendo que ha creado un programa que emite ese ruido cada vez que suelto un taco?

–Sí, bueno… –comentó Daisy encogiéndose ante la ira que reflejaba la voz de Justice–. Hablaré con ella.

–Pues claro que lo harás, maldita… ¡piii!. Quiero que ese programa deje de funcionar.

–¿Y los otros cambios? –se atrevió ella a preguntar señalando la enorme sala.

Habían hecho muchos progresos en los últimos días. El salón, al igual que el comedor, estaba empezando a asumir las funciones y la apariencia con la que habían sido diseñados. Las paredes seguían pintadas de blanco, pero Daisy se ocuparía de ellas inmediatamente.

Daisy había abierto las contraventanas, permitiendo así que se divisara desde allí una gloriosa vista. Los muebles que había encargado eran sólidos y elegantes, aunque también sencillos y cómodos.

En el centro de la ventana, había colocado un árbol de Navidad. Aún tenían que decorarlo y esperaba implicar a toda la familia en aquella actividad.

–Es precioso, Daisy.

–¿De verdad te gusta?

Justice la tomó entre sus brazos. Desde la llegada de Daisy a su casa, él se mostraba más abierto.

Allí, delante del árbol de Navidad, la besó. En aquel preciso instante, ella comprendió que Justice la había conquistado plenamente. Esperaba que, con el tiempo, él también terminara sintiendo lo mismo.

A medida que los días fueron pasando, Daisy decidió que ya no podía soportar más que las paredes siguieran siendo blancas. La estaban volviendo loca. Era casi como si se estuvieran riendo de ella y diciéndole que jamás volvería a pintar. A pesar de que ya tenía su estudio, no había podido trabajar.

Además, desde que llegó allí, algo maravilloso había ocurrido. Había sentido… el despertar de una nueva vida, algo parecido a lo que había sentido mientras estaba embarazada de Noelle. Ansiaba tomar una brocha, mezclar la pintura. Miró las paredes. Ella serían su lienzo. Eran blancas también. ¿Qué diferencia podía haber?

No tardó en encontrar sus materiales. Tomó una brocha y seleccionó las pinturas con alegría y temor.

Se lo tomaría con calma. Algo pequeño. Para quitarse el miedo. Algo que Justice ni siquiera notaría…

Justice se detuvo en seco y observó la pared junto a la que Noelle estaba jugando.

–¿Qué es eso, mal… madre mía? –preguntó.

–¿A qué te refieres? –le preguntó Daisy.

–¡A eso! Es invierno prácticamente. ¡Pretorius!

Noelle aplaudió.

–¡P.P!

Los altavoces cobraron vida.

–Hola, princesita –le dijo a la niña con voz dulce Pretorius–. ¿Qué puede hacer por ti tu tío P.P.?

–El tío P.P. puede llamar a los fumigadores. Tenemos una plaga de bichos en casa.

Daisy suspiró.

–¿Pretorius?

–Sigo aquí.

–No llames a nadie. No tenemos ninguna plaga. He sido yo.

Justice se agachó junto a la pared y observó el insecto. Entonces, miró a Daisy de un modo que podría haberla dejado seca en el sitio. Entonces, miró a Noelle, lo que le dejó a Daisy muy clara la razón por la se había librado de una buena reprimenda.

–¿Algo más? –preguntó Pretorius–. Si no hay nada, dejad de molestarme. Jett y yo estamos trabajando en un nuevo programa.

Justice se incorporó y la miró con la frialdad de una mañana de invierno.

–¿Qué le has hecho a mi casa?

–La he mejorado. Tú me diste permiso.

–No recuerdo haberte dicho que podías pintar bichos en mis paredes. Tampoco considero que los bichos, aunque sean virtuales, sean una mejora.

Daisy miró hacia el suelo.

–Tengo noticias para ti, Justice. Cualquier cosa que cubra todo ese blanco es una mejora. Además, no es un bicho. Es una oruga.

–Técnicamente sigue siendo un insecto.

–Sí, pero es muy bonito. ¿No te parece?

–Esa es la larva de la *actias luna*. ¿Sabes que esa clase de larvas no existe en Colorado? No es lógico. ¿Cómo habría llegado aquí?

Daisy miró con incredulidad a Justice.

–Llegó aquí cuando yo la pinté en tu pared –dijo. Entonces, miró·a su hija y vio que la niña los estaba observando con demasiado interés–. ¿Podríamos hablar de esto en privado en tu despacho?

–No sé… ¿Hay insectos también allí?

–No.

–Bien. Vamos, pelirroja –dijo él utilizando el apodo con el que Jett llamaba a la niña. La tomó en brazos–. Creo que los dos encontraremos la explicación de tu madre muy interesante.

Daisy echó a andar tras él en dirección al despacho.

–¿Qué parte de hablar en privado no has entendido?

–Comprendo las cosas de un modo excelente, como estoy seguro de que ya sabes. Simplemente disfruto estando con mi hija cuando me es posible.

Daisy suspiró. Aquello era indiscutible. Justice pasaba con su hija todo el tiempo que podía.

En el momento en el que abrieron la puerta del despacho, Justice recorrió las paredes con la mirada. La ausencia de *actias lunas* pareció tranquilizarle.

–Está bien, ¿de qué se trata, Daisy?

–Todo ese blanco me está pudiendo. Me diste permiso para realizar mejoras. He hecho algunas.

–Como ya te he explicado, pintar orugas en mis paredes no las mejora… Bueno, no quería que sonara así –añadió, al notar que Daisy se había ofendido–. No estoy cuestionando tu talento. Eres una artista estupenda.

–Pero prefieres que me ciña a los lienzos –susurró ella.

–¿Qué es lo que pasa? –le preguntó Justice al notar tensión en su voz–. Cuéntamelo.

–Como ya te he dicho, todo el blanco que hay por aquí está pudiendo conmigo –dijo, señalando las paredes y el nevado paisaje que los rodeaba

–¡Qué raro! A mí me tranquiliza.

–¿Por qué, Justice?

Él lo pensó seriamente antes de contestar. Dejó a la niña en el suelo y le dio una versión de Rumi que había creado especialmente para ella. Inmediatamente, la pequeña comenzó a hacerlo girar y se quedó encantada al ver que las piezas se movían.

–Supongo que el blanco me tranquiliza porque sugiere una posibilidad. Me paso mucho tiempo sentado y pensando.

–¿Crees que tus procesos mentales se verían interrumpidos si las paredes estuvieran pintadas?

–¿Con insectos?

–No. De lo que yo eligiera pintarlas.

–¿Me puedes explicar qué es lo que está pasando aquí realmente, Daisy?

Ella no quería responder. Le dolía demasiado. Sin embargo, Justice se merecía una respuesta.

–Simplemente, me apetecía pintar.

–Dime la verdad –susurró él. Se acercó a ella y le acarició suavemente la mejilla–. Sé que llevas algún tiempo ocultándome algo. ¿De qué se trata?

–Bueno… esa oruga es… lo primero que he pintado en mucho tiempo.

–Exactamente veinte meses, ocho días, diecisiete horas y veintinueve segundos.

–Exactamente –afirmó ella, completamente anonadada.

Justice la abrazó con fuerza. Entonces, se separó ligeramente de ella y la miró a los ojos.

–Tal vez haya llegado el momento de que yo también te haga una confesión. Yo no puedo trabajar. En mi caso, me ocurre desde hace más de veinte meses. Yo diría que anda ya más cerca de los dos años. Puedo proporcionarte la horas y los minutos exactamente.

–No hace falta. ¿Qué ocurrió hace dos años...? ¿El accidente?

–Sí. Fue entonces cuando me di cuenta de que, aparte de Pretorius, no tenía a nadie en mi vida. Nadie me echaría de menos si yo me iba. De modo que quiero que esta sea tu casa también y si para ello necesitas pintar mis paredes para desbloquear tu talento artístico y conseguir que vuelvas a pintar, estoy más que dispuesto a sacrificar unas cuantas paredes blancas.

Daisy lo abrazó con fuerza.

–Gracias. Te prometo que no te arrepentirás. Tal vez incluso podría ser que te gustara tanto lo que he hecho que quieras que pinte incluso las paredes de la planta de abajo. Muchas gracias, Justice.

–De nada –susurró él. Entonces, como si le resultara imposible resistirse, la besó. Aquel instante fue uno de los más dulces que ella experimentó desde su llegada a la casa–. Bien, ¿a qué estás esperando? Tienes unas cuantas paredes que pintar.

–Estoy en ello…

Daisy salió corriendo del despacho y cerró la puerta. Entonces, esperó. Supo exactamente el instante en el que él vio lo que había hecho con la pared de su despacho: el retrato de Emo X-14 observándolo desde detrás de la seguridad de la puerta…

–¡Demonios!

¡Piii!

Daisy sonrió. Tanto si a Justice le gustaba como si no, ya tenía personas que se preocupaban por él. Con suerte, eso le ayudaría a volver de nuevo a trabajar. Con suerte, encontrarían el modo de convertir aquel grupo tan heterogéneo en la familia perfecta.

Capítulo Nueve

Tal vez había ocurrido porque Justice le había dado permiso para pintar las paredes. O tal vez porque la felicidad le había dado la vía de escape que necesitaba. Lo importante fue que, a la mañana siguiente, cuando Daisy se despertó, sintió un abrumador deseo de pintar.

Y eso fue lo que hizo.

Su inspiración era una marea inagotable. No encontraba horas suficientes en el día para reflejar todo lo que se le ocurría en imágenes. Poco a poco, la casa se transformó con la llegada de los muebles y las paredes cubriéndose de frondosas selvas. Criaturas exóticas asomaban en las esquinas o volaban por el techo para luego aparecer en los lugares más inesperados, para diversión y delicia de todos.

Sin embargo, la sección con la que Daisy disfrutó más fue con el tramo de escalera que llevaba al sótano, su zona prohibida. Allí, pintó a Noelle bajando por las escaleras con una expresión pícara en el rostro. Iba acompañada por Kit, Cat y toda clase de criaturas. Al pie de la escalera, un travieso dedo del pie atravesaba la línea que Justice había trazado para marcar el territorio prohibido.

Ella supo exactamente el momento en el que Justice vio el dedo porque sus carcajadas resonaron por toda la casa. Incluso Pretorius salió a ver qué pasaba, aunque sólo permaneció un instante antes de regresar con gesto nervioso a su sala. De hecho, aquel mismo día, accedió más tarde a mostrarle a Daisy muy brevemente sus dominios, seguramente a petición de Justice. No obstante, había sido un primer paso muy importante.

Este hecho le dio esperanza de que estuvieran convirtiéndose por fin en una familia y que, tal vez, Justice y ella pudieran comprometerse permanentemente y, en palabras de él, formar un vínculo y una unidad familiar. En palabras de Daisy, enamorarse. Tal vez habría seguido viviendo en aquel sueño si, un día, una conversación con Cord no le hubiera abierto los ojos.

–Me gustaría crear un mejor flujo entre estas dos habitaciones. Tal vez abrir una parte de la pared –dijo Daisy–. No me imagino por qué el arquitecto decidió cerrarla.

–No fue el arquitecto. Antes solía estar abierta. Fue esa Pamela… la doctora Randolph, como insistía en que la llamáramos, la que la cerró. Por muchos estudios que tuviera, esa mujer era una idiota.

Daisy se quedó de piedra, pero decidió tirar a Cord de la lengua.

–No sabía que había sido una de sus decisiones –comentó, como si hubiera sabido antes de su existencia–. Me sorprende que Justice no quisiera ponerla tal y como estaba antes.

–Bueno, tenía más ganas de sacar todos esos muebles tan finos que trajo a esta casa y que jamás encajaron aquí. Eran estirados y formales, como ella. Viendo los cambios que ha hecho usted, se ve claramente la clase de persona que es usted.

–Espero que su opinión sea buena…

–Muy buena. ¿Es usted también una de sus ayudantes? A mí no me parece usted como ellas.

–No. Yo no soy ingeniera.

Después de que Cord se marchara, Daisy pensó largamente en lo que el hombre le había dicho. Justice no le había dicho que hubiera encontrado una ayudante/esposa o que no hubiera salido bien. ¿Qué debía hacer? ¿Debía preguntárselo directamente? Decidió que sí, pero aún no. Le daría tiempo para acercarse más, para ver si se abría con ella. Entonces, exigiría sus respuestas.

Su decisión demostró ser la correcta cuando Aggie decidió celebrar su primera partida de *bridge*.

–Se trata de algunas personas que he conocido en la ciudad –le explicó Aggie–. Dado que resulta difícil reunirse, hemos decidido juntarnos todas las semanas para jugar a las cartas. Me estaba preguntando si… si nos podríamos reunir aquí.

–Estoy segura de que a Justice no le importará.

–En estos momentos son sólo otras dos personas, pero confiamos en encontrar otra más en el futuro.

–Creo que es una idea estupenda. Podéis utilizar el comedor o, mejor aún, podemos colocar una mesa delante de la chimenea del salón.

Aggie sonrió encantada.

–Sería el lugar perfecto para una taza de té.

—No se me ocurre un lugar mejor –replicó Daisy con una sonrisa.

La única objeción que Justice puso a la partida fue Pretorius.

—Estas semanas ha tenido que soportar muchos cambios. No quiero presionarle más de la cuenta.

—Si no sale bien, lo reconsideraremos –replicó Daisy–. Esperemos a ver qué pasa.

—Creo que me toca a mí –dijo una voz a través de los altavoces.

Justice miró a Daisy con asombro.

—Es Pretorius…

Los dos se acercaron a la puerta del salón y observaron la mesa. El grupo de las tres mujeres estaba sentado alrededor de la mesa, tomando té. El cuarto lugar estaba vacío, aunque un soporte sostenía las cartas de aquella porción de la mesa.

—Este té está delicioso, Aggie –comentó Pretorius muy contento.

—Gracias, Pretorius. Es una mezcla inglesa.

—Te agradezco que me hayas enviado una bandeja con Jett para que pueda disfrutarlo con resto de las damas.

—Y nosotras agradecemos que seas el cuarto jugador –dijo una de las mujeres–. Tal vez, cuando te apetezca, consideres reunirte con nosotras en persona.

Un profundo silencio recibió aquella sugerencia. Entonces, para sorpresa de todos, Pretorius dijo:

—Tal vez lo haga.

—Increíble –susurró Daisy desde el otro lado de la puerta–. Está relacionándose con otras personas.

–Jamás pensé que llegaría a ver a algo así –afirmó Justice–. Ni pensé nunca que él podría cambiar. Llevas aquí sólo diecinueve días, tres horas y cinco minutos y mira lo que has conseguido.

Ella notó la emoción que teñía las palabras de Justice. Pretorius no era el único que estaba cambiando. Justice estaba bajando la guardia en el férreo control que ejercía sobre sus sentimientos. En ocasiones, hasta permitía que el corazón rigiera su intelecto, tal y como había hecho hacía diez años. Tal vez aprendiera a confiar. A abrir su corazón a los demás. Tal vez, en vez de tratar de enseñar a un robot a sentir, aprendería él mismo a hacerlo.

–El programa está preparado –anunció Pretorius–. Cuando hayáis terminado de jugar…

Justice tenía en brazos a su hija. Por una vez, la pequeña estaba completamente quieta y en silencio. Observaba con fascinación cómo Justice creaba formas con un cordón y le hacía repetir sus nombres. A cada logro de la pequeña, los dos se miraban con orgullo por lo inteligente que era. Sin embargo, fue la última palabra la que verdaderamente llegó al corazón de Justice.

–Papá…–susurró la niña. Inmediatamente, extendió los bracitos para que su padre la tomara en brazos.

Él la estrechó con fuerza contra su cuerpo mientras la pequeña apretaba el rostro contra el de él y le daba un beso.

Los sentimientos fluyeron con rapidez por el cuerpo de Justice. Las sensaciones eran abrumadoras. Aspirando el dulce aroma de la pequeña, acariciando la increíble suavidad de su piel, sintió una oleada de sensaciones que amenazaban con apoderarse por completo de él.

Por suerte, Pretorius no se percató del estado en el que se encontraba porque estaba ocupado tecleando en su ordenador, lo que le dio tiempo a Justice para recuperarse.

—Bueno, ¿nos ponemos manos a la obra, papá? —le preguntó Pretorius—. No sé cuántas paredes le quedan a Daisy por pintar. Si no quieres que se entere de lo que estamos haciendo, sugiero que nos demos prisa.

En el momento en el que trató de quitarle a la pequeña el cordón, Noelle comenzó a protestar. No le gustaba que le quitaran su juego.

—Maldita sea… ¡piii! Maldita sea. ¿Cómo vamos a poder medirla si no deja de moverse?

Noelle se quedó quieta y miró atentamente a su padre.

—Maldita sea…

Por algún motivo, la sirena no sonó con la voz del bebé.

—Estoy empezando a sentir una profunda antipatía por tu ordenador.

—Maldita sea, Justice… ¡Piii! No es mi ordenador. Es el de Jett. No es culpa mía. Esa delincuente juvenil me lo ha instalado de tal manera que, cada vez que trato de borrarlo, vuelve a saltar. Hablaré con ella.

Se pusieron de nuevo a trabajar. Mientras lo hacía, Noelle se entretuvo quitándose toda la ropa. Si Justice no hubiera estado observándola, se habría quitado también el pañal.

–Bueno, ya tengo la primera medida. ¿Estás listo? –le preguntó a Pretorius.

–Sí. Tú dirás.

–Altura, 74,2936 centímetros.

–Muy bien. Sigue.

–Peso, 9,0356 gramos.

–Ya está anotado.

–Perímetro craneal, 45, 5930 centímetros. Tal vez se me haya ido un poco. No deja de moverse.

–Está bien. Bueno, no tengo ni idea si esto es bueno o malo, así que no mates al mensajero. Y, por el amor de Dios, no infrinjas la condición número uno.

–Venga ya, hombre.

–En cuando a la altura, está en el percentil 65,1.

–Bien. Yo soy más alto que la mayoría y la altura es un gen dominante. Es lógico pensar que ha heredado esa propensión genética de mí. ¿Qué me dices del perímetro craneal?

–Percentil 71. ¿Significa eso que va a ser muy inteligente?

–Ha habido estudios que han defendido la correlación entre el tamaño de la cabeza y la inteligencia, aunque los resultados no son definitivos. En general, los individuos que tienen la cabeza grande tienen un coeficiente intelectual más elevado. ¿Peso?

–Maldita sea… ¡Piii! No te disgustes, Justice, pero Noelle está sólo en el percentil 37,6.

–¿Cómo? Hazlo otra vez.

–Ya lo he hecho. Tres veces. Treinta y siete punto seis. ¿Acaso crees que Daisy no le da de comer lo suficiente?

–Al menos no deliberadamente. Por lo que he observado, es una madre excelente. ¿Cuánto tendría que pesar Noelle para estar en el percentil 50?

–En Navidad, tendría que pesar 11,4553 gramos.

Justice asintió.

–En ese caso, será mejor que nos pongamos manos a la obra. Tienes veinticuatro horas para buscar las necesidades dietéticas óptimas para una niña de once meses. Calcula las calorías adicionales que tendría que tomar para alcanzar su peso.

–Estoy en ello.

–Yo buscaré los riesgos potenciales para los niños por estar bajos de peso y pediré ver los informes médicos de Noelle.

–¿Crees que Daisy te permitirá el acceso?

–¿Permitir el acceso a qué? –preguntó Daisy, que acababa de entrar en el laboratorio–. Siento haber entrado sin avisar, Pretorius, pero el ordenador me dijo que Noelle estaba aquí y es hora de su siesta. ¿A qué quieres tener acceso, Justice?

–A los informes médicos de Noelle. Está baja de peso.

–Eso no es cierto. Su peso es perfecto dada su estructura ósea y su nivel de energía.

–En eso tiene razón, Pretorius –comentó Justice–. ¿Tienen en cuenta ese tipo de cosas esos gráficos?

–¿Gráficos? –preguntó Daisy–. ¿De qué gráficos estáis hablando? Yo no te he dado permiso para que conviertas a mi hija en un experimento. ¿Es eso lo que Noelle significa para ti, Justice?

—No, por supuesto que no.

Los ojos de Daisy se llenaron de lágrimas.

—Y yo que creía que habías empezado a sentir… Ahora veo que estaba equivocada. Jamás podrá dejar de ser un científico, ¿verdad? –le espetó. Con eso, tomó a su hija en brazos y se marchó con ella por la puerta.

—¿Y ahora qué hacemos? –preguntó Pretorius.

—Podemos crear nuestros propios gráficos, en los que se tenga en cuenta factores como la estructura ósea.

—Con eso os puedo ayudar yo –comentó Jett desde la puerta–. Sin embargo, tengo una duda. ¿Qué pensáis hacer si el programa sigue demostrando que Noelle está baja de peso?

—Darle de comer –dijeron los dos hombres al unísono.

—No podemos permitir que la hija de Justice esté baja de peso –añadió Pretorius–. Ahora, ven aquí y siéntate, Jett. Tenemos trabajo que hacer.

Justice decidió ir en busca de Daisy y de su hija. Encontró a Daisy en el cuarto de baño aseando a Noelle.

—Lo siento.

—¿Te molesta que yo haya pintado tus paredes? –le preguntó ella.

—Al principio, sí. Me gusta bastante el blanco. Últimamente, he notado algo extraño.

Justice se apoyó contra el marco de la puerta y observó cómo Daisy bañaba con destreza a la pequeña. Daisy tenía, efectivamente, unas manos muy hermosas. Se las imaginó acariciándolo a él, recorriéndole el cuerpo. Aferrándose con fuerza a él mientras le hacía alcanzar el clímax. Cerró los ojos. Estaba volviendo a ocurrir. Lo único que tenía que hacer era mirarla y perdía el control. ¿Cómo era posible?

–¿Qué es lo que has notado, Justice? –preguntó ella sacándolo de sus pensamientos.

–Todos los días me sorprendo buscando detalles nuevos en las paredes. Más o menos, me paso un mínimo de cuarenta minutos al día en esa actividad.

–¿Y te parece un buen pasatiempo o una pérdida de tiempo?

–Al principio, me pareció una pérdida de tiempo. En una ocasión, me pasé más de ciento treinta y dos minutos tratando de localizar todas los detalles nuevos. Me temo que no puedo ser más exacto dado que… perdí la noción del tiempo.

–¿Tú, Justice?

–Reconozco que es algo muy extraño, pero… Ya no lo considero una pérdida de tiempo.

–¿De verdad? Me dejas atónita. ¿Y por qué?

–Recientemente he descubierto que es una experiencia sensorial positiva que me ha ayudado a salir fuera del mundo científico y me ha ayudado a dar prioridad a otros aspectos de mi vida.

–Vaya… –susurró ella mientras sacaba a Noelle del baño y la envolvía con una suave toalla amarilla–. ¿Me lo puedes traducir?

–Me… me hace feliz.

Daisy se sonrojó y sonrió.

–¿De verdad? ¿Mis pinturas te hacen feliz? Esa es una de las cosas más hermosas que me has dicho.

–¿Te estás burlando de mí?

Daisy dejó a su hija sobre el suelo aún envuelta en la toalla y se dirigió hacia él para abrazarlo.

–Es hora de que Noelle se eche su siesta. ¿Por qué no la acostamos y luego te enseño exactamente lo que siento? Y te aseguro que no es sarcasmo.

La hora siguiente fue la más agradable que Justice había disfrutado. ¿Cómo se había imaginado que podría sentirse satisfecho con los resultados del programa de ayudante/esposa? La única vez que lo había puesto en práctica había resultado ser un desastre.

–Ha sido maravilloso. Como siempre –susurró ella–. ¿Por qué crees tú que es así?

–Porque somos compatibles sexualmente.

–Y supongo que el viejo refrán de los polos opuestos se atraen tiene algo de verdad.

–Es más que un viejo refrán. Es un hecho científico. Al menos, en lo que se refiere a las propiedades magnéticas de las partículas… ¿Qué ocurre, Daisy? –preguntó al ver que ella se echaba a reír.

–¿Qué es lo que quieres tú de nuestra relación, Justice?

–Un matrimonio. Una familia.

–Sí, eso ya me lo has dicho antes. Cuando te dije lo de Noelle. Cuando tú me hablaste de tu programa ayudante/esposa –añadió, con cierto retintín.

Justice la miró con curiosidad.

—Nada ha cambiado desde entonces.

—¡Qué raro! Yo diría que han cambiado muchas cosas.

—Yo quiero decir que mis intenciones son las misma. Sigo queriendo casarme. Sigo queriendo una familia. Espero que, con el tiempo, nuestra relación progrese en esa dirección.

—¿Igual que lo esperabas con Pamela?

—¿Te lo ha contado Cord? —preguntó él mientras se frotaba el rostro y lanzaba una maldición.

—Deberías habérmelo dicho tú. ¿Por qué no lo haces ahora?

—Ella parecía la mejor candidata. Me equivoqué.

—¿Por qué no me lo dijiste cuando llegué aquí?

—La relación no funcionó. Ya no era importante.

—¿Y por qué no funcionó?

—Maldita sea, Daisy. ¿Quieres todos los detalles?

—Sí.

—Está bien. Efectivamente, los opuestos se atraen. Los objetos iguales no. Pamela se parecía mucho a mí. Y además cumplía con todos los criterios del programa de Pretorius. ¿Satisfecha?

—No.

—Se le daba especialmente bien controlar sus sentimientos. De hecho, jamás he conocido una mujer más fría. Me da la sensación de que si yo hubiera tenido el valor de tocarla, me habría muerto por congelación.

Daisy no pudo ocultar una sonrisa.

—Entonces, ¿qué es lo que buscas en una esposa?

—Te quiero a ti. Y, aunque ninguno de los dos lo

habíamos planeado, no podría haber soñado con una hija mejor que Noelle.

–¿Y qué me dices del amor?

Justice cerró los ojos. Se tendría que haber imaginado aquella pregunta, en especial con una mujer como Daisy.

–¿Es uno de los requisitos que tú tienes para el matrimonio? –le preguntó él.

–Sí.

–Ojalá lo pudiera ofrecer. Alguien como tú se merece el amor. Se merece un marido capaz de amar. Si nosotros decidimos casarnos, tienes que saber que eso no te lo puedo dar.

Daisy bajó las pestañas para que él no viera que los ojos se le habían llenado de lágrimas.

–¿Y qué es lo que me ofreces tú?

–Te daré todo lo que tengo. Mi casa. Mi inteligencia. Mi dinero. Sexo. Según tú, sexo maravilloso. Incluso te he dado mis paredes. Sin embargo, no puedo darte lo que no poseo.

–¿Y no crees que poseas la capacidad de amar?

–No, Daisy. No lo creo. Sé que no.

Iba a perderla.

Justice lo comprendió cuando los primeros rayos del amanecer invadieron el dormitorio de Daisy. Estaba completamente seguro de que ella iba a abandonarlo. El pánico se apoderó de él. Tenía que hacer algo, lo que fuera, para hacer que se quedara a su lado. Desgraciadamente, las dos palabras necesarias para hacerla suya para siempre eran las únicas que su conciencia no le permitía pronunciar.

¡Qué ironía! Siempre había pensado que poseía todo lo que una mujer pudiera desear. Desgraciadamente, Daisy no se parecía en nada a la mayoría de las mujeres.

Tenía que hacer algo. Encontrar el modo de convencerla para que se quedara.

No podía quedarse.

Cuando Daisy se despertó entre los brazos de Justice, no lo dudó ni un segundo. Tenía que hacerlo. Habría hecho lo que fuera para no tener que marcharse, pero, desgraciadamente, las dos únicas palabras que se interponían entre ellos creaban un abismo que jamás podrían superar.

¿Por qué no podía sentirse satisfecha con lo que él podía ofrecerle? Amaba aunque no lo creyera. Daisy lo veía cada vez que miraba a su hija, pero, ¿la amaba a ella? Cerró los ojos y se enfrentó a la dolorosa verdad. Sin aquellas palabras, el resto carecía de significado. Daisy sería capaz de cambiar todo lo demás sólo por el hecho de que Justice la amara.

A cada minuto que pasaba, la luz iba eclipsando la oscuridad. Entonces, de repente, él se levantó de la cama y se marchó.

Ya no quedaba duda alguna. Iba a tener que marcharse, aunque hubiera deseado de todo corazón quedarse.

Capítulo Diez

Daisy estaba a punto de entrar en el laboratorio de Justice, pero se detuvo al escuchar el sonido de la voz de Noelle.

–*E quero* –dijo la niña mientras golpeaba la mejilla de su padre.

–Sí, yo te quiero mucho –le aseguró Justice mientras realizaba los ajustes necesarios en el caso de Emo. En cuanto terminó, se inclinó sobre su hija y le dio un beso.

Daisy contempló aquel amor en estado puro sin pestañear.

–¿*Emo e quero*? –dijo la niña con preocupación.

–Sí. Emo también te quiere.

Sonrió al ver cómo la pequeña abrazaba al pequeño robot X–4.

–¿Por qué te gusta él más? Puede que el 15 sea demasiado elegante. Tal vez podría pintar el chasis. Sin duda, tu madre podría diseñarme un modelo colorido y brillante para darle un poco más de personalidad. Ahora que lo pienso, no es mala idea…

Tomó a la niña entre sus brazos y la abrazó con fuerza. Ella se acurrucó satisfecha contra el pecho de su padre. Justice cerró los ojos. Tenía una expresión de amor total en el rostro.

Daisy contempló los papeles que llevaba en la mano y contuvo las lágrimas.

Aggie apareció de repente y, tras dedicarle una sonrisa a Daisy, entró en el laboratorio. Daisy la siguió.

—Es la hora del almuerzo de Noelle —dijo la mujer—. ¿Le gustaría que volviera a bajarla aquí después de su siesta?

—Si no le importa —dijo él. Entonces, se volvió a mirar a Daisy—. Llegas en el momento perfecto. Tengo una idea que proponerte.

—¿Pintar a Emo?

—¿Cómo lo sabes? —preguntó él asombrado.

—He escuchado la conversación que tenías con Noelle —respondió ella. Entonces, antes de entregarle los papeles que llevaba en la mano, se dio cuenta de que su imagen aparecía en todas las pantallas de ordenador que habían en la sala—. Dios santo. ¿Para qué es eso?

—Son fotos de tus respuestas emocionales a varios estímulos. También tengo vídeos. Ya sabes que te lo comenté.

—Es cierto. Quieres enseñar a Emo a interpretar nuestras expresiones. ¿Y también tienes vídeos?

—Sí.

—¿Me los puedes enseñar?

Justice tomó un mando a distancia y lo dirigió a uno de los ordenadores. Inmediatamente, la pantalla comenzó a mostrar una película en la que se la veía a ella dirigiéndose a la cocina. Recordaba aquel día. Había sido a los pocos días de llegar, antes de que comenzara a pintar las paredes. Había sido una tarde bastante mala. Daisy se sentó a la mesa y ocultó el rostro entre las manos.

La cámara cambió de ángulo y mostró también a Aggie preparando una ensalada.

–Veo que la pintura no ha ido bien.

–Podríamos decir eso. No lo comprendo, Aggie. Debería haberlo superado ya. Sin embargo, cada vez que veo un lienzo en blanco… Creo que no volveré a pintar.

–Por supuesto que sí. Sólo es cuestión de tiempo.

–¿De cuánto, Aggie? Ya hace casi dos años. Parece como si hubiera perdido todo el deseo de pintar. Lo perdí justo después de que Justice y yo… Pensé que lo encontraría aquí.

–Ahora que vuelves a estar con Justice, estoy segura de que lo recuperarás enseguida. Espera y verás.

–Yo le a…

Los ojos se le llenaron de lágrimas. Daisy recordó que, en ese mismo instante, había estado a punto de admitir que estaba enamorada de Justice, pero había sido incapaz, o no había querido, admitir la dolorosa verdad.

–Yo adoro pintar. No sabes lo mucho que lo echo de menos…

La grabación terminó justo cuando Daisy se echaba a llorar.

Antes de que ella pudiera reaccionar, Justice le quitó los papeles de la mano y la abrazó.

–Lo siento. ¿Te encuentras bien?

–Sobreviviré –replicó ella mientras se apartaba de

él–. No lo entiendo. ¿Por qué guardas esa grabación cuando sabes lo dolorosa que me resulta?

–Precisamente por eso. Tengo varios de Noelle llorando, pero no es lo mismo. Los adultos no son tan abiertos como los niños. Quiero que Emo lo capte todo. Puedo borrarlo si quieres. Tengo otros vídeos de Jett, de Pretorius y de Aggie.

–Vaya, veo que tienes de todos. ¿Y tuyos, Justice? ¿Acaso tienes algún vídeo que refleje lo que tú sientes?

–Yo experimento ciertas cosas, pero no creo que ninguna de ellas beneficie a Emo. Además, no puedo darle a Emo lo que no poseo.

–En eso te equivocas. Claro que posees esos sentimientos. Por supuesto, los has protegido bajo siete llaves y las has arrojado todas, pero si me dejaras…

–¿Y si descubrieras que no hay nada detrás de las puertas cerradas? Yo soy un ser sin sentimientos. Carezco de empatía.

–Estás repitiendo las palabras de alguien. ¿De quién?

–De cualquiera de los padres de acogida que tuve. Ni siquiera mis propios padres me entendieron.

–Justice, tú sólo tenías diez años cuando murieron. Estoy segura de que eso no es cierto.

–Te equivocas. En una ocasión escuché cómo mi madre le decía a mi padre que pensaba que yo era incapaz de amar. Que me parecía a Pretorius y que terminaría como él.

–Eso no es cierto, Justice. No eres incapaz de amar. ¿Por eso te niegas a pronunciar las palabras?

¿Porque alguien te creyó incapaz de amar y tú lo creíste a pies juntillas?

—Ya basta. ¿Por qué has venido, Daisy?

Daisy dudó un instante, pero la frialdad de la voz de Justice la animó a seguir. Volvió a tomar los papeles que Justice le había quitado de las manos.

—Justice, ¿sigues buscando ayudante/esposa?

—No. Ya no necesito una ayudante. Dentro de pocos años, Noelle podrá ayudarme como aprendiz. Ahora, sólo me interesa encontrar esposa.

—¿Estás interesado en que una de estas mujeres sea tu futura esposa?

Sin saber qué era lo que Daisy decía, Justice tomó varias páginas y las examinó.

—Son de mi programa para encontrar ayudante/esposa. ¿Cómo las has conseguido?

—La impresora las estaba imprimiendo cuando pasé por allí.

—Vaya... supongo que eso significa que el programa sigue funcionando.

—He leído las biografías de estas mujeres. Yo no me parezco nada a ellas.

—No, pero tampoco ninguna de ellas encaja con mis parámetros.

—Tus parámetros son para la esposa perfecta. Estas mujeres no lo son, Justice. Nadie lo es. La perfección no existe.

—Eso ya lo sé.

—¿Sí? —preguntó ella acercándose más a Justice—. ¿Por qué me deseas? ¿Es porque soy la madre de Noelle o porque soy yo? No soy sólo un cuerpo, ¿sabes?

No soy tan sólo alguien para calentarte la cama. Soy yo. Y mi listado de los requerimientos para el esposo perfecto incluye la unión emocional.

—Ya hemos hablado de esto. Te expliqué que…

—¿Por qué estás construyendo un robot que es capaz de interpretar sentimientos? ¿Para que Emo pueda decirte lo que tú no sabes interpretar? ¿Cuántos Emos ha habido? ¿Cuántos has tenido que desguazar para volver a montar? ¿Es eso lo que me va a ocurrir a mí si no te satisface el modo en el que funciono? ¿Me harás trozos para poder volver a empezar?

—¿Te he dicho yo alguna vez esas cosas? —le preguntó él reaccionando por fin con sentimiento—. ¿Te he pedido alguna vez la perfección?

—No.

—No, efectivamente. Nunca te he dicho nada de eso. Y, para tu información, ni siquiera lo he pensado.

—Debes de haberlo hecho en algún momento dado que tienes un montón de nombres que has descartado porque no te satisfacían.

—Si hubiera querido que una de esas mujeres estuviera aquí en tu lugar, habría elegido a Pamela. O habría elegido a alguien en aquella conferencia de hace veinte meses, veinte días… veinte… veinte… ¡Maldita seas, Daisy! Ya ni siquiera sé calcular las horas y los minutos…

—Veintiuna horas y doce minutos —susurró ella.

Justice cerró los ojos. Parecía estar completamente agotado.

—Deja que te aclare un punto. La única mujer a la que deseo eres tú.

Daisy lo miró. Ya no podía sentir ira hacia él. Se dirigió a su lado y lo abrazó. Él la estrechó también contra su cuerpo.

—¿Qué vamos a hacer, Justice?

—Tendremos que seguir intentándolo. Tenemos que hacerlo, Daisy… por favor, no pierdas la esperanza en mí…

Sin embargo, no fue así.

—Llamada telefónica de Cord O'Malley —anunció el ordenador.

—Pásamelo. Sí, Cord. Dime qué puedo hacer por ti.

—Sólo quería confirmar un encargo.

—Es Daisy la que se ocupa de eso. Pensé que ya había quedado claro.

—Sí, pero dado que tú eres el que paga las facturas, pensé que sería mejor comprobarlo antes de aceptar este trabajo en particular.

—Bien. ¿De qué se trata?

—Tiene que ver con pintar las paredes.

—No digas tonterías. Ya están todas pintadas.

—Sí, efectivamente. Sé que esos dibujos que ella hizo eran muy bonitos, pero quiere que los pintemos de blanco. Y que saquemos todos los muebles que ella compró. Hasta el árbol de Navidad. Quiere que lo dejemos todo como estaba antes.

—¿De qué demonios estás hablando?

—Ya lo has oído.

A Justice empezó a costarle respirar.

147

–Ahora hay una contraorden que te digo yo –dijo a duras penas–. No vas a hacer caso a lo que ella te haya dicho. ¿Está claro? Por supuesto, te pagaré las molestias.

–Venga ya, Justice. Sabes que eso no es necesario. Supuse que tenía que haber un error. Me alegro de haberlo aclarado.

–De acuerdo. En lo sucesivo, te pido que consultes conmigo cualquier otra orden.

–Lo haré. Espero que tengas una feliz Navidad.

Sin embargo, Justice no tendría Navidad, ni feliz ni de ninguna otra clase si Daisy se marchaba y se llevaba a su hija, a Aggie y a Jett. Las cuatro se habían convertido en personas muy importantes para él y para Pretorius. Formaban una familia y, costara lo que costara, tendría que encontrar el modo de detenerla y de convencerla para que se quedara.

Durante los siguientes tres días, Justice no supo si enfrentarse a Daisy sobre lo que ella había ordenado a Cord o esperar al veinticinco. Lo único que lo mantenía en silencio era pensar que una confrontación podría provocar que ella se marchara antes de Navidad. Durante el día trabajaba como un poseso, esperando que si él no podía amar, al menos la capacidad de su robot para sentir las emociones humanas lo ayudara a analizar el problema y a encontrar la solución lógica. A cada noche que pasaba, el acto sexual entre ambos se hacía cada vez más desesperado, como si los dos presintieran que el tiempo que iban a pasar juntos estaba a punto de terminar.

El día de Nochebuena, cuando ella se levantó de

la cama y se marchó a su dormitorio, Justice supo que había perdido. En silencio, recorrió la casa, tratando de imaginársela sin el ruido y la alegría que había reinado en ella desde el día en el que llegaron.

Se detuvo delante del árbol de Navidad, el que habían decorado todos juntos. Había sido la primera vez que Pretorius había salido del sótano. Tras permanecer allí unos segundos recordando lo bien que lo habían pasado aquel día, regresó a su laboratorio para tratar de conseguir que el Emo X-15 resultara operativo. Arrancó el ordenador y accedió al listado de sentimientos que Pretorius había organizado. Su tío había denominado a una de las carpetas Amor. Justice no recordaba haber visionado su contenido.

Las primeras fotos y vídeos eran de Daisy y de Noelle en las que las dos sonreían juntas y se besaban. Entonces, encontró una interminable cascada de fotos de sí mismo con su hija. Se quedó atónito. Ni siquiera sabía que aquellas fotografías existían. No podía malinterpretar la expresión de su rostro igual que no había podido hacerlo con el de Daisy.

Sin embargo, fue la última fotografía la que estuvo a punto de destruirle. Acababa de llegar y aún tenía el abrigo puesto. Tenía a su hija en brazos, pero no era a ella a quien miraba, sino a Daisy. Y allí, en su propio rostro, vio amor.

¿A quién había estado engañando? Se había negado a ver lo que tenía delante de sus propios ojos, pero allí estaba. Era un amor innegable, con brillo de adoración en la mirada y el deseo escrito en cada centímetro de su rostro.

Amaba a Daisy.

Se puso de pie con la intención de ir corriendo a decírselo, pero se detuvo en el último momento. ¿Y si ella no le creía? ¿Y si se pensaba que era un último esfuerzo por conseguir que se quedara? ¿Cómo diablos iba a poder convencerla de que la amaba de verdad si ni él mismo lo había creído hasta aquel mismo instante?

Sólo había un modo posible. Necesitaba pruebas. Necesitaba… Observó la elegante forma del Emo X-15. Necesitaba un robot capaz de detectar sentimientos.

—Aún tengo una oportunidad…

—¿Dónde está Justice? —le susurró Jett a Pretorius, aunque sin evitar que Daisy se enterara.

—Donde está siempre últimamente. En su laboratorio —respondió Pretorius.

—Pero si es Navidad. Hasta tú has subido —comentó Jett mientras empezaba a apretar los botones de un mando a distancia.

Pretorius se encogió de hombros.

—Tal vez se ha olvidado. Jamás hemos tenido una Navidad de verdad antes —añadió.

Daisy respiró profundamente. Ya estaba bien. Había esperado que la llamada a Cord le diera a Justice el empujón que necesitaba. El hecho de enfrentarse a la pérdidas de todas las mejoras que ella había hecho a lo largo del último mes debería haber sido suficiente para hacer que él recuperara el sentido común.

Tendría que haberse imaginado que no sería así y ese hecho sólo podía significar una cosa.

Evidentemente, se había equivocado con él. ¿Cómo había podido creer que la amaba?

–Muy bien, todo el mundo –dijo ella con una sonrisa–. Ha llegado el momento de abrir los regalos.

Justice no recordaba hasta qué hora había estado trabajando aquella noche. De repente, un ¡piii! tras otro lo despertaron de un profundo sueño. Maldita Jett…

Se puso de pie y miró confuso a su alrededor.

–Ordenador, fecha y hora –ordenó.

–25 de diciembre, 11:02:12 AM –respondió la máquina.

Lanzó una maldición y se mesó el cabello. Entonces, miró al robot. Lo había intentado. Había trabajado como un poseso hasta llegar a la desesperación. No había cambiado nada. Emo X-15 seguía sin funcionar, lo mismo que su predecesor. Había fallado.

Se incorporó sobre la silla y se frotó el rostro. Estaba tan cansado… Por primera vez en su vida, no sabía qué era lo que tenía que hacer. Sentía un anhelo que era incapaz de nombrar. Lo había estropeado todo.

–Estás cansado –dijo una voz.

Justice se quedó perplejo. Lentamente, miró a Emo X-15 y vio que había cobrado vida electrónica.

–¿Cómo has dicho?

–Pareces cansado –repitió el X-15.

–¿Te gustaría tomar una taza de té? –le preguntó

otra voz, la de un robot que debería haber desmontado hacía mucho tiempo, lo que no había hecho por la simpatía que Noelle y Daisy le profesaban.

—¿Por qué me haces esa pregunta? —le preguntó al X-14.

—Te sientes triste. El té hará que te encuentres mejor.

En aquel momento, Justice vio claramente las dos opciones de las que disponía. Por un lado, la fría lógica que había sido su compañera durante la mayor parte de su vida. Por otro, los sentimientos. Sonrió y tomó a Emo. Al perfecto. Acababa de descubrir una sorprendente verdad.

Justice subió corriendo las escaleras con sus regalos de Navidad. Llegó junto al árbol al mismo tiempo que Daisy anunciaba que había llegado el momento de abrir los regalos.

—Un momento —dijo él—. Tengo algunos más que poner bajo el árbol.

—¿Qué me has comprado a mí? —le preguntó Jett.

Justice sacó el de ella y se lo entregó.

—Es de parte mía y de Pretorius.

Jett abrió la caja con impaciencia y, en su interior, descubrió unos papeles. Al darse cuenta de lo que eran, los sacó con extremo cuidado.

—Son cartas de recomendación…

—Sí. Para la universidad —dijo Justice.

—Gracias… Gracias a los dos —susurró ella muy emocionada.

–En realidad, aún no has visto el verdadero regalo –dijo Pretorius.

–¿Hay más? –preguntó Jett. Entonces, se percató de que había un sobre que acompañaba las cartas. Cuando leyó la nota que había en su interior, se puso a llorar de emoción–. Es una beca de Sinjin con todos los gastos pagados para la universidad que yo elija en cualquier lugar del mundo.

–Por supuesto, tendrán que aceptarte primero –le advirtió Justice.

Jett abrazó a ambos con profunda devoción.

–No me podríais haber dado mejor regalo.

A continuación, Pretorius tomó otro regalo y se lo entregó a Aggie.

–Para ti –le dijo.

Después de abrirlo muy cuidadosamente, Aggie sonrió emocionada.

–Ay, Pretorius… No podrías haber elegido mejor regalo para mí –musitó mientras sacaba una preciosa tetera de la caja–. Es Spode, ¿verdad?

–Sí. Y Justice te ha regalado una selección de tés de todo el mundo

Jett tomó otro de los regalos. Era para Noelle.

–¡Mira! –exclamó Jett tras ayudar a la pequeña a abrirlo–. Es un bebé Emo. ¿Funciona mejor que los otros?

–Ni la mitad de bien –repuso Justice–. ¿Hay más regalos?

–Algo para ti –anunció Daisy mientras le entregaba un regalo acompañado de un sobre–. Te sugiero que empieces por la carta.

Justice comenzó a sospechar lo que era su regalo. Lo confirmó en cuando abrió el sobre y vio la orden de la que Cord le había informado.

—¿Y si no quiero este regalo?

—Entonces, te puedes quedar con el otro. Es uno u otro. Puedes quedarte con el que prefieras, pero no con los dos.

Se sorprendió al descubrir que el otro regalo era un cuaderno para realizar bocetos. Cuando lo abrió, vio que ella había dibujado un nuevo cuento allí. Se trataba de las aventuras futuristas de una niña que se parecía mucho a Noelle y un robot que era la viva imagen de Emo. Era un regalo maravilloso.

La historia era adorable. Al final los dos se ven en una situación en la que el robot tenía que conseguir que funcionara su lector de sentimientos para que la niña no lo mandara al desguace de robots. Justice se sorprendió mucho al ver que el cuento no tenía final.

—Eso es porque no puedo terminarlo hasta que tú no me digas cómo. Si no puedes, tendrás que aceptar la carta. Uno u otro, Justice.

Justice cerró el cuaderno y le entregó a Daisy su regalo. No hacía falta mucha imaginación para saber de qué se trataba. Emo.

—Enciéndelo.

Daisy apretó el botón e hizo que el pequeño robot cobrara vida.

—Hola, Emo —le dijo ella.

La cabeza empezó a girar. Los ojos fueron examinando uno a uno a todos los presentes.

—Te amo. Tengo hambre.

Jett se echó a reír y Noelle comenzó a aplaudir.

—Emo —le dijo Justice al robot—. ¿Cómo me siento?

—Te gustaría una taza de té.

Justice estuvo a punto de arrancarse el pelo.

—¡Maldito seas, cubo de tornillos inútil! ¡Se suponía que tenías que decirle a Daisy que la amo!

Durante un segundo, nadie se movió. Entonces, Daisy voló a los brazos de Justice.

—Creo que me lo acabas de decir tú mismo y, para serte sincera, prefiero que me lo digas tú y no Emo —susurró.

Justice suspiró.

—Lo siento, Daisy. He estado toda la noche trabajando en él. Creía…

—¿Que él podría decirme lo que tú eras incapaz?

—¡No! —exclamó él—. No. Claro que te amo, Daisy. Te amo con todo mi corazón, pero no pensaba que me creerías después de haberme negado a decir esas palabras durante tanto tiempo.

—Y pensaste que si Emo las decía en tu nombre leyendo tus sentimientos, te creería.

—Así es. Me he pasado veintisiete años, dos meses y veintiséis días creyendo que no podía sentir. Era más fácil así. Menos doloroso.

—¿Y ahora?

—Ahora me duele más no decir las palabras. No puedo soportar pensar que podría perderte a ti y al resto de tu familia. Por favor, no dejes que esa historia termine con una página en blanco. Quiero que tú me des una familia de verdad, una familia que siempre esté a mi lado. Cásate conmigo, Daisy.

—Me casaré contigo –dijo ella con una radiante sonrisa–, pero con dos condiciones. La primera, condición conjunta número dos. Puedo bajar al sótano cuando quiera.

—Yo accederé a esa si tú accedes a la condición conjunta número tres.

—¿Y es?

—Quiero que crees una habitación sólo para los dos en el lado sur de la casa…

—Pero si ese es el más soleado.

—Así es. Ha llegado el momento de dejar la oscuridad atrás y salir al sol, ¿no te parece? –le preguntó. Entonces, la abrazó con fuerza–. Bueno, ¿te vas a casar conmigo?

Daisy asintió.

—Si puedes responder una preguntita más.

—¿De qué se trata?

—¿Cómo te sientes, Justice?

Él oyó que todos los presentes contenían la respiración mientras esperaban su respuesta. Cuando respondió, Justice habló desde el corazón.

—Me siento… feliz. Como si nuestra historia estuviera empezando…

—Justice –susurró ella llorando de pura felicidad–. Y menuda historia va a ser.

—Digna de escribirse en un libro –afirmó él ante de besarle suavemente los labios–. Después de todo, has enseñado a sentir a un robot.

—No, Justice –replicó ella. Le devolvió el beso. Su primer beso de verdad–. He enseñado a un hombre a amar.

DESEO

DAY LECLAIRE

CREER EN EL AMOR

Capítulo Uno

De pronto, se abrió la puerta de su despacho y entró la mujer más hermosa que Gabe Moretti había visto jamás. Al contemplarla, sintió un extraño estremecimiento, algo que nunca había experimentado antes, y todos sus sentidos se pusieron alerta.

Una voz interior le dijo que esa mujer tenía que ser suya.

Tratando de dejar de lado ese extraño pensamiento, se concentró en ella, frunciendo el ceño. Era alta o, al menos, los tacones le hacían parecerlo y tenía una estructura corporal delicada, casi frágil. A pesar de su esbeltez, sus sensuales curvas se dibujaban bajo el traje: un traje de chaqueta que solo podía ser de Christian Dior. Un abrigo negro de lana completaba el conjunto. Llevaba el pelo color rojizo recogido en un moño en la nuca, enmarcando un rostro que parecía esculpido. Pero su belleza estaba tintada de algo especial. Estaba impregnada de carácter y fuerza de voluntad, mientras sus ojos verdes delataban inteligencia. Y su mirada parecía… angustiada, dotando a su aspecto de una pronunciada vulnerabilidad.

Sin poder evitarlo, Gabe sintió la urgencia de poseerla, más allá de toda razón. El tiempo se detuvo, envolviéndolo en las llamas del deseo. Esa mujer debía ser suya, se dijo. El corazón se le aceleró, llenándole las venas de pasión con cada latido.

La mujer titubeó en su avance, como si hubiera notado algo. Sus miradas se entrelazaron. Era evidente que ella había esperado encontrar algo diferente. ¿O estaría reaccionando ante él de la misma manera?

–¿Gabe Moretti? –preguntó la recién llegada con voz sensual.

–Lo siento, señor Moretti –se disculpó su secretaria, después de entrar corriendo–. No ha consentido pedir cita y exigía verlo de inmediato.

Gabe cerró el informe que estaba leyendo y se puso en pie. Dedicó a la desconocida una de sus famosas miradas de hielo. Ella se la devolvió con ojos cristalinos y fieros como el fuego.

–¿Por qué no comenzamos por el principio? –sugirió él. Para su sorpresa, fue capaz de hablar con calma, aunque el deseo lo poseía sin piedad–. Por ejemplo, ¿quién eres?

–¿No me reconoces? Deberías –repuso ella–. Soy Kat Malloy.

Aquella afirmación lo sacudió como un puñetazo en el estómago. Esa mujer nunca podría ser suya. Por mucho que la deseara, era la última mujer sobre la faz de la Tierra a la que se llevaría a la cama.

Solo la había visto una vez en su vida: en la cama de otro hombre, del anterior prometido de su difunta esposa. Kat Malloy era la prima de ella, para ser exactos.

4

Gabe le hizo un gesto a su secretaria para que se fuera.

En cuanto se quedó a solas con Kat, lanzó su primera andanada.

—Tal vez, si no llevaras ropa, me habría costado menos recordarte.

Ella lo miró irritada.

—Qué amable, eres todo un caballero.

—No sigas por ese camino —replicó él con voz suave— o me obligarás a sacar a la luz lo poco que tú encajas en la descripción de una dama.

Kat se encogió de hombros, aunque no pudo evitar sonrojarse. Bien, pensó él. Mientras mantuviera su hostilidad, podría impedir que otras emociones se inmiscuyeran. Como el deseo. O la necesidad de arrancarle la ropa y poseerla.

—No has aceptado darme una cita. Lo menos que podías hacer es tener la cortesía de escuchar lo que tengo que proponerte.

Gabe se quedó mirándola. El silencio comenzó a pesar sobre ellos.

—No te debo nada. Quizá, tú sí se lo debas a mi difunta esposa. Después de todo, eras la prima de Jessa —señaló él—. Por cierto, ¿sabías que te quería como a una hermana? Incluso después de lo que le hiciste, tras tu aventura con Benson Winters, se pasó los dos últimos años de su vida llorando por haber roto su relación contigo.

—¿Ah, sí? —preguntó Kat, arqueando las cejas—. Pues tenía una forma muy peculiar de demostrarlo, teniendo en cuenta que puso a nuestra abuela en

5

mi contra y me vilipendió en la prensa. A mí eso no me parece propio de una buena hermana.

–Quizá porque te acostaste con su prometido. Y, aunque yo salí ganando cuando acudió a mí en busca de consuelo, fue algo despreciable por tu parte.

–Eso dice todo el mundo –replicó ella–. Por alguna extraña razón, yo tengo una versión diferente de lo que pasó esa noche.

Kat recorrió el amplio despacho con la mirada y eligió tomar asiento en el sofá. Se quitó el abrigo, lo dejó en el respaldo y se sentó cruzando las piernas. Unas piernas largas y bien torneadas en las que él no pudo evitar fijarse. Pero debía recordar que era venenosa como una serpiente. Aunque eso no lo consolaba, al parecer, su cuerpo no temía el veneno, solo quería tener esas piernas a su alrededor.

–Antes de que me eches, deberías saber algo importante –indicó ella con calma y una sonrisa–. Tengo algo que tú quieres.

–No quiero nada tuyo. Ni ahora ni nunca.

Kat enderezó la espalda con elegancia, poniéndose las manos sobre el regazo.

–En concreto, me refiero a Deseo del Corazón.

Gabe se quedó petrificado. Se había pasado años tratando de comprarle a Matilda Chatsworth el collar de diamantes que había pertenecido a su madre. La familia de Kat sabía muy bien lo mucho que él quería tenerlo. Sabía que estaba dispuesto a cualquier cosa con tal de conseguirlo.

La madre de Gabe, Cara, había diseñado el collar cuando había empezado a trabajar en la joyería Dante´s. En esos tiempos, había conocido a Dominic Dante, el hijo del dueño, y se había enamorado de él. Habían mantenido una apasionada aventura y habían estado a punto de casarse. Pero, en vez de elegir a su madre, Dominic había preferido a una mujer con una nutrida cuenta bancaria. Sintiéndose traicionada, Cara se había mudado a Nueva York pero, tiempo después, cuando Dominic había vuelto a buscarla, ella había caído en sus brazos. En aquella última noche que habían pasado juntos, habían sido concebidos Gabe y su hermana gemela, Lucía. Luego, Cara se había negado a volver a ver a Dominic.

Según Dominic, él nunca había olvidado a Cara, ni había dejado de amarla. Había pasado años tratando de encontrarla. Al fin, quince años después, había descubierto que había tenido dos hijos. Entonces, le había pedido que se casara con él, a pesar de seguir casado con su esposa, Laura. Le había regalado a Cara el collar que ella había creado para la firma, al que él había bautizado como Deseo del Corazón en su honor, junto con un anillo, prometiéndole que volvería a buscarla cuando se divorciara, para casarse y darle a sus hijos su apellido. Por supuesto, no había cumplido su palabra y Cara había quedado destrozada, con aquellos diamantes como único recuerdo de su amor.

Gabe solo tenía veinte años cuando su madre enfermó. Desesperado por conseguir dinero para cuidarla, vendió el collar a Matilda Chatsworth, con la esperanza de poder recuperarlo después.

Tardó en darse cuenta de lo que el collar simbolizaba para él. Representaba al hombre que lo había engendrado y a la familia que lo había rechazado. Y a la hermana y la madre que siempre habían estado a su lado, en lo malo y en lo bueno.

Por desgracia, cuando Gabe tuvo el dinero necesario para recuperar Deseo del Corazón, Matilda se negó a venderlo. Incluso cuando se casó con Jessa, su nieta, no pudo acercarse al collar. Lo que no entendía era por qué, después de todos esos años, Matilda había decidido dárselo a Kat en vez de vendérselo a él. Sobre todo, cuando había repudiado a su nieta díscola por haber traicionado a Jessa.

—¿Tú lo tienes?

—Mi abuela se comunicó conmigo hace poco. Me pidió que volviera a casa —contestó ella tras titubear un momento—. No se encuentra bien. Me dijo que me daría el collar cuando… —añadió, y se interrumpió con gesto de dolor—. Después de su muerte.

—En ese caso, ven a verme cuando lo tengas. Ahora, si no te importa… —indicó él, haciendo un gesto con la cabeza hacia la puerta— estoy ocupado.

—Me temo que hay algo más —señaló ella y, mirando a su alrededor, posó los ojos en el mueble bar—. ¿Puedo tomar un poco de agua? Me muero de sed.

—¿Es que piensas fingir que te importa la muerte de tu abuela, Kat? Lo siento, preciosa, pero no me lo trago.

Gabe percibió una mueca de dolor en su interlocutora, antes de que ella pusiera cara de póquer.

—Cualquier lágrima que derrame por mi abuela,

será real. Después de que mis padres murieran cuando tenía cinco años, ella me crio. Le debo más de lo que puedo expresar con palabras. Pero no te preocupes, no me derrumbaré delante de ti. Nunca lloro. Jamás.

Gabe fue directo al grano.

—¿Cuánto quieres por Deseo del Corazón?

—No está en venta.

Él se puso en pie, maldiciendo.

—Eres increíble, ¿lo sabías? Primero, te acuestas con Benson Winters, el anterior prometido de Jessa. Luego, encuentras la manera de recuperar el favor de Matilda y pones las manos en el collar. ¿Por qué? ¿A qué juegas?

—No es un juego. Nunca lo ha sido.

—Te pagaré bien por el collar. El dinero no es un problema —aseguró él.

—No quiero dinero —negó ella con una fría sonrisa—. ¿Me das algo de beber?

Maldición, pensó Gabe. No había pasado más de cinco minutos con esa mujer y ya estaba perdiendo los estribos. Debía de ser porque la deseaba. ¿Qué diablos le estaba pasando?

Sin decir palabra, se acercó al mueble bar.

—¿Con gas o natural?

—Natural.

—Has estado escondiéndote en Europa los últimos cinco años —comentó él, sirviendo el agua.

—No me he escondido —se apresuró a protestar Kat.

Interesante, se dijo Gabe. Parecía que había tocado otro punto débil de Kat.

—Mentira. Escapaste del país en cuanto se hizo pública tu aventura con el prometido de tu prima, el candidato al Senado Benson Winters. Y has estado fuera desde entonces. Ni siquiera volviste cuando Jessa y yo nos casamos, ni en su funeral —recordó él, entregándole el vaso. Con satisfacción, percibió cierto temblor en la mano de ella—. Pero, en cuanto descubriste que podías ponerle las manos encima a Deseo del Corazón, has regresado a Seattle.

Kat le dio un rápido trago a su vaso de agua, sin duda, para ganar tiempo para recuperar la calma.

—¿Por eso te has negado de forma sistemática a verme? ¿Porque no asistí al funeral de Jessa?

—Es una buena razón, ¿no te parece?

—Pero no es la verdad —adivinó ella, mirándolo a los ojos.

Quizá, si se centrara en su rabia, desaparecería el deseo, pensó Gabe. O, al menos, disminuiría. ¿Pero por qué se sentía atraído por una mujer que solo merecía su desprecio?

—¿Qué no es la verdad? ¿Que no te molestaste en asistir al funeral de tu prima o que solo has vuelto para apoderarte del collar?

—Jessa no habría querido que fuera —respondió ella, encogiéndose de hombros.

—No lo dudes. Aun así, cuando Matilda te dice que está enferma, regresas a su lado como un buitre hambriento. ¿O me equivoco?

Kat se encogió con un brillo de vulnerabilidad en los ojos. Sin duda, era un gesto ensayado y fingido, adivinó él.

–No te equivocas. He venido porque mi abuela está enferma.

–No es por eso por lo que estás aquí, ¿o sí? –repuso él con cinismo–. Presumo que has venido porque sabes lo mucho que quiero tener el collar.

–Tienes razón. Así es –afirmó ella, levantando la barbilla–. Apuesto a que harías cualquier cosa con tal de tenerlo en tu poder.

–Dime cuánto quieres.

–No quiero dinero. Lo que quiero a cambio del collar es muy sencillo y está en tu poder concedérmelo –aseguró ella y, tras una pausa, continuó–: He oído que eres uno de los mejores negociadores de Seattle. Mi abuela es una mujer muy tradicional. Por supuesto, se preocupa por mí y por mis… desafortunadas elecciones de pareja –explicó ella, eligiendo cuidadosamente las palabras–. En este momento, no está dispuesta a reconciliarse. Solo me ha informado de que está enferma y que piensa dejarme el collar en herencia.

–¿Es que quedarte con el collar no es bastante para ti?

–No. Quiero más. Mucho más.

–Tu abuela es muy rica. Déjame adivinar. Crees que tienes derecho a quedarte con su fortuna.

–Lo que quiero es reconciliarme con ella –le corrigió Kat–. Mis razones solo me incumben a mí.

–¿Y yo que tengo que ver con eso?

–Mi abuela me ha dejado claro que necesita que le demuestre que soy respetable. Sus palabras exactas fueron –dijo ella y frunció el ceño–: Quiero ver

11

con mis propios que te estableces con un hombre respetable que no se deje manipular.

—Cielos.

—Sí, eso pensé yo también. Sin embargo, si hago lo que me pide, creo que me recibirá con los brazos abiertos. Por eso, necesito encontrar un hombre respetable. Como tú.

Gabe se quedó mirándola, atónito.

—¿Me estás proponiendo matrimonio? Mi respuesta es no. De ninguna manera. Debes de estar loca.

Sus palabras no consiguieron expresar su reacción por aquella ultrajante proposición. Ni su deseo. Casarse con ella implicaría dormir juntos, pensó, y recordó cuando había visto a Kat en aquella cama, desnuda y hermosa.

Entonces, había quedado impresionado por ella. Había asumido que no había sido más que una reacción instintiva masculina ante una mujer bella y sin ropa. Sin embargo, nunca había entendido por qué su imagen se le había quedado grabada en la mente durante los últimos cinco años. Por otra parte, la imagen de su esposa, que había muerto hacía apenas dos años, casi se le había borrado.

—Tranquilo, Gabe —repuso ella, riendo—. No te estoy proponiendo matrimonio, sino solo un compromiso. Quiero demostrarle a mi abuela que he sentado la cabeza. Y tú me ayudarás a hacerle feliz en sus últimos meses de vida.

—Como si a ti te importara algo su felicidad…

—La verdad es que sí me importa. A pesar de

todo lo que ha pasado, sigue siendo mi abuela –señaló ella–. Por otra parte, no hay nadie más perfecto que tú para el papel. Como estuviste casado con Jessa, nuestro compromiso me convertiría de inmediato en alguien respetable. Tienes fama de ser honrado, justo e íntegro. Eres el tipo de hombre que mi abuela tiene en mente para… –añadió e hizo una pausa, sonriendo– meterme en cintura.

–No.

–Piénsalo, Gabe –insistió ella con una sonrisa seductora–. Estaré a tu merced, obligada a seguirte en todo. Y, a cambio, conseguirás Deseo del Corazón. Los dos saldremos ganando.

Gabe titubeó un momento, dudando cómo manejar la situación. La propuesta le resultaba más tentadora de lo que podía creer. Tal vez, no mereciera la pena resistirse, pensó y pulsó el intercomunicador que tenía sobre la mesa.

–¿Sarah?

–Sí, señor Moretti –contestó de inmediato su secretaria.

–Cancela el resto de mis citas por hoy. Estaré fuera de la oficina hasta el lunes. Cámbialo todo para la semana que viene.

Sin esperar respuesta, Gabe tornó su atención en Kat y señaló hacia la puerta.

–¿Vamos?

–Ir… ¿adónde?

Él sonrió al notar su desconfianza.

–A consumar nuestro futuro acuerdo de negocios, claro. Si es que llegamos a un acuerdo.

–Consumar –repitió ella, poniéndose tensa.

Gabe no podía evitar provocarla.

–Así se llama al resultado final cuando una propuesta es aceptada, ¿no? Las partes consuman el acuerdo –indicó él, arqueando una ceja–. Sugiero que vayamos a un sitio más privado para hacerlo. Después de todo, eres tú quien ha dicho que el trato incluiría tenerte a mi merced, forzada a seguir mis deseos. Bueno, cariño, pues lo que yo quiero es consumar nuestro acuerdo. Así que ya puedes empezar a suplicar piedad.

–Debes de estar de broma –se defendió ella, con aspecto ultrajado.

–No, no bromeo –aseguró él–. Estoy dispuesto a mantener negociaciones. Incluso igual llamo a mi abogado para que redacte un bonito documento legal que especifique tus obligaciones. Después… –susurró y se acercó a ella, deteniéndose a solo unos centímetros–. Bueno, digamos solo que tenías razón. Haré lo que sea para ponerle las manos encima a ese collar.

–¿Hasta acostarte conmigo? –preguntó ella.

–Si insistes…

–No, no insisto. No quiero acostarme contigo ni con nadie –aseveró ella con vehemencia–. Solo quiero tener contenta a mi abuela.

Su apasionada respuesta despertó la curiosidad de Gabe.

–Lo único que yo quiero es Deseo del Corazón. Fuiste tú quien me propuso salir juntos para conseguir nuestros mutuos objetivos.

—Eso no quiere decir que tengamos que… –dijo ella, y se interrumpió, bajando la vista.

—Creo que eso tendremos que negociarlo. Y, como sabes, soy un experto negociador –señaló él–. Te has puesto en mi camino y posees algo que yo quiero. ¿Por qué te sorprende que acepte lo que me has puesto en bandeja?

—No era esa mi intención –aseguró ella con tono de pánico–. Sabes que no era así.

—Pero es lo que has conseguido. Ahora, vayamos a un lugar íntimo donde nadie nos interrumpa para delimitar en qué consistirá nuestro trato. Te aseguro que nada va a interponerse en mi camino para hacerme con el collar. ¿Está claro?

Kat se quedó mirándolo con la respiración acelerada. Sus ojos brillaban de frustración. Sin embargo, al contrario de lo que él esperaba, no se rindió y se enfrentó a él con gesto desafiante.

—No ha nacido el hombre que me diga lo que debo hacer.

En ese momento, Gabe supo que estaba dispuesto a todo con tal de tener a aquella mujer, sin importarle quién fuera ella.

Sin darle tiempo a decir más, Gabe la condujo fuera del edificio, hasta su coche. Hicieron el viaje en silencio, aunque la tensión que fluía entre ambos no hacía más que crecer por momentos.

Aparcaron en una majestuosa finca a orillas del lago Washington.

—Es hermoso –murmuró ella, mirándolo perpleja.

–Espera a ver las vistas del lago.

Gabe la guió a la puerta principal, abrió y, sin previo aviso, tomó a Kat en sus brazos y entró con ella. Cuando la dejó en el suelo, ella intentó apartarse, pero él no se lo permitió.

–Bienvenida a mi casa, señorita Malloy.

Gabe no entendió lo que pasó después. Una irresistible locura se apoderó de él. Fuera cual fuera la razón, él le agarró la mano y la tomó entre sus brazos. Acto seguido, inclinó la cabeza y la besó con pasión.

En cuanto sus manos y sus labios se tocaron, el deseo explotó como una bomba entre los dos, envolviéndolo en sus llamas, derritiéndolos de una manera que Gabe no había experimentado nunca antes. Su sangre se convirtió el lava en cuestión de segundos, solo ansiaba que aquella locura lo consumiera en sus llamas. Quería marcar a aquella mujer, poseerla.

Ella debía ser suya.

Capítulo Dos

Kat no tenía ni idea de qué le había hecho Gabe Moretti. Solo había sido un beso. Pero, en cuanto sus labios se habían tocado, el deseo la había poseído de una forma nueva para ella.

Al instante, su cuerpo se había convertido en un humano. Y había deseado ser suya con cada célula de su ser.

Ningún hombre la había tocado nunca de esa manera. Ni física ni emocionalmente. Ella se había esforzado siempre en mantener las distancias con cualquiera que lo hubiera intentado. Sin embargo, con un solo beso, sus defensas se habían esfumado como el humo. ¿Cómo era posible?

Si Gabe quisiera desnudarla y tomarla allí mismo, Kat no podría resistirse. Ya no se sentía dueña de sí misma, ni podía controlar la pasión que la invadía.

Ansiaba que aquel hombre la marcara, la poseyera.

Debía ser suyo.

En cuanto fue consciente de sus pensamientos, Kat trató de reprimirlos. Con un grito, se apartó de los brazos de Gabe y dio un paso atrás, sintiéndose como si estuviera separándose de una parte de sí

17

misma. Luego, dio otro paso para alejarse y otro, hasta que chocó con la espalda en la puerta.

No. De ninguna manera podía entregarse a él, se dijo. Gabe pertenecía a un pasado doloroso, relacionado con Jessa y el escándalo. Y ella había planeado empezar de cero, rompiendo lazos con el pasado. Prometerse con Gabe había sido parte de su plan, pero nunca había considerado implicarse emocionalmente. Sin embargo, en ese momento, se sentía atrapada en las redes del deseo.

—¿Qué me has hecho? —susurró ella.

—Te he besado.

Kat meneó la cabeza y notó cómo el moño se le deshacía y el pelo le caía por la espalda. Por alguna razón, le pareció una señal más de que su propio cuerpo la traicionaba. El beso no podía haber durado más que unos segundos y, sin embargo, la había transformado por completo.

Ella siempre se había vanagloriado de ser fría y mantener las distancias. Pero, con solo tocarla, Gabe la había desnudado de toda protección.

—No ha sido un beso —protestó ella, llevándose los dedos temblorosos a los labios—. Quemaba. ¿Cómo lo has hecho?

—Ha ocurrido sin más —contestó él con un brillo dorado en los ojos—. No sé ni cómo ni por qué.

—¿Te pasaba lo mismo con Jessa? —quiso saber ella y se humedeció los labios. Los tenía calientes, hinchados... y deliciosamente sensibles—. ¿Es algo propio de los Moretti?

—¿De los Moretti? —preguntó él, arqueando una

18

ceja sorprendido. Meneó la cabeza–. No. Supongo que, en todo caso, será propio de los Dante.

–¿Dante? –inquirió ella. ¿Se refería a los Dante que habían tenido la joyería donde había sido creado el collar? Eso no tenía sentido–. No entiendo.

–Ni yo, pero pienso investigarlo –aseguró él y se acercó un pasó–. No sé tú, pero yo necesito un trago. Y no de agua.

–Es apenas mediodía.

–Necesito beber algo –repitió él y señaló una habitación que daba al vestíbulo–. Si quieres esperarme en el salón, pediré que nos traigan la comida.

–Me gustaría refrescarme un poco –dijo ella, mirando a su alrededor con incomodidad–. ¿Dónde puedo…?

–Hay un baño ahí mismo, al otro lado del salón.

Rezando porque sus piernas temblorosas no le jugaran una mala pasada, Kat se dirigió en la dirección que él señalaba y entró en el salón. Era una sala muy hermosa y acogedora, con suelo de madera y muebles antiguos. Sin detenerse a admirarla, continuó hasta el baño.

Con solo una ojeada ante el espejo, Kat confirmó sus peores miedos.

No parecía una mujer que acababa de ser besada sin más. Parecía una mujer desnuda e indefensa. De alguna manera, Gabriel Moretti había conseguido abrir la caja de Pandora que ella había ocultado en su interior, sacando a la luz sus terrores más secretos. Y lo había hecho con un solo beso. ¿Cómo era posible?

¿Y qué había sido ese fuego que había ardido entre ellos? No había sido pasión nada más. Había sido algo incontrolable, como si el destino hubiera tomado las riendas de su vida. No tenía ninguna duda de que esos hados la conducían directa a los brazos de Gabe, donde no tenía ni la más mínima intención de volver. Y, al mismo tiempo, ansiaba explorar esa sensación…

Jessa había sido muy afortunada, pensó ella.

Llevándose una mano a la boca, se dio cuenta de que los dedos seguían temblándole. Y tenía los ojos llenos de dolor. El pelo suelto y los labios hinchados le daban el aspecto de una mujer que acababa de ser amada. Cielos. Y solo había sido un beso…

¿Qué habría pasado si él hubiera querido llevar la situación más lejos?

Pero aquello no podía ser, se dijo a sí misma con firmeza. No podía permitirlo.

Decidida, abrió el bolso y sacó el maquillaje, dispuesta a reconstruir las barreras que, a lo largo de los siglos, las mujeres habían usado para protegerse. Después, con el moño en su sitio de nuevo, se sintió un poco mejor. Lo malo era que no podía disfrazar su mirada.

Cerrando los ojos, recordó todo lo que había pasado y todo lo que había conseguido hasta el momento. Pensaba conseguir mucho más. No podía olvidar lo mucho que le debía a su abuela, quien la había criado tras morir sus padres. Ni todo lo que había sufrido en los últimos cinco años y cómo había tenido que estirar cada céntimo recibido de la herencia de sus padres. La vida había sido más que difícil hasta que sus finanzas habían mejorado hacía dieciocho meses, al menos, lo bastante como para poder permitirse ropa y calzado de calidad.

Sin embargo, lo más importante para ella era reconciliarse con la mujer que había sido el centro de su vida hasta hacía cinco años. Por no mencionar su objetivo de mudarse a San Francisco y trabajar como diseñadora de joyas para Dante´s. Eran buenos motivos para seguir adelante y no dejarse desviar del camino.

Al mirarse de nuevo al espejo, Kat vio a una mujer a cargo de su propio destino. Y se sintió capaz de resistirse a Gabe Moretti. Respirando hondo, rezó porque él percibiera lo mismo en sus ojos.

Cuando regresó al salón, él estaba sirviendo las bebidas. La miró con un brillo en los ojos.

–¿Estás mejor?

–Mucho mejor.

–¿Quieres un trago?

Kat se encogió de hombros. ¿Por qué no?

–Gracias. Sin hielo, por favor.

–He pedido la comida. Nos la traerán enseguida. También he llamado a mis abogados. Tom Blythe redactará el acuerdo. Puedo asegurarte que es un hombre discreto –afirmó él, se acercó y le tendió una copa.

Sus dedos se rozaron, despertando en Kat los recuerdos del beso. Trató de concentrarse en el presente.

–¿Por qué no me expones tu propuesta y lo hablamos?

–Es muy sencillo –repuso ella, agradecida porque él adoptara un tono profesional–. Para empezar, quedamos en vernos en algún sitio público, para que se fijen en nosotros. Luego, seguimos saliendo durante unos meses. Anunciamos nuestro compromiso y dejamos que el tiempo pase hasta que… –señaló y se interrumpió para darle un rápido trago a su bebida. No se sintió capaz de pronunciar en voz alta que pensaba esperar hasta que su abuela muriera.

–Creo que es un poco más complicado que eso.

–¿Por qué? –preguntó ella, arqueando una ceja.

–Tenemos que concretar dónde nos encontraremos y durante cuánto tiempo vamos a salir. Cómo y cuándo anunciaremos el compromiso, la mejor manera de manejar la situación con Matilda y cuándo tendrá lugar la transferencia del collar –indicó él y la mirada se le oscureció–. Por no mencionar… cuándo consumaremos nuestro acuerdo.

En esa ocasión, Kat no necesitó que la tocara para sentirse a su merced. Dio otro trago antes de hablar, esperando que su voz no delatara su nerviosismo.

–Sugiero que quedemos en un lugar de moda para las citas iniciales. No estoy muy al tanto, así que es mejor que lo elijas tú.

–Me parece bien.

–En cuanto a cuándo anunciar el compromiso, pienso que podemos esperar entre tres y seis meses.

–Uno.

Ella meneó la cabeza.

–Nadie va a tragarse eso.

–Creo que sí –afirmó él, sonriendo con sensualidad–. Sobre todo, cuando se den cuenta de que no puedo apartarme de ti.

–Tres meses –insistió ella con desesperación.

–Uno.

–La gente no se lo va a creer –repitió ella, tensa–. Y es importante que sea creíble.

–La gente se creerá que soy un tonto enamorado –aseguró él–. Pero, por desgracia, tu reputación te precede, así que no serán tan generosos en su opinión sobre ti. Y, cuando yo rompa el compromiso, tu escarceo con la respetabilidad habrá terminado.

Entonces, Kat lo entendió. Se quedó pálida de inmediato y se quedó sin respiración.

–Cuando rompas el compromiso, esperas unirte al consenso general, ¿verdad? –preguntó ella, casi en un susurro–. ¿Por qué? ¿Por qué ibas a querer hacer eso?

–Puedes considerarlo un regalo de boda de Jessa –repuso él con sarcasmo–. O también puedes negarte y abandonar el trato con la cabeza bien alta. Sin embargo, algo me dice que no lo harás, aunque eso signifique verte envuelta en otro escándalo y que tu reputación quede hecha pedazos una vez más.

–Si destruyes mi reputación, ¿cómo voy a convencer a mi abuela de que he cambiado?

–No pretendo hacerlo mientras Matilda esté viva. Mientras, creerá lo que yo le diga. Si yo te doy mi aprobación, ella creerá lo que quiere creer. Pero nosotros dos conoceremos la verdad, ¿no, Kat? Y, al final, también la conocerá el resto de Seattle.

Una voz dentro de ella le urgió a salir corriendo. Nada merecía tanta humillación.

Sin embargo, un pequeño detalle se lo impidió. Algo había cambiado dentro de ella cuando la había besado. Era algo que no podía explicarse.

De alguna manera, se había forjado una conexión entre ambos y Kat se sentía incapaz de escapar. No quería hacerlo. Necesitaba quedarse hasta que el vínculo que los unía se disolviera, por muy doloroso que fuera.

Ella había acudido a Seattle con un objetivo: reconciliarse con su abuela. Eso era lo único que le importaba. O, al menos, eso había creído antes de entrar en el despacho de Gabe Moretti y ser poseída por un deseo imposible de resistir.

Kat cerró los ojos. De acuerdo. Acababa de comprobar que era vulnerable al deseo, igual que cualquier otra mujer del mundo. Eso no cambiaba su propósito. Cuando hubiera hecho feliz a su abuela, podría seguir con su vida y empezar de cero. Aquel era su sueño dorado. Y lo había sido durante los últimos cinco años.

–¿Y bien? –preguntó él–. ¿Aceptas?

–Digamos que estoy abierta a seguir negociando –contestó ella, intentando disimular su desasosiego.

–Insisto en redactar un acuerdo legal que te obligue a entregarme Deseo del Corazón.

–También debe recoger tus obligaciones –le espetó ella de inmediato–. Necesito que prometas mantener el compromiso y tratarme de forma apropiada mientras mi abuela esté viva. Y pienso definir al detalle qué considero apropiado.

–Me parece justo.

–¿Entonces estamos de acuerdo?

Él negó con la cabeza.

–Espero de ti que consumemos nuestro trato.

Kat se sonrojó. Comenzó a dar vueltas por la habitación y se detuvo para observar una estatuilla de madera oscura exquisitamente tallada. La acarició, deseando que su vida discurriera de una manera tan suave como sus dedos sobre esa superficie.

Desde pequeña, todo a su alrededor había sido inestable. Solo su abuela le había ofrecido un poco de seguridad. Desde la tierna edad de cinco años, cuando sus padres habían muerto de un virus en una misión humanitaria, Matilda había sido el centro de su mundo.

Hasta que Jessa había cambiado las cosas.

–Imagino que con eso de consumar nuestro trato te refieres a que quieres dormir conmigo –adivinó ella, girándose hacia él.

–Nada de eso.

–Ah. Entonces, ¿a qué te refieres? –inquirió ella, confusa.

–Dormir no entrará en nuestro trato –afirmó él, acercándose en silencio–. El sexo, sí.

Kat no estaba dispuesta a aceptar algo así. Abriría la puerta a demasiados conflictos. Había asumido que él quería el collar tanto como ella quería reconciliarse con su abuela. Pero, igual, se había equivocado.

–Lo siento, pero eso no pasará.

–¿Tú crees?

–Digamos que estoy reservándome para el matrimonio –señaló ella, mirándolo a los ojos con seriedad.

Gabe soltó una risotada burlona.

–Me gusta tu sentido del humor.

–No creo que haya dicho nada gracioso –puntualizó ella, tratando de ignorar las sensaciones que él le despertaba.

Gabe la acarició con ojos brillantes, llenándola de promesas silenciosas.

–Bien –dijo él al fin–. Si insistes en esperar hasta casarte, lo aceptaré.

Sin embargo, Kat sabía que él no lo decía en serio y que esperaba que ella sucumbiera a sus instintos más básicos. Por desgracia, había muchas posibilidades de que así fuera.

–¿Trato hecho, entonces?

–Sí –afirmó él, levantando su copa hacia ella.

Cuando ambos hubieron bebido y hubieron dejado las copas, Gabe se acercó y la tomó entre sus brazos.

–¿Qué estás haciendo? –preguntó Kat, alarmada.

–Consumando nuestro trato.

–No es eso lo que acabas de decir –protestó ella, tratando de zafarse.

–Acepté esperar si insistías en que lo hiciera. Eso

no significa que no vaya a intentar hacerte cambiar de idea –advirtió él e inclinó la cabeza hacia ella–. ¿Te sientes tentada, Kat?

Gabe había pensando que ese beso sería diferente.

Pero no fue así.

El vínculo que había surgido entre ellos con el primer beso se intensificó. Sus venas se convirtieron en fuego, llevando el deseo a niveles insoportables. Con un suave gemido, ella entreabrió los labios para dejarle saborearlos. Él nunca había probado nada tan delicioso. Era como si esa mujer hubiera sido especialmente creada para él, para su disfrute y su placer. No conseguía saciarse. Quería más.

Gabe le abrió la chaqueta y deslizó la mano por su cuerpo hasta tocarle el sujetador de encaje negro, rozando una piel suave y pálida como la crema. A ella se le endurecieron los pezones y se le aceleró la respiración.

La acarició, satisfecho de comprobar que estaba tan excitada como él, y la guio hacia atrás, hacia el sofá. Necesitaba tomarla cuanto antes. Al chocar con el asiento, ella soltó un gritito y cayó sobre los cojines.

Así tumbada sobre el sofá verde, con la chaqueta abierta y el pelo suelto de nuevo sobre los hombros, estaba hermosísima. Ella levantó los ojos hacia él.

Gabe había esperado encontrarse con la mirada de una mujer experimentada, que se hubiera encontrado muchas veces en la misma situación. Sin embargo, relucían de indefensión y confusión.

Aunque podía ser parte de su farsa, se recordó a sí mismo. Aquella mujer era una maestra del arte de la manipulación y la mentira.

Aun así, la deseaba.

Él se sentó a su lado y le tomó el rostro entre las manos, enredando los dedos en aquel pelo ondulado color fuego que le caía con exuberancia sobre la espalda.

—¿Por qué lo llevabas recogido?

—Para mantenerlo bajo control.

—Te gusta tenerlo todo controlado —adivinó él con una sonrisa.

—Sí —admitió ella y se incorporó en el sofá—. Aunque contigo parece que no me funciona.

—A mí me pasa lo mismo —reconoció él—. Pero hay una solución fácil.

—Si te refieres a hacer el amor, no me parece que sea una solución fácil.

Gabe no pudo disimular una cínica carcajada.

—¿Hacer el amor?

—Tener sexo —se corrigió ella, encogiéndose de hombros.

—Eso me parece mejor —repuso él y la besó en la mandíbula, haciéndola estremecer—. Y confía en mí: es la solución más fácil, teniendo en cuenta el problema que tenemos tú y yo.

—Sería otra complicación más.

Gabe siguió bajando con sus besos, llegando a su cuello. Sintió el pulso de ella en la boca.

—Una complicación deliciosa.

Los pequeños jadeos de ella no hicieron más

que echar leña al fuego del deseo de Gabe. Debía poseerla cuanto antes, si no, se volvería loco.

–Por no mencionar que es necesaria.

–¿Por qué?

–Tenemos que dar la impresión de estar locos el uno por el otro.

Kat cerró los ojos.

–Eso no significa que tengamos que estarlo.

Él le quitó la chaqueta de los hombros y se la bajó hasta las muñecas.

–No quiero que nadie ponga en duda que somos amantes. Y para eso nos conviene ensayar. Si no, la gente se dará cuenta de que estamos fingiendo.

–Nuestra atracción no es fingida. Tal vez, con eso baste.

–No. Tú has tenido relaciones con otros hombres antes. Y sabes, tan bien como yo, que eso cambia las cosas.

–¿Ah, sí? ¿Lo sé?

–Oh, por favor, no te hagas la inocente conmigo.

–Supongo que no serviría de nada, ¿verdad?

–Teniendo en cuenta que fui yo quien te encontró con Winters, no –señaló él, aunque no quería sacar ese tema. No deseaba que la sombra de otro hombre estropeara el momento–. Sé razonable, Kat. Has tenido amantes. Piensa en cómo eres con ellos, cómo hablas con ellos. Esas pequeñas caricias y miradas que solo comparten los amantes. Lo que aprendes sobre otra persona cuando has compartido cama con ella se manifiesta en la forma en que te comportas ante su presencia, tanto a nivel consciente como subconsciente.

—¿Y tenemos que llegar a ese grado de intimidad?

—Sí —afirmó él. Quiero tocarte y que todo el mundo sienta que te he tocado de esa manera en la cama. Quiero que todo el mundo vea esa expresión en tus ojos y que adivinen que, la última vez que me miraste así, nuestros cuerpos estaban entrelazados bajo las sábanas.

Cuando Kat se estremeció, Gabe comprendió que sus palabras la excitaban tanto como su contacto.

—No quiero hacer esto —dijo ella.

Sin embargo, de alguna manera, él sospechó que no lo decía en serio.

Le acarició los pechos por el borde del sujetador, mientras ella se ruborizaba y su respiración se aceleraba. Tras inclinar la cabeza, él le tocó el pezón con los dientes a través del tejido de encaje, humedeciéndolo. Ella soltó un gemido que lo provocó más allá de todo límite. Le bajó el sujetador, poseído por el ansia de tomarla en ese mismo instante.

Era tan hermosa como la recordaba. Sus pechos redondos y turgentes estaban coronados por pezones color melocotón. Lo que más quería en el mundo era probarlos, saborearlos. Pero, antes de que pudiera ponerse en acción, alguien llamó a la puerta.

—¿Señor Moretti? La comida está lista.

Kat se quedó petrificada.

—¿Qué estamos haciendo? —le increpó ella, mirándolo horrorizada.

—Creo que se llaman preámbulos —contestó él y le miró los pechos—. Un aperitivo de lo que vendrá.

—Nada de eso —negó ella, se colocó el sujetador y empujó a Gabe—. Por favor, aparta.

—¿Nada de aperitivos? —preguntó él y suspiró—. Eso significa que tampoco habrá postre, ¿verdad?

—Nunca como postre.

Gabe lanzó un último vistazo a sus pechos. Se puso en pie y le tendió la mano. Le sorprendió que ella aceptara su ayuda sin rechistar.

—Supongo que querrás refrescarte de nuevo.

—¿Para qué? —replicó ella, desanimada.

—Para nada —contestó él y se pasó la mano por el pelo para peinarse, mientras ella se cerraba la chaqueta—. Además, me gusta que lleves el pelo suelto. Te hace parecer más humana.

Kat no protestó y lo siguió al comedor con un gran ventanal que daba al lago. Durante un instante, ella se quedó admirando las vistas.

—¿Te gusta?

—¿A quién no?

A Jessa, estuvo a punto de responder él, pero se contuvo.

—Algunos prefieren la vida urbana.

—Tiene sus ventajas —indicó ella—. A mí me cansan el ruido, el ajetreo y los gentíos.

—Por eso me compré esta casa el año pasado. Y por las vistas.

–¿Solo es tuya desde hace un año?

–Con Jessa vivía en un piso cerca de la oficina –explicó él y señaló a la mesa–. ¿Nos sentamos?

Kat tomó asiento sin decir más, evitando su mirada. El fantasma de su difunta esposa creó un incómodo silencio.

Gabe había luchado contra los genes paternos desde que había tenido uso de razón y había comprendido todo el daño que había causado a su madre. Entonces, había decidido no ser como él, no tener nada que ver con el hombre que tanto dolor había causado a su familia.

De todos modos… De alguna forma, los genes de su padre eran responsables de lo que había sentido la primera vez que había tocado a Kat. No podía haber otra explicación, se dijo él, recordando las historias que su madre solía contarle. Ella le había descrito el fuego que ardía entre dos futuros amantes cuando se tocaban por primera vez, el mismo fuego que brillaba en los diamantes tallados por Dante. Él siempre había creído que se trataba de un cuento de hadas, pero empezaba a dudarlo.

Soltando un suspiro de frustración, Gabe esperó no tener que contactar nunca con la familia de su padre. Los odiaba por todo el daño que le habían hecho a su madre.

Sin embargo, esa historia de los diamantes de Dante era demasiado bizarra como para no buscar más información. Por eso, se propuso contactar con su familia paterna al día siguiente y preguntarles los detalles, antes de romper el contacto otra vez.

Dennis entró con las ensaladas y desapareció. Kat picoteó la comida sin muchas ganas.

—Esto es ridículo —señaló ella y miró a su acompañante—. ¿Qué hago aquí? ¿Qué más queda por hablar?

Gabe le dio un trago a su vino, considerando la pregunta.

—Si no podemos compartir una simple comida, nuestro compromiso difícilmente va a resultar creíble.

Ella esbozó una sonrisa de medio lado. Gabe no pudo evitar fijarse en sus jugosos labios y ansiar besarlos.

—Lo que no hará creíble nuestro compromiso es lo mucho que me desprecias.

—Me temo que tendrás que vivir con ello —replicó él, apartando la vista.

—Podrías darme un respiro.

—Nada de eso, cariño —negó él, soltando una carcajada. No la dejaría escapar con tanta facilidad, se dijo.

—No estamos prometidos todavía, lo que significa que puedo cambiar de idea… o irme —advirtió ella, mirándolo con seriedad.

Él se encogió de hombros, sin dejarse impresionar por su amenaza.

—Puedes intentarlo, pero ambos sabemos que deseas demasiado la herencia de tu abuela como para abandonarlo todo.

—Quiero reconciliarme con mi abuela —le corrigió ella—. Pero no tanto como pasar varios meses con alguien que planea hacerme sufrir a cada minuto. No merece la pena.

–¿Es que quieres hacer cambios en la negociación? –preguntó él, arqueando una ceja.

–Sí.

–¿Qué oferta pones sobre la mesa? –quiso saber él con interés.

–Me gustaría empezar de cero.

–Eso no es posible. No puedes cambiar lo que pasó. Ni lo que hiciste.

–Pero podemos elegir olvidarlo y seguir adelante –sugirió ella.

–¿Y si no estoy de acuerdo?

Kat tiró su servilleta a la mesa.

–Entonces, tendrás que valorar si de veras quieres el collar de tu madre –respondió ella, poniéndose en pie–. Presenta mis disculpas a Dennis, por favor. Seguro que entiende que el *jet lag* me ha quitado el hambre.

–Te llevaré a Seattle –ofreció él.

Ella asintió, más por cansancio que porque quisiera aceptar.

–Estaré mañana todo el día en el hotel. Puedes llamarme y hacerme saber tu decisión.

–¿Quieres empezar de nuevo y prometernos formalmente?

–Eso o regreso a Europa y ninguno de los dos conseguimos lo que queremos.

–No hace falta esperar a mañana. Acepto tu oferta.

Capítulo Tres

A la mañana siguiente, Gabe le dejó un mensaje en el contestador a Kat para avisarle de que no estaría disponible en todo el día. Tomó su jet privado para ir a San Francisco, donde lo estaría esperando un coche.

En varias ocasiones, se sorprendió a sí mismo frotándose la palma de la mano con la que había tocado a Kat la primera vez. Sentía una quemazón extraña.

Como era sábado, no había tráfico y no tardaron en llegar a la oficina central de Dante, el imperio de joyería especializado en diamantes. Como había esperado, no había ninguno de los Dante a la vista. Mucho mejor, pensó, pues pretendía hablar con el patriarca de la familia, su abuelo Primo, sin toparse con el resto de sus miembros.

La mayoría de ellos ni siquiera sabían de su existencia y Gabe prefería que siguiera siendo así. Tras recoger una identificación de invitado en recepción, se dirigió a los ascensores que llevaban a los despachos de dirección. Un aire de opulencia y lujo lo recibió en el último piso.

Tal y como había averiguado Gabe, el primer hijo legítimo de su padre, Sev, dirigía la compañía.

El patriarca y fundador de la firma había abandonado la dirección poco después de que el padre de Gabe, Dominic, hubiera muerto.

Por supuesto, los Dante fingían no conocer la existencia de la madre de Gabe, ni de los gemelos que había engendrado, ni de los planes de Dominic de casarse con ella después de divorciarse de su esposa. Unos planes que, en su opinión, su padre no había estado dispuesto a cumplir nunca.

Al posar la atención en la mujer que se le había acercado, la reconoció y se quedó paralizado.

–¿Qué diablos haces aquí?

Ella miró nerviosa hacia atrás.

–Shh. No quiero que nadie te oiga.

–No has respondido mi pregunta, Lucía –insistió él y la abrazó, lleno de instinto protector–. ¿Qué haces aquí?

Ella se zafó de sus brazos y esbozó una sonrisa forzada.

–Trabajo para Primo.

–Maldita sea –dijo él, pasándose una mano por el pelo–. ¿Sabe quién eres?

–Claro que no. No se lo diría sin contártelo primero.

–¿Por qué? ¿Por qué demonios quieres tener nada que ver con los Dante, después de todo lo que él le hizo a mamá?

–Te refieres a papá –señaló ella.

Con una sola palabra, Lucía reabrió sus viejas heridas. De los tres, su hermana gemela había sido la única que había creído que su padre volvería al gún día en su caballo blanco para darles la bienvenida. Incluso después de su muerte, había esperado que la familia Dante quisiera acogerlos. Sobraba decir que nada de eso había pasado.

–No fue nuestro padre, Lucía. Fue su padre.

–Y el nuestro también –afirmó ella con gesto obcecado–. Que tú no quieras mezclarte con nuestra familia no significa que yo no pueda hacerlo.

Él dio un respingo como si lo hubieran abofeteado.

–No son nuestra familia.

–Puede que no quieras tenerlos como familia, pero eso no cambia el hecho de que…

Lucía se interrumpió y le tembló la barbilla, los ojos llenándosele de lágrimas. Tenía los mismos ojos azules de su madre y, al verla a punto de llorar, Gabe la abrazó sin decir palabra. No era capaz de verla sufrir.

–¿Tanto significan para ti? –murmuró él.

–Sí –repuso ella en un susurro–. Son la única familia que nos queda.

–Nos tenemos el uno al otro –le recordó él–. Siempre será así.

–Eso nunca lo he puesto en duda –repuso ella, tomando el rostro de su hermano entre las manos y mirándolo con adoración–. Eres mi hermano mayor, aunque solo me lleves cuatro minutos.

–Cinco.

Lucía rio entre lágrimas.

–De acuerdo, cinco. Siempre me has ayudado cuando te necesitaba. Si no hubieras acudido a rescatarme cuando…

–No sigas –le interrumpió él. Lucía estaba hablando de unos tiempos terribles que no quería rememorar–. No tiene sentido hablar de eso.

–Tienes razón –asintió ella y, apartándose de su abrazo, frunció el ceño–. ¿Qué estás haciendo tú aquí?

Gabe lanzó una ojeada al pasillo desierto.

–Quiero preguntarle algo a Primo, algo que solo él puede responder.

–¿Qué? –inquirió ella, ladeando la cabeza llena de curiosidad.

–No es asunto tuyo.

Afilando la mirada, Lucía dio un paso hacia él y le tomó la mano. Siempre habían estado muy unidos, tal vez porque eran gemelos, o porque habían crecido juntos en una familia sin padre.

–Ha pasado algo. ¿Qué es?

–Nada que tenga que ver contigo, hermana –aseguró él–. Me gustaría zanjar este tema cuanto antes, si no te importa.

–Bueno. Sigue así de misterioso. Antes o después, acabarás contándomelo –dijo ella, encogiéndose de hombros con una sonrisa–. Admítelo. No puedes resistirte a mí.

Gabe le dio un rápido abrazo y la besó en la frente.

–Es verdad –indicó él y echó otro vistazo hacia el despacho de Primo–. Antes de que entre, ponme sobre aviso. ¿Cómo es?

Lucía iba a empezar a hablar, pero cambió de idea.

–No. Es mejor que juzgues por ti mismo.

Diablos. Su hermana siempre solía ser abierta con él. Nunca le había ocultado un secreto.

–¿Qué pasa, Lucía? ¿Qué quieres ocultarme?

Los rasgos de su hermana volvieron a teñirse de angustia, la misma que había reflejado hacía unos minutos.

–No oculto nada, aparte de mi identidad. Quería conocer a mi abuelo para averiguar cómo es, sin que él supiera que soy la hija de Cara Moretti. Por eso, empleo mi nombre de casada.

–Que yo sepa, solo están al tanto de mi existencia –señaló Gabe–. No creo que hayan descubierto que tengo una hermana gemela.

–No –confirmó ella.

–Algo te ha hecho –adivinó él y, sin darle tiempo a responder a su hermana, añadió–: No lo niegues. Sé que estás sufriendo.

Lucía iba a negarlo, pero comprendió que era inútil. Gabe la conocía demasiado bien.

–De acuerdo. Pero, para tu información, lo que me pasa no tiene que ver con nada que Primo me haya hecho.

–¿Pues qué es?

Ella se giró y, muy erguida, caminó hasta la puerta de Primo.

–Soy su empleada. Y es muy amable con sus empleados.

–¿Pero?

–No soy eso en realidad –contestó ella, conteniendo las lágrimas en esa ocasión–. Oh, Gabe, no quiero trabajar para él. Quiero ser su nieta. Quiero lo que nunca hemos tenido, una familia –confesó y, sin darle tiempo a responder, llamó a la puerta del despacho y la abrió.

–El señor Moretti ha venido a verlo.

–Hazlo pasar.

La voz de Primo era profunda y sonora, con acento italiano. Tenía un tono familiar que le llegó a Gabe a lo más hondo.

–Adelante –le indicó su hermana en voz baja, ofreciéndole todo su apoyo con una mirada.

–Hablaremos luego –repuso Gabe, antes de pasar al despacho para enfrentarse al patriarca de los Dante.

Primo se levantó despacio, observándolo.

–Te pareces mucho a tu hermano Severo. Parecéis gemelos.

–No lo considero mi hermano –replicó Gabe.

–No me sorprende –admitió Primo–. Es comprensible que no sientas cercanía hacia ninguno de nosotros. Lo que tu padre hizo estuvo mal.

–Estoy de acuerdo –contestó Gabe, sorprendido.

Primo soltó una carcajada y abrió una caja de puros, de la que tomó uno.

–No esperabas que dijera eso de mi propio hijo, ¿verdad? ¿Quieres un puro?

–Creo que no está permitido fumar dentro de la oficina.

–¿Es que vas a llamar a la policía?

–Eso depende de cómo vaya nuestra conversación.

Los dos hombres se quedaron mirándose durante unos segundos, hasta que Primo rompió el silencio con una sonora carcajada. Salió de detrás de su escritorio y se acercó a su nieto para darle un fuerte abrazo, dándole una palmadita en la espalda con su enorme mano.

–Crei que este día no llegaría nunca, Gabriel –dijo su abuelo con marcado acento italiano.

Gabe se puso tenso, confundido por la reacción inesperada del otro hombre. Al final, le dio otra palmada en la espalda y su abuelo se apartó satisfecho.

–No sabes por qué he venido –señaló Gabe.

Con ojos dorados, idénticos a los suyos, su abuelo lo observó. Eran ojos sabios, llenos de comprensión y tristeza, alegría y resignación.

–Gracias por hacerlo, aunque no lo hayas hecho para conocer a tu abuelo.

–Diablos –murmuró Gabe, bajando la cabeza. El encuentro no estaba saliendo como había planeado en absoluto.

–No es esto lo que esperabas, ¿verdad?

Encima, su abuelo parecía capaz de leerle la mente, pensó Gabe y levantó la vista, decidido a ir al grano.

–No.

–Pensaste que podías venir, ser amable conmigo, hacerme tu pregunta e irte antes de que tus emociones se vieran afectadas por el encuentro –aventuró Primo, tocándole a su nieto el pecho con el dedo índice–. Pero es demasiado tarde, ¿o no?

–añadió y, soltando una risotada, se encendió el puro–. Lo del cigarro será nuestro secreto, ¿de acuerdo? Tu abuela Nonna me hará pedazos si se entera. Luego, me denunciará a mi médico.

¿Cómo era posible que aquel anciano estuviera calándole tan hondo?, se preguntó Gabe. Tal vez fuera porque tenía razón. Él había planeado mantener las distancias, hacer su pregunta y desaparecer. Sin embargo, estaba allí parado, fascinado. ¿Le habría pasado lo mismo a su madre con su padre? ¿Habría sido Dominic tan encantador y seductor como Primo?

–Yo no soy como él –dijo Gabe, sin pensar, dejando que las palabras salieran de su boca sin censuras.

Una profunda tristeza se dibujó en los rasgos de su abuelo.

–No, no lo eres. Tampoco Severo, Marco, Lazzaro ni Nicolo se parecen a él. Vosotros tenéis una base moral de la que él carecía. Siento lo que os hizo. Y siento no haberte encontrado antes.

–No importa. Yo tampoco tenía interés en conoceros a ninguno de vosotros.

–Ahora estás aquí, eso es lo que importa.

Gabe se frotó la palma de la mano, sintiendo de nuevo la persistente quemazón. Su abuelo se dio cuenta y esbozó una misteriosa sonrisa.

–He venido porque tengo una pregunta.

Primo apoyó una cadera en el escritorio, contemplando a su nieto a través de la humareda del puro.

–Supongo que tendrás muchas preguntas.

–Solo una.

–Bien. Pregunta. Te responderé si puedo.

–Me ha pasado algo hace poco –señaló Gabe. Sin embargo, de pronto, dudó cómo expresar lo que había sentido sin sonar como un loco–. Algo... extraño.

El hombre mayor rio con ojos llenos de comprensión.

–¿Ah, sí? Interesante –contestó Primo, examinando la punta de su puro–. Y esa cosa extraña que te ha pasado hace poco... ¿tiene que ver con una mujer?

Gabe se quedó petrificado.

–Maldita sea... Lo sabes, ¿verdad?

–¿Saber qué?

Gabe comenzó a recorrer el despacho de arriba abajo, nervioso, tratando de contener su rabia. ¿Cómo era posible? Durante años, se había labrado la reputación de hombre de hielo, hasta que Kat se había presentado en su despacho. Y, en ese momento, su abuelo...

Tuvo que contenerse para no salir corriendo sin mirar atrás. Debía desvelar la verdad.

–De acuerdo. ¿Qué diablos me ha pasado? Lo único que hice fue tocarla y...

–Y te arde la piel –adivinó su abuelo–. Sientes una quemazón en la palma de la mano. Una quemazón insistente.

–¡Sí! –afirmó Gabe y se aflojó la corbata, que lo estaba ahogando–. ¿Qué me ha pasado?

–El Fuego de los Dante, por supuesto. ¿No le habló de ello Dominic a tu madre?

–Le contó un cuento de hadas sobre que los Dante son capaces de descubrir a su alma gemela con solo tocarla.

–Ahí lo tienes. La respuesta a tu pregunta –señaló Primo, y arqueó una ceja–. ¿Hay algo más?

–¿Cómo si hay algo más? ¡No lo dirás en serio! –le espetó su nieto, perdiendo del todo la compostura–. Eso no es más que una paparrucha, un embeleco que Dominic se inventó para embaucar a mi madre.

–Te aseguro que no es así. Es real. Si quieres ignorarlo, tendrás que asumir los riesgos.

–¿Qué riesgos?

–Has tocado a una mujer –indicó Primo con voz suave y melodiosa, transportando a Gabe a sus orígenes italianos como por arte de magia–. Has sentido el Fuego de los Dante. Esa quemazón no cesará. Esa mujer es tu alma gemela. Ahora debes casarte con ella o sufrirás las consecuencias, como le pasó a tu padre cuando se negó a casarse con la mujer que le estaba destinada.

–¿Qué consecuencias?

Los dedos de primo se cerraron sobre el cigarro.

–Yo le dije a Dominic que se casara con tu madre –recordó el hombre mayor, mientras sus manos bailaban en el aire, dibujando siluetas de humo–. Le advertí que no debía apartarse de ella. Pero él creyó que podía tenerlo todo… a tu madre, su alma gemela, y la riqueza que Laura podía aportar a su matrimonio.

¿Primo había animado a sus padres a casarse?, se preguntó Gabe. No. Su padre había asegurado a su madre que Primo había impedido el matrimonio, que se lo había prohibido.

–No te creo.

Su abuelo se encogió de hombros.

–Puedes creer lo que quieras. No cambiará lo que pasó. El matrimonio de Dominic fue muy desgraciado. Eso pasa cuando no escuchas la señal de los Dante –afirmó Primo, mirándolo a los ojos–. Nosotros somos diferentes, Gabriel. Los Dante solo aman a una mujer para toda la vida. Debemos seguir las señales, aceptar a la mujer que nos está destinada. Si no, sufriremos las consecuencias. Como tu padre.

Gabe se quedó paralizado. Todo eso lo llevaba a Kat Malloy. Si Primo tenía razón, ella era su alma gemela. No podía ser.

–Yo no soy un Dante –insistió él–. Esto no tiene nada que ver conmigo.

–Siempre has sido un Dante –replicó Primo, apenado.

–Te equivocas. No me parezco en nada a Dominic. Me niego. Y a ninguno de vosotros. Soy un Moretti.

–Si no fueras de verdad, no habrías experimentado el Fuego de los Dante. Pero lo has hecho –indicó Primo, y le puso a su nieto la mano en el hombro–. Comprendo que estés resentido con nosotros. Debes de despreciarnos. Pero no creas que todos los Dante somos como Dominic. No fue educado para comportarse así. Él tomó sus propias decisiones, como tú tomarás las tuyas. Puedes escuchar lo que te he contado o puedes seguir los desafortunados pasos de tu padre e ignorar la verdad,

Gabe intentó tranquilizarse. Después de todo, Kat y él planeaban prometerse. Tal vez eso fuera bastante para que el hechizo de los Dante lo dejara en paz.

—Vamos a prometernos. Con eso, queda zanjado el problema, ¿verdad?

—Si te casas con ella, sí.

—¿Y si no me caso?

Su abuelo se encogió de hombros con gesto ominoso.

—¿Qué más da si nos casamos o no? En cualquier caso, pienso terminar nuestra relación en cuanto el maldito embrujo haya seguido su curso —informó Gabe.

—Excelente.

—¿De veras? Me sorprende que te parezca bien —repuso Gabe, arqueando una ceja.

—Si esperas a que siga su curso, tendrás que esperar mucho. Norma y yo llevamos sesenta años casados y yo sigo esperando. No estoy seguro de si durará mucho más. Tal vez, el año que viene me desaparezca esta quemazón en la mano —bromeó y sonrió a Gabe—. O, quizá, no.

Kat odiaba sus citas en público con Gabe, aunque se esforzaba por ocultarlo tras una fachada de calma y frialdad. Quedaban solo dos semanas para Navidad y todo bullía de excitación ante unas fechas tan especiales. Las tiendas estaban adornadas, había árboles de Navidad, imágenes de Santa Claus y su trineo, luces engalanando las calles… A pesar de todo, ella no se sentía capaz de participar de su espíritu festivo. Tal vez fuera por lo desagradable que le resultaba quedar con Gabe.

Después de tres semanas y una docena de citas similares, su asistencia a cualquier local público seguía despertando interés. Kat esperaba que la noticia llegara a oídos de su abuela. Hasta el momento, sin embargo, Matilda había permanecido en silencio y no había respondido a las llamadas de su nieta.

Al llegar al restaurante esa noche, los sentaron en la mesa, rodeados de cuchicheos y de la fascinación de los mirones. Después del escándalo con el candidato al Senado Benson Winters, Kat había experimentado también la ávida atención de los curiosos, la persecución de la prensa y, en aquel caso, también sus insultos. El suceso la había dejado marcada y, aunque habían pasado cinco años, no había conseguido olvidarlo. Además, Winters había perdido toda posibilidad de llevarse un escaño, por escándalo y, sobre todo, por la biografía que su exesposa había publicado casi de inmediato.

Gabe esbozó una sonrisa fingida.

—Si no dejas de mirarme con esa cara de asco, la gente nunca se creerá que estamos enamorados.

—No estamos enamorados.

–No –admitió él aunque, sin saber por qué, se sintió dolido–. Pero intentamos convencer a los demás de que nos amamos con pasión. Al menos, podrías dedicarme una sonrisa.

–Esta bien –dijo ella, haciendo un esfuerzo para relajarse y sonreír–. Tal vez, me ayude que hablemos de algo.

–Cualquier cosa con tal de que dejes de mirarme como si fueras a vomitar –comentó él, ladeando la cabeza–. ¿Qué te parece si me hablas de cuando estuviste en Europa? ¿Dónde vivías? ¿Qué hacías?

De acuerdo, al menos, podía evadirse un poco recordando aquellos tiempos, pensó ella.

–Vivía en Italia, en Florencia. Trabajaba como camarera y asistía a clases.

–¿De qué?

–De diseño de joyas.

De pronto, la expresión de Gabe se ensombreció.

–Diseño de joyas –repitió Gabe.

–Durante dos años –indicó ella con reticencia–. Luego, trabajé tres años de aprendiz. Quería aprender lo necesario para poder trabajar para el mejor de los mejores.

–¿Y a quién consideras el mejor?

Kat se puso tensa. No sabía por qué, pero percibió algo extraño en él, un actitud de depredador listo para hacerla pedazos si decía la palabra equivocada.

–Dante´s –contestó ella, intuyendo que esa era, exactamente, la palabra equivocada. Para romper la

48

tensión, intentó seguir hablando a toda velocidad–. Me enamoré de Deseo del Corazón la primera vez que lo vi, hace años. Siempre le estaba pidiendo a mi abuela que me dejara ver el collar y quise aprender cómo crear joyas como esa… ¿Qué pasa, Gabe? –preguntó. Por la cara de él, algo andaba muy mal.

–Una interesante coincidencia, eso es todo –replicó él, mirándola con desconfianza.

–¿Qué es una coincidencia? –inquirió ella, titubeando–. ¿Tiene esto algo que ver con tu collar?

En vez de responder, Gabe cambió de tema.

–¿Qué te parece si nos vamos del restaurante, buscamos una cama y nos desnudamos? Tal vez, así podamos establecer una relación más llevadera.

El comentario tomó a Kat por sorpresa. Su cuerpo subió de temperatura y, muy a su pesar, el deseo la envolvió.

–No tengo ninguna intención de irme del restaurante, ni de buscar una cama, ni mucho menos de desnudarme –informó ella, fingiendo calma. Sin embargo, le temblaban tanto las manos que decidió ocultárselas en el regazo. La quemazón que llevaba notando desde hacía semanas en una de las palmas se intensificó.

Gabe se encogió de hombros.

–Bien. Si no tienes más hambre, podemos dedicar la hora de la comida a consumar nuestro trato.

Eso era justo lo que ansiaba hacer, reconoció Kat para sus adentros. Pero no pensaba dar rienda suelta a sus instintos.

Lo malo era que su mente no podía dejar de elaborar imágenes llenas de viveza sobre los dos desnudos en la cama. Sabía que eso no estaba bien pero lo que más deseaba del mundo era ver desnudo a Gabe Moretti. Y hacer el amor con él. Tratando de ocultar sus pensamientos, hundió la cara en la taza de café humeante que el camarero les había servido.

–¿Qué estás pensando, señorita Malloy? –preguntó Gabe, riendo–. Sea lo que sea, te ha hecho sonrojar.

Ella no levantó la vista de la taza.

–Estoy irritada. Me irrita tener que fingir que me atraes.

–Mentirosa –replicó él, riendo–. Ni siquiera puedes mirarme. ¿Por qué será? ¿No será que te atraigo de verdad? –aventuró y le quitó la taza de entre las manos para ponerla a un lazo. Entrelazó sus dedos con los de ella, haciendo que la temperatura de la mesa subiera varios grados–. Si quieres, podemos obviar los preámbulos y pasar directamente a la cama.

Capítulo Cuatro

Kat miró a Gabe. Un gran error. El deseo la inundó con insistencia, haciéndole imposible soltar la carcajada que había pretendido.

La lenta sonrisa de él la derritió en un mar de lava. Justo entonces, llegó el camarero y Gabe le soltó la mano. Una intensa sensación de pérdida invadió a Kat. ¿Cómo era posible que se sintiera así solo porque él hubiera retirado el contacto?

—Sí, salir de este sitio, llevarte al piso que tengo encima de mi despacho, equipado con una cama, y quitarte ese vestido tan elegante e innecesario es lo que quiero. Déjame que te lo explique.

Kat tomó aliento, tratando de mantener la calma y no perder la compostura.

—A ver.

Él inclinó la cabeza y bajó el tono de voz un poco más.

—Cuando hayamos terminado de picotear la comida… porque quién va a comer cuando lo único en lo que podemos pensar es en…

—¿Consumar el acuerdo?

—Exacto. Esperaremos a que nos traigan la cuenta. Los que nos observan se darán cuenta de que estamos impacientes por irnos. Será obvio que nuestras miradas están llenas de deseo y que no podemos evitar ponernos las manos encima.

Ella dejó la taza a un lado y se colocó las manos en el regazo.

—Es curioso. Mis manos están a gusto donde están.

—De eso nada —aseguró él, arqueando una ceja—. Puedo demostrártelo, si quieres.

Kat se encogió de hombros.

—Puedes intentarlo, pero fracasarás.

Gabe la miró con ojos brillantes y gesto malicioso.

—Ah, un reto. Me gusta…

—No es eso lo que pretendía…

—Demasiado tarde para echarte atrás. Acepto.

—Pero yo… —balbució ella— está bien. Inténtalo.

Cuando Gabe volvió a esbozar su seductora sonrisa, Kat empezó a arrepentirse. Él tomó el tenedor, sacó una ostra de su concha y se la ofreció. Aunque ella quería negarse, no podía hacerlo delante de todos los observadores. Determinada a no dejarse embaucar, aceptó el bocado. Su sabor le inundó la boca, mientras él posaba los ojos en sus labios, mirándolos como si los estuviera besando.

—No es justo —se quejó ella.

—¿Te sientes tentada, cariño?

—Solo me tientan las ostras.

—Eres una mentirosa. Lo que pasa es que no quieres admitir que te estoy seduciendo en medio del restaurante. Todos están adivinando lo que me gustaría hacerte, lo mismo que tú esperas que te haga.

Ella bajó la vista.

–No tengo ni idea de qué estás hablando.

Gabe no se molestó en discutir. Tomó la mano de ella de nuevo y comenzó a acariciársela con el índice. A ella le quemaba la palma, igual que la primera vez que se la había tocado. Ante sus caricias, sintió que se derretía. Si no paraba, se deslizaría debajo de la mesa para que pudieran consumar el acuerdo, reconoció ella para sus adentros.

Estremeciéndose, Kat supo que su expresión estaba traicionándole.

–No puedo creerlo. ¿Por qué? Esto es una locura.

–Estoy de acuerdo. Pero eso no cambia nada –señaló él, ladeando al cabeza–. ¿Estás dispuesta a admitir que he ganado el primer asalto?

–Solo si termina aquí.

A Gabe no pareció gustarle la condición.

–Explícate.

Kat lo deseaba más de lo que había deseado a ningún hombre antes. Pero debía mantener los límites. Debía protegerse a sí misma del dolor que había padecido hacía cinco años.

–No quiero irme a la cama contigo –indicó ella, tras soltar un suspiro–. No me acostaré con nadie hasta que me case.

–¿Es importante eso para ti?

–Sí.

–¿Por qué?

Kat titubeó, encogiéndose de hombros.

–No me acostaré contigo porque… me creas o no, yo soy así.

–¿Y piensas que podemos ignorar la atracción que sentimos?

Él le tomó la mano por tercera vez, entrelazando sus dedos. Sus palmas ardían y Kat se estremeció. ¿Qué diablos le estaba pasando? ¿Por qué? Gabe Moretti era la última persona del mundo con la que debería acostarse...

Ella intentó liberar su mano, escapar al fuego que los unía. Sin embargo, él se lo impidió.

–¿Qué es esto? –inquirió ella, cerrando los ojos para luchar contra el mar de emociones que la invadía.

–El Fuego de los Dante, según me han dicho.

–No entiendo. ¿A qué te refieres?

–Deseo. Sexo. Urgencia.

–Por favor –rogó ella en un susurro, mirándolo a los ojos sin ocultar sus sentimientos–. Suéltame.

Por suerte, Gabe lo hizo y ella pudo volver a respirar. Estaba tensa pero, al menos, podía pensar con un mínimo de claridad de nuevo.

–Sigo sin entender.

–Un restaurante no es el sitio adecuado para hablar de esto –comentó él, sacó unos billetes de la cartera y los dejó sobre la mesa–. Vámonos.

–¿Adónde? –quiso saber ella, aun sabiendo que era una pregunta tonta. Sabía muy bien adónde quería llevarla.

–A cualquier sitio que tenga una cama –repuso él, confirmando sus sospechas.

Oh, cielos, pensó Kat. Si intentaba llevarla a la cama, ella sucumbiría... y él lo sabía. Los dos pare-

cían presos de un deseo irresistible. Con solo tocarla, Gabe podía conseguir que dejara de pensar. Con
un beso nada más, sería suya y le suplicaría que la
poseyera como si fuera la clase de mujer que él
creía que era.

—Gabe, me lo prometiste.

—No. No estoy seguro de poder hacer tal promesa. Siempre creí que era capaz de controlar mis im-
pulsos —reconoció él con la mandíbula tensa—. Ahora me cuesta demasiado. Pero te prometo intentarlo.

Gabe le tendió la mano. Consciente de todos los
ojos curiosos estaban puestos en ellos, Kat le permitió que la ayudara a levantarse de la silla y a ponerse
el abrigo. Los cuchicheos de los presentes los acom-
pañaron hasta la puerta. Pero, justo cuando iban a
salir, ocurrió el desastre.

Una camarera conducía a un grupo al comedor,
dos mujeres y dos hombres. Uno de los hombres se
detuvo y tomó a Kat de la mano, haciendo que ella
se girara.

—¿Kat? ¿Kat Malloy? ¿Eres tú?

Ella se paró, perpleja.

—¿Benson?

Oh, no. De todas las personas del mundo, tenía
que ser él, pensó Kat. Y delante de tantos testigos
que los observaban con interés. Ella lo miró con
cautela, sin saber qué esperarse. Cuando el escándalo se había hecho público, Benson había jurado
ser inocente y que ella le había tendido una trampa. Había dicho que él había esperado encontrar a
Jessa en la habitación, no a ella. Había asegurado

que lo había intentado seducir para hacerle daño a su prima. Sin embargo, su historia no había resultado muy creíble, sobre todo, después del libro biográfico que había publicado su esposa poco después.

—¿Qué tal estás? —preguntó ella con educación.

Benson no parecía afectado por el encuentro. Era un hombre alto y guapo, alrededor de los cuarenta, con ojos azules y complexión fuerte. Le dedicó a Kat una sonrisa tintada de encanto y sinceridad.

—No tenía ni idea de que hubieras vuelto. Si lo hubiera sabido, te habría llamado —señaló Benson y le estrechó la mano—. Necesito hablar contigo cuando tengas un rato libre. Hay algo que me gustaría decirte. ¿Por qué no llamas a mi oficina para que podamos fijar una cita?

Gabe se acercó a Kat y le puso una mano en el hombro con gesto posesivo.

—Winters —saludó Gabe con tono helador.

Benson lo miró y frunció el ceño con confusión. Su sonrisa se desvaneció.

—¿Moretti?

—Sí —repuso Gabe y miró a Kat, que todavía tenía su mano entre las del otro hombre—. Te recomiendo que sueltes a mi prometida cuanto antes.

Con ese comentario, el comedor se quedó en completo silencio.

Benson soltó a Kat al instante.

—Lo siento. No me había dado cuenta… —balbució Benson. Entonces, frunció el ceño—. ¿Has dicho prometida?

–Sí.

Su comentario fue absorbido con avidez por los presentes. Kat cerró los ojos, rezando por que se abriera la Tierra y la tragara en ese mismo momento. Pero no tuvo esa suerte. El silencio parecía interminable hasta que, al fin, Benson lo rompió con una risa nerviosa.

–Bueno, felicidades, Moretti. Esta vez, has sabido elegir.

Kat contuvo el aliento. Tenían que irse de inmediato. Agarrándose del brazo de Gabe, sonrió al otro hombre y comenzó a caminar hacia la puerta.

Sin embargo, cuando estaban a punto de salir, las palabras de Benson causaron su impacto en Gabe, abofeteándolo en la cara como el frío viento de diciembre.

–¿Esta vez? –repitió Gabe, echando chispas. Intentó girarse, pero Kat le agarró del brazo con fuerza, tirando de él hacia la calle–. ¿Cómo que esta vez?

–Seguro que no quería decir nada –mintió ella.

–Claro que sí.

–No, seguro que ha sido una forma de hablar.

–Jessa no tuvo la culpa de que su relación se rompiera.

No. Toda la culpa era de Kat y Benson, o así lo creía Gabe, sobre todo, después de haber encontrado a los dos en la cama. Su amada Jessa había sido la víctima inocente, cuyo nombre y reputación él había protegido a toda costa. Era una batalla que Kat no podía ganar. Por eso, decidió morderse la lengua y siguió tirando de él, pasando por un escaparate adornado con motivos navideños.

—Bastardo –murmuró él.

—Déjalo ya –sugirió ella, tratando de pensar en cómo distraerlo–. Íbamos a ir a un sitio privado para hablar del Fuego de los Dante, ¿recuerdas?

Para su alivio, eso consiguió captar la atención de Gabe.

—No. Vamos a un sitio privado para que pueda seducirte. O intentarlo. Puedes intentar negarte, pero no creo que ninguno de los dos vayamos a poder lograrlo.

—Nada de seducción –repitió ella, aunque su cuerpo y su corazón ansiaban lo contrario–. Tal vez, deberíamos hablar sobre nuestro compromiso, como acabas de proponer.

—Claro. Podemos hablar de eso después.

—¿Después?

Una imagen invadió la mente de Kat. Los dos acurrucados juntos, con la respiración entrecortada después de haber hecho el amor, con sus miembros entrelazados. Su fantasía no hizo más que alimentar las llamas del deseo, inundando zonas de su cuerpo que llevaban una eternidad dormidas. Haciendo un esfuerzo sobrehumano, se soltó de su brazo para ganar un poco de calma.

—No habrá ningún después, ni ningún antes. Solo vamos a hablar, manteniendo una distancia segura.

—Podemos intentarlo, ya te lo he dicho –replicó él y se frotó la palma de la mano derecha–. Pero el

Fuego de los Dante creo que no respeta las distancias.

Kat no entendió su comentario, pero le llamó la atención la forma en que él se rascaba la mano. Ella llevaba haciendo lo mismo desde que había empezado a sentir una quemazón continua en el momento en que él la había tocado por primera vez. ¿Qué diablos estaba pasando?

Al llegar a su oficina, Gabe abrió la puerta y la guio dentro. Después de saludar a la recepcionista, se dirigió con Kat a los ascensores.

–Vayamos arriba y hablemos de qué hacer a continuación. Necesitamos un plan.

–¿Qué te parece este plan? –sugirió ella al entrar en el ascensor–: Deja de decirle a la gente que estamos prometidos hasta que lo estemos.

–¿Y a ti qué te parece si te mantienes alejada de Benson Winters?

–¿Lo dices en serio? –preguntó ella, atónita.

–Teniendo en cuenta que ese hombre te echó toda la culpa cuando se supo de vuestra aventura, hoy parecía muy amistoso. Me pregunto por qué. Adivino que es porque estaba mintiendo cuando aseguraba que era inocente y le dijo a la prensa que le habías tendido una trampa para llevarlo a la cama. Si no, sería imposible que nadie fuera tan amigable con la mujer que ha echado a perder su carrera. Me apuesto lo que sea a que no saluda a su exmujer como te ha saludado a ti.

–Tal vez, por el libro que su ex escribió sobre él.

–Solo eso habría bastado para frenar su ascenso

al Senado, incluso aunque no hubiera tenido ninguna aventura extramatrimonial.

Gabe se volvió hacia ella.

–Te lo repito. Mantente alejada de ese hombre. No quiero que ningún antiguo amante haga terminar nuestro compromiso antes de tiempo.

–¿Qué culpa he tenido yo de encontrármelo? –replicó ella, furiosa–. Ha sido una coincidencia. Y, para que quede claro, no es mi antiguo amante.

–Mentirosa. Yo sé la verdad. Estuve casado con Jessa, ¿recuerdas? Me lo contó todo sobre ti y Winters. Por no mencionar que os vi con mis propios ojos –señaló él, acalorado. La temperatura del ascensor parecía subir por momentos–. Tampoco creo en coincidencias cuando se trata de él y de ti.

–Bueno, pues empieza a creer.

Kat no se molestó en responderle a su comentario sobre Jessa. ¿Qué sentido tenía? Él nunca le creería.

–Y, para tu información, es probable que volvamos a encontrárnoslo. Puede que no sea senador, pero es un renombrado hombre de negocios y seguro que recibe invitaciones para asistir a las mismas fiestas que nosotros. De hecho, me extraña que no nos lo encontráramos antes.

Gabe dio un paso hacia ella. Todo en él exudaba fuerza masculina. Bajo su fachada de rabia, Kat percibió algo más, el fuego del deseo que no se apagaba nunca.

–No eres mi dueño.

–Todavía –contestó él–. No soy tu dueño, todavía. Seguro que comprendes lo importante que es dejar claro ese detalle. Lo único que tengo que hacer es…

Gabe la agarró de las solapas del abrigo y le devoró la boca con un beso devastador. Las emociones que Kat había intentado mantener a raya se desbandaron, anulando todo pensamiento, menos uno. Necesitaba entregarse a ese hombre. Le rodeó el cuello con los brazos y enredó los dedos en su pelo, apretándolo contra su cuerpo. Y le correspondió en el beso, dándole todo, tomándolo todo y haciéndole gemir de placer.

Él le tomó el rostro entre las manos para tener mejor acceso a su boca y, con un rápido movimiento, le deshizo el moño. Acto seguido, le quitó el abrigo, dejándolo caer al suelo, y siguió besándola con pasión. La temperatura subió.

Kat no sabía qué habría pasado si no hubiera sonado la campanilla que anunciaba la llegada a su destino, aunque sospechaba que habría acabado en el suelo del ascensor. Con un grito sofocado, se zafó de sus brazos un instante antes de que se abriera la puerta. Nunca antes se había sentido tan expuesta y vulnerable, a excepción de la noche en que la habían descubierto desnuda en la cama de Benson Winters.

Gabe maldijo y se colocó delante de Kat para bloquearle la visión a una mujer mayor que estaba delante de las puertas, dispuesta a entrar. Ninguna de las mujeres se había reconocido… todavía. Con suerte, unos segundos bastarían para que Kat recuperara la compostura.

—Matilda, qué sorpresa —saludó él, apoyándose en las puertas del ascensor para mantenerlas abiertas y, al mismo tiempo, ocultando a Kat tras su ancha espalda.

Kat se tapó la boca, horrorizada, detrás de él.

Como siempre, Matilda estaba vestida de forma impecable. Llevaba un pañuelo italiano de seda en tonos azules que conjuntaba con sus ojos, como complemento para un traje de chaqueta de lana blanco, del mismo color que su pelo.

—He venido a comprobar si los rumores que he oído son verdad. Apenas puedo creerlo.

—Eso depende de lo que hayas oído.

Gabe le había dado a Kat todo el tiempo que había podido. Se giró, tomó el abrigo de ella del suelo y posó la mano en su espalda para hacerla salir del ascensor.

—¡Katerina!

Por el gesto de sorpresa de Matilda, no la había visto hasta ese momento. También, de inmediato, se percató de lo que Kat y Gabe habían estado haciendo allí dentro. Dio un paso atrás con piernas temblorosas, mirando a su nieta con intensa desesperación. Él la agarró del brazo, para ofrecerle sujeción.

—¿Es cierto? ¿Estáis juntos?

La expresión de Kat fue todavía más sobrecogedora que la reacción de Matilda. Miraba a su abuela con una profunda mezcla de amargura, ternura y ansiedad.

—Abuela —musitó ella, como si el corazón se le estuviera rompiendo en ese mismo momento.

La escena estaba empezando a llamar la atención de los curiosos, así que Gabe propuso ir a su despacho.

En cuanto estuvieron dentro y con la puerta cerrada, acompañó a Matilda a tomar asiento junto al mueble bar.

–Tengo coñac –ofreció él e hizo una seña a Kat con la cabeza–. Está a la derecha. ¿Puedes servirle una copita a tu abuela?

–Gracias –murmuró Matilda–. Me sentaría bien.

Pero Kat titubeó.

–¿Y tu médico? ¿No te ha prohibido beber alcohol?

Matilda se puso rígida y, para su sorpresa, Gabe la vio dudar. La mujer mayor miró hacia la ventana, desde donde se veía el gris cielo invernal.

–Eso ya da igual –susurró Matilda con un escalofrío–. Tengo el frío pegado a los huesos. La verdad es que necesito un poco de coñac.

Gabe se sentó delante de ella, observándola con atención. La había visto por última vez en una exposición de arte hacía seis meses. Parecía más cansada, un poco más frágil, pero su mirada seguía imbuida de un poder que desafiaba los estragos de la edad. Tenía un brillo de aguda inteligencia, tintado de fuerza y experiencia. Aun así, también había un sesgo de vulnerabilidad en sus ojos, parecido al de su nieta.

–Me he enterado de que no se encuentra bien. Lo siento.

–Es una forma de decirlo.

–¿Entonces es grave?

Matilda se encogió de hombros y sonrió.

–¿Qué importa? Después de todo, la vida no es más que una enfermedad terminal, ¿no crees? Desde el momento en que nacemos, caminamos hacia la muerte. A todos nos espera el final.

Kat se acercó, ofreciéndole a su abuela una copa con un poco de licor.

Durante un momento, sus miradas se entrelazaron. Gabe notó la tensión que vibraba entre ellas y las palabras bloqueadas que ninguna se atrevía a pronunciar. El silencio se impregnó de dolorosas emociones, de acusaciones, explicaciones y conflictos no resueltos.

Pero lo más intenso de todo era la indefensión que Kat emanaba. Y su abuela mostraba algo similar en su expresión. Sus dedos se rozaron con suavidad cuando la copa cambió de manos, como si ambas estuvieran deseando tocarse a pesar de los tumultuosos sentimientos que las poseían.

Matilda dio un trago de coñac y Kat volvió al mueble bar para servir dos más. Cuando le entregó el suyo a Gabe, sus dedos no se rozaron. Ni le dedicó ninguna mirada de ternura, como había hecho con su abuela. Él la sujetó de la mano e hizo que sentara a su lado.

–¿Qué le trae por aquí en un día tan frío y gris, Matilda?

–Ya os lo he dicho. He venido a saber la verdad. Ahora veo que estáis juntos.

–Abuela, por favor –suplicó Kat.

Sin embargo, Matilda la ignoró, con los ojos clavados en él.

–¿Va en serio?

–Estamos prometidos –replicó él de pronto.

–Parece un poco repentino.

–Lo es. Pero cuando llega el momento, llega.

Al posar los ojos en Kat, Matilda comprendió por qué había ignorado a su nieta hasta entonces. Tenía miedo. Temía derrumbarse si hablaba con ella directamente, así que se giró hacia él.

–¿Os habéis prometido a pesar de lo que pasó hace cinco años? ¿A pesar de lo que ella le hizo a Jessa?

Tras un instante de silencio, Gabe se encogió de hombros.

–Jessa y yo nunca nos habríamos casado de no haber sido por eso. Se habría casado con Benson Winters.

–Tal vez –repuso Matilda en un murmullo. Apretó la copa entre las manos–. Deberías saber que siempre esperé que te casaras con mi nieta. Deseo del Corazón es muy especial para los dos. En una ocasión, quise emparejaros. Me parecía que hacíais buena pareja. Pero… –añadió y se encogió de hombros– hubo cosas que se interpusieron.

–¿Quería usted emparejarme con Jessa? –preguntó él, intrigado.

Matilda negó con la cabeza.

–No, con Kat. Siempre fue mi intención darle a ella Deseo del Corazón.

Kat se sobresaltó, sorprendida. Gabe respondió despacio.

–Sí, bueno, pues no se equivocó. Aunque no ha hecho falta que usted interviniera.

Matilda esbozó una débil sonrisa.

–Ya lo veo. Las cosas han salido solas. Es un alivio, pues Kat se enamoró de ese collar desde el primer día que lo vio. Supongo que ya forma parte de su identidad.

–¿Por qué no me vende la joya sin más?

–Tengo mis razones –repuso Matilda, un poco a la defensiva–. Además, ahora que estáis prometidos, ya no es necesario. Tendrás el collar pronto. Al menos, tu esposa lo tendrá.

–Abuela, el collar le pertenece a Gabe –señaló Kat–. No pondré objeciones si se lo vendes. Como dices, una vez que estemos casados, será lo mismo, ¿no?

–No pienso venderlo –insistió Matilda–. No necesito ni quiero dinero. Prometí que te lo dejaría cuando yo no estuviera, Katerina, y eso es lo que pienso hacer. Cumplo siempre mis promesas. Lo que tú quieras hacer con el collar después es asunto tuyo.

–Oh, abuela –musitó Kat y corrió a su lado. Se sentó a sus pies y le tomó una mano–. No quiero el collar. Solo te quiero a ti. Es lo único que quiero.

A Matilda se le saltaron las lágrimas.

–Tengo mis razones para hacer lo que hago –repitió la anciana, y le acarició a su nieta la mejilla un momento–. Pero quizá… Sí, quizá haya una manera mejor. En vez de dejarte el collar en mi testamento, ¿por qué no te lo doy como regalo de bodas?

Gabe contuvo una maldición, mientras Kat lo miraba llena de pánico.

–Matilda…

–Sí –le interrumpió ella, dejando la copa sobre la mesa con determinación–. Es una idea mucho más apetecible que hacerte un regalo en el lecho de muerte –decidió y se puso en pie, colocándose el pañuelo al cuello–. ¿Cuándo es la boda?

–No hemos… –balbuceó Kat, levantándose también.

–Pronto –le cortó Gabe.

–Excelente. Cuanto antes, mejor para mí –indicó Matilda, e hizo una pausa. Un halo de vulnerabilidad la invadió–. Cuando decidáis la fecha, ¿me… invitaréis?

Kat asintió con impotencia.

–Claro. No podría casarme sin que tú estuvieras.

Matilda asintió y dio un paso hacia Kat, pero se detuvo a medio camino. Kat se dio cuenta de su titubeo y, con lágrimas en los ojos, se acercó para abrazar a su abuela.

Gabe se percató de la expresión de angustia de ambas mujeres. Enseguida, Matilda se separó y salió del despacho con la espalda rígida por la tensión.

Kat volvió la cabeza hacia él y se llevó la mano a la boca.

–Oh, Gabe. No nos dará el collar hasta que nos casemos. ¿Qué vamos a hacer ahora?

Él soltó una carcajada burlona.

–Sabes muy bien lo que vamos a hacer. Casarnos.

Capítulo Cinco

Kat meneó la cabeza.

–No, no podemos –negó ella, llena de pánico–. Hablaré con mi abuela. La convenceré de que nos dé el collar como regalo de compromiso.

–¿Crees que aceptará?

Ella dudó un instante si responder con sinceridad.

–Es probable que no. Pero merece la pena intentarlo. Lo que no entiendo es por qué está empeñada en regalármelo, en vez de venderlo.

–Puedes preguntárselo. Y ella puede negarse a explicártelo.

–Lo siento, Gabe –dijo ella, encogiéndose de hombros–. Sabes que nunca fue mi intención que las cosas fueran tan lejos. No tenemos por qué casarnos. Podemos alargar el compromiso hasta que… –añadió y se interrumpió con la respiración acelerada–. Hasta que mi abuela se haya ido.

Él ladeó al cabeza, observándola con atención.

–Cuando me expusiste tu razón para proponerme este alocado trato, hablabas en serio. Lo haces por Matilda, ¿verdad?

–Sí –afirmó ella con ojos brillantes–. Te dije que haría lo que fuera para reconciliarme con ella.

–¿Incluso casarte conmigo?

–Si no hay otra opción, sí –asintió ella–. ¿Significa eso que tú estás también decidido a obtener Deseo del Corazón?

–Haré lo que sea necesario para conseguirlo –aseguró él, se acercó y la tomó entre sus brazos, envolviéndola en su fuego–. Kat, el collar simboliza un amor que comenzó con una sola caricia. Un amor muy desgraciado.

–¿Tiene eso algo que ver con el Fuego de los Dante? –quiso saber ella.

Deseaba poseerla, hacer que se entregara por completo. Ansiaba que Kat se ofreciera a él por voluntad propia, llevada por el incontrolable deseo. Era la única manera de demostrarle lo que significaba el embrujo de los Dante y lo que estaba sucediendo entre ellos.

Gabe notó que ella temblaba, a punto de ceder, de dejarse llevar por la pasión. Él le mordisqueó los labios y, con un suave gemido, ella los abrió, dándole la bienvenida. Sin embargo, él prefirió dejarla elegir. Ella podía admitir que lo deseaba o apartarse. No quería presionarla.

Kat podía haberse zafado con facilidad, pues los brazos de él no la sujetaban con fuerza. Pero, en vez de hacerlo, se apretó contra él y le acarició el pecho y el cuello.

–Gabe, por favor.

Tras esas tres palabras, casi inaudibles, pero impregnadas de deseo, Gabe notó cómo ella se rendía. La apretó contra su cuerpo con brazos fuertes y la saboreó, sin prisa. Ambos se sumergieron en el calor que los invadía, poco a poco.

Pronto, la pasión empezó a ser abrumadora. Era la elegida, la única destinataria del Fuego de los Dante.

Aquel pensamiento cayó sobre él con la fuerza de un rayo. Despacio, separó sus labios de los de ella. ¿Por qué Kat? De todas las mujeres del mundo, ¿por qué había tenido que ser Kat Malloy? Aquello traicionaba todo lo que él había defendido y su lealtad hacia su difunta esposa, Jessa.

Se negaba a creerlo. No era posible que ella fuera la elegida. Lo que le había dicho su abuelo no podían ser más que supersticiones. Su destino era solo suyo, no podía estar en manos de una profecía. Estaba acostumbrado a ser el único dueño de sus actos.

Era él quien elegía a las personas que quería en su vida, se dijo con vehemencia. Y, después de cómo Kat había traicionado a su esposa, no podía… Solo de abrazarla, de tenerla entre sus brazos, se sentía culpable del peor de los pecados. Pero…

No podía resistirse a ella.

Kat levantó la vista hacia él, llena de confusión.

—Has parado. ¿Cómo has podido, cuando yo…?

¿Ella no había podido?

—No sé qué pensar. Eres muy extraño —señaló ella con las mejillas sonrojadas.

—Me habías pedido que te explicara qué es el Fuego de los Dante. Pensé que una demostración personal sería más ilustrativa que un montón de palabras. Esto… esto es el Fuego de los Dante –murmuró él–. O eso creo.

Kat cerró los ojos, como si disfrutara con su contacto.

–Así lo llaman los Dante –repuso él, sin dejar de acariciarla, tratando de grabarse los rasgos de ella en la memoria.

Kat se puso tensa y bajó la vista. Dio un paso atrás para apartarse.

–Los Dante. Los has mencionado antes. ¿Te refieres a los mismos que diseñaron el collar de tu madre? Yo espero trabajar para esa joyería algún día.

–Sí –afirmó él, aunque no era un tema del que quisiera hablar, parecía que no le quedaba otra opción–. Soy pariente suyo.

Ella se apartó. Sintiendo la desolación de la distancia, aunque fuera de apenas un metro, Gabe estuvo a punto de alargar la mano para acercarla, pero se contuvo.

–No lo sabía.

–Muy poca gente lo sabe –indicó él, encogiéndose de hombros.

–¿Por qué lo guardas en secreto?

–Porque no me gusta ser pariente suyo.

Kat permaneció en silencio, esperando a que él continuara. Y, por alguna razón, Gabe se sintió obligado a explicárselo.

***

–Y el Fuego de los Dante. ¿Qué es en realidad? –preguntó ella tras oír su larga historia.

–Es una maldición, una enfermedad –afirmó él, tocándose la palma de la mano, donde todavía le ardía, desde la primera vez que había tocado a Kat–. O, tal vez, solo sea otro cuento de hadas. Según mi abuelo los Dante pueden saber quién es su alma gemela desde la primera vez que la tocan.

Kat levantó la mano, con la palma hacia arriba, sin entender.

–¿Con la primera que la tocan? Desde aquella vez, no me ha dejado de quemar la mano.

–Sí. En eso consiste el embrujo.

–¿Cuánto dura? –quiso saber ella, todavía más preocupada.

Gabe la miró, antes de descargar una sola y fulminante palabra.

–Siempre.

–Siem… –balbució ella y, con la boca abierta, se dejó caer en la silla más cercana–. Tienes que estar de broma.

–Yo no he dicho que fuera verdad. Solo te estoy contando lo que Primo me ha dicho. Es solo otro cuento de hadas –aseguró él–. No es más que una leyenda familiar. Pero, como no soy un Dante, no tiene nada que ver conmigo –añadió, sin poder ocultar su frustración–. Maldición, Kat, no es real, ¿de acuerdo?

–¿Y si no es así?

–Será así –la tranquilizó él, le dio las manos y tiró de ella para ayudarla a levantarse. En ese momento, cuando la tomó entre sus brazos, se dio cuenta de que no le importaba nada el pasado de Kat, sino solo el presente. Tal vez, como su padre, fuera un hombre a merced de sus instintos más básicos, al contrario de lo que él mismo había creído…–. No creas ni por un minuto que lo que estamos experimentando, sea lo que sea, tiene nada de trascendente. Es pura lujuria, Kat, una respuesta hormonal. Tú me deseas y yo a ti. Fin de la historia.

Ella asintió.

–Tú y yo tenemos un acuerdo de negocios, nada más que eso. Por alguna razón, hemos dejado que la atracción que sentimos nos afecte. Pero yo no pienso permitir que vuelva a pasar. No se trata de lujuria, ni de sexo, ni siquiera del Fuego de los Dante. Nuestra relación se basa en Deseo del Corazón y en mi reconciliación con mi abuela. Eso es.

–¿Y cómo piensas impedir que nos afecte de nuevo?

–No pienso impedirlo. Pienso ignorarlo.

Ya. Como si fuera tan fácil, pensó Gabe. Por el momento, a él no le había funcionado.

–Ya te he explicado por qué eso no es posible. Quieres restaurar tu reputación, para que tu abuela te acepte. Yo quiero Deseo del Corazón. Para conseguir nuestros propósitos, estamos abocados a comprometernos, incluso a casarnos. Ya es bastante raro que me case contigo, entre todas las mujeres del mundo, después de lo que pasó entre Winters, tú y Jessa. No querrás dar pie a más rumores ni a que la gente desconfíe, sobre todo, tu abuela.

–¿Quieres que todo el mundo crea que somos amantes? Bien. Tendremos que esforzarnos en fingirlo –señaló ella y agarró su bolso–. Gracias por la comida, Gabe. Ha sido… interesante. Te llamaré mañana. Quizá, podamos coordinar nuestras agendas y marcar algunas comidas y cenas. Ya sabes, citas –añadió y se dirigió a la puerta–. Tienen que ser citas en lugares públicos, donde nunca más estemos a solas. Jamás.

–Claro –replicó él y la detuvo, sujetándola del brazo.

–Una cosa rápida antes de que te vayas.

Kat lo miró y arqueó sus elegantes cejas.

–¿Qué?

–Solo esto…

Sin advertencia, Gabe la tomó entre sus brazos. Esperó a que ella abriera la boca para protestar y se la selló con sus labios. La penetró con su lengua, diciéndole sin palabras que su plan de celibato no tenía ninguna posibilidad de éxito. En silencio, ella se resistió durante diez segundos, antes de rendirse a la pasión.

Sumergiéndose en sus brazos, Kat lo besó con el mismo frenesí, lengua con lengua, saboreándose como dos muertos de hambre. Ella le mordisqueó el labio inferior y, a continuación, se lo acarició con los suyos.

Mientras, Kat le recorrió el cuerpo con las manos, el pecho, la espalda… Lo apretó con fuerza, moviendo las caderas contra él con urgencia, volviéndolo loco de deseo. Y siguió acariciándolo por todas partes, hasta deslizar las manos hacia abajo, más allá del cinturón, para tocar su erección.

De pronto, ella se quedó paralizada, como si hubiera encontrado más de lo que había esperado. Le tocaba a él explorar un poco, pensó Gabe y encontró la cremallera del vestido de ella. Se la bajó, recorriéndole la columna con la punta de los dedos. Cuando deslizó uno debajo de la banda elástica de sus braguitas, ella se estremeció con un gesto de frustración.

—Gabe, por favor.

—¿Quieres que pare? —preguntó él.

—Si paras, tendré que asesinarte.

Sin poder controlarlo, el beso se hizo más y más ardiente. Si no encontraba una manera de salir de su despacho enseguida, iba a mandarlo todo al diablo y acabaría tomándola encima de la mesa y sin protección, pensó él.

Haciendo un esfuerzo heroico, Gabe separó sus labios, la rodeó con un brazo y la condujo hacia unas escaleras en un extremo del despacho. La subida a su piso en el ático le pareció interminable. Ella titubeó al llegar arriba, mirando a su alrededor. Las ventanas de cuerpo entero mostraban impresionantes vistas de Seattle y, más allá, del monte Rainier. Los picos cubiertos de nieve se erguían sobre la ciudad en el cielo de diciembre.

Kat aminoró los pasos, meneando la cabeza. Se sujetó el vestido, que tenía la cremallera bajada, contra el pecho.

—No, aquí, no.

Su abrupta negativa tomó a Gabe por sorpresa.

—¿Qué pasa, Kat?

—Aquí, no —repitió ella—. No donde Jessa…

Entonces, él entendió.

—Jessa nunca puso un pie en este piso. Yo ni siquiera había comprado el edificio cuando estaba casado con ella. Lo compré un año después de su muerte.

Kat cerró los ojos, aliviada, y soltó una risa nerviosa.

Kat dio un paso hacia él. Con un elegante movimiento de los hombros, dejó caer el vestido hasta sus caderas. Gabe había esperado que llevara ropa interior negra, pero no. Era de color crema, delicada, virginal y muy femenina, en contraste con su sofisticado vestido.

Con otro movimiento de cadera, el vestido le cayó al suelo. A continuación, se quitó los tacones y siguió acercándose. Gabe se extrañó al verla tan pequeña sin los zapatos. ¿Y esa ropa interior tan delicada y virginal? Parecía una ilusión. Y lo llenaba de ardiente deseo. Solo quería hacerla suya, que fuera la única mujer en su vida. Ansiaba sumergirse en la fantasía, sabiendo que era solo eso, una fantasía. Pronto, tendría que volver a poner los pies en la tierra. Pero hasta entonces…

Cuando Gabe acercó las manos hacia ella, Kat se las apartó. ¿No quería que la tocara? Estaba bien. Esperaría. Por el momento.

Kat le desabrochó el nudo de la corbata y se la quitó. A continuación, le sacó la camisa del pantalón y comenzó a desabotonársela. Le acarició el pecho, bajando en tentadores círculos por sus abdominales. Con hábiles movimientos, le desabrochó la cremallera y el botón de los pantalones. Luego, le despojó de ellos.

En vez de quitarle los calzoncillos, miró a su alrededor y posó los ojos en la puerta que daba al dormitorio. Se dirigió hacia allá, dejando que él contemplara sus glúteos perfectos, redondos. Parecían melocotones maduros, pidiendo a gritos ser mordidos. Haciendo una pausa en la puerta, giró la cabeza hacia él. Tenía el pelo suelto sobre los hombros, como llamas de fuego, acariciándole unos hombros cremosos y rozándole los pechos. Era la diosa de la tentación en persona. Tal vez, debiera protegerse contra ella, pensó, quizá se arrepentiría sin remedio si se dejaba llevar. ¿Pero cómo resistirse?

—¿Vienes?

Capítulo Seis

Con solo esa invitación, Gabe estaba perdido.

Se fue hacia la puerta, con pasos rápidos y decididos, la tomó en sus brazos y entró con ella en el dormitorio. En menos de dos segundos, la tumbó en la cama.

Estaba muy hermosa y, aunque su rostro trataba de ocultarse tras una fachada de impasividad, no era difícil adivinar los secretos que escondía. Un brillo de vulnerabilidad tintaba sus ojos llenos de sombras, mientras la pasión esculpía su carnosa boca.

Gabe se acostó a su lado, recorriéndole la cara con un dedo, desde los ojos a los labios.

–Percibo sentimientos contradictorios en tu rostro.

–¿Es eso lo que ves? –preguntó ella–. ¿Es lo único que ves?

–Me deseas.

–Sí.

–Pero no quieres desearme.

–También has acertado en eso –reconoció ella con una débil sonrisa.

–Creo que eso resume bastante bien nuestra relación.

Ella cerró los ojos con suavidad y dejó escapar un suspiro apenas audible.

–¿Estás tratando de convencerme para dar marcha atrás?

¡Claro que no!, pensó él. Pero…

–No quiero que luego te arrepientas. Ni que me eches en cara que no hemos esperado a la noche de bodas –señaló él, sorprendido por su propia delicadeza. Por alguna razón, Kat le hacía ser sensible y considerado–. Intento ser honesto, Kat.

Ella lo miró a los ojos.

–Aquí, no. Ahora, no.

–¿Quieres que te mienta? –preguntó él, sorprendido.

–Por una parte, sí –afirmó ella y se mordió el labio inferior, pensativa–. Pero me temo que sería un error.

Gabe la comprendía. También él prefería aferrarse a la fantasía y olvidarse de la realidad.

–¿Qué te parece si nos centramos en lo que queremos, en vez de en lo que no queremos?

–Me encantaría –repuso ella y se incorporó sobre los codos–. ¿Por qué no hacemos un trato?

Gabe soltó un gemido de protesta, no sabiendo si reír o si estrangularla.

–¿Otro trato?

–Uno pequeño. Creo que ambos estamos de acuerdo en que nos deseamos. Como has dicho, tenemos que admitir que no podemos resistir la poderosa atracción que experimentamos.

–No te lo discuto.

–Pues demos un paso más. En vez de mentir sobre lo que queremos, ¿qué te parece si acordamos ser siempre sinceros en la cama? Aquí, por muy doloroso que sea, nunca nos mentiremos.

–Desnudos en todo el sentido de la palabra.

Ella asintió.

Sin decir nada más, Gabe abrió el cajón de la mesilla y sacó uno de los preservativos que había guardado allí desde hacía tres semanas, esperando que algún día ese momento llegaría. A continuación, le tomó el rostro entre las manos y la besó, demostrándole lo mucho que la deseaba. Pronto, sus lenguas se entrelazaron.

Los besos de Kat eran divinos, deliciosos y juguetones.

Pero no eran bastante. Quería mucho más de ella. Lleno de ansiedad, sintió la urgencia incontrolable de quitarle los delicados pedazos de seda y encaje que cubrían sus partes íntimas y tomarla sin más preámbulos. Pero algo le hizo contenerse. Quizá, fueron aquellos lacitos blancos e inocentes que decoraban el centro de su sujetador y las caderas de sus braguitas. El contraste entre aquellos detalles inocentes y virginales con la sofisticación de su dueña hizo que él se detuviera. Eso y la tensión nerviosa que notaba en ella.

Después de un momento, Gabe decidió seguir sus instintos. Aquella era su primera vez juntos. Habría más ocasiones para tener sexo rápido y urgente. Sin embargo, esa tarde, se tomaría tu tiempo. La llevaría a la cima poco a poco, caricia a caricia. Y empezaría por el centro de su cuerpo, un dulce comienzo.

Gabe bajó la cabeza y trazó un camino de besos en su abdomen, inhalando su femenino perfume. Ella se estremeció, sorprendida, y arqueó un poco la espalda. Él sonrió, disfrutando de haberla tomado con la guardia baja. Planeaba seguir haciéndolo. Era una mujer que quería tenerlo todo bajo control y él quería echar abajo sus defensas y hacerle perder el control por completo. Le acarició las caderas y sintió un pequeño escalofrío en el vientre de ella, como si anticipara que le iba a quitar las braguitas. Pero él no lo hizo, prefirió subir hasta los contornos de su sujetador, volviendo a sorprenderla.

—Gabe, ¿qué estás haciendo?

—Jugando —repuso él, levantando la cabeza para mirarla—. Me cuesta decidir por dónde empezar.

Kat se quedó paralizada, quizá no había esperado su tono de broma. El sexo siempre había sido algo demasiado serio para ella. Era una pena, pensó Gabe, cuando era algo tan divertido.

Al final, Kat rio, relajándose un poco.

—¿Así que quieres jugar? —lo retó ella y comenzó a acariciarle el abdomen—. Creo que yo ya sé por dónde voy a empezar.

Gabe tomó los pechos de ella en las manos y los apretó con suavidad. Luego, le rozó el pubis a través de las braguitas.

Kat lo rodeó con sus brazos y lo apretó contra su cuerpo. Ambos encajaban a la perfección. Como una llave en su cerradura.

—Si me llevas contigo, te acompañaré allí donde tú quieras jugar.

Él sonrió al comprobar que ya no estaba tan tensa. Y estaba muy hermosa bajo los colores de la tarde que bañaban la cama desde la ventana. Las preocupaciones que la habían invadido parecían haber desaparecido, mientras ella se sumergía en sus brazos, segura y confiada.

Gabe percibió el placer en sus ojos verdes, la alegría en sus labios y dio gracias porque, en su primer encuentro, hubieran dejado atrás la oscuridad del pasado. Nada siniestro importaba en ese momento.

Jugaron a desnudarse del todo y sus cuerpos quedaron al descubierto. Sus caricias eran suaves, tiernas. Sin embargo, a cada momento, la pasión crecía, convirtiéndose en un volcán a punto de estallar.

Entonces, Gabe se quedó mirándola. Era muy hermosa. Su belleza parecía de otro mundo más etéreo, inalcanzable. Sin embargo, estaba llena de vida y todo en ella rogaba ser tocado.

La luz del atardecer pintó su cabello pelirrojo de mechones de fuego y se reflejó en sus ojos. Era la tentación en persona, pensó él. Entonces, Kat le acarició el rostro, él le sujetó la mano y se la besó, en el primer sitio donde el embrujo se había hecho notar, en la palma.

Gabe comenzó a deslizar las manos por su cuerpo, poniendo en práctica lo que había aprendido mientras jugaban. Sus zonas más sensibles eran alrededor de los pezones y debajo de los pechos, así que se quedó allí hasta que Kat comenzó a temblar entre sus brazos. También había descubierto que ella se estremecía de placer cada vez que le acariciaba la parte trasera de los muslos. Y que si le mordisqueaba el labio inferior, ella le entregaba su boca con incontrolable urgencia. Además, notó que ella se avergonzaba un poco de su trasero, tal vez, porque lo consideraba demasiado grande, pero a él le parecía el trasero más perfecto del mundo. Y comprobó que, si la besaba en los pequeños hoyuelos que tenía al final de la espalda, se volvía loca de deseo.

Centímetro a centímetro, Gabe exploró todo su cuerpo, decidido a hacer que la temperatura subiera hasta límites que ella no hubiera experimentado jamás. Mientras lo hacía, también él iba llegando más y más cerca del éxtasis.

—Pónmelo tú —pidió Gabe, tendiéndole el preservativo—. Quiero sentir cómo me tocas.

Kat tuvo que intentarlo tres veces hasta conseguir abrir el envoltorio. A continuación empezó a colocárselo con lentitud, provocándolo. Primero, fingió habérselo puesto al revés, luego, demasiado apretado, hasta que al fin completó la tarea. Por entonces, él ya no podía esperar ni un segundo más para tomarla.

Gabe se colocó sobre ella, entre sus piernas abiertas.

—Espera —susurró ella, empujándolo de los hombros—. Creo que no te lo he puesto bien.

—Basta de juegos —repuso él—. Ahora, no.

–Pero…

Gabe la silenció con un beso y la penetró. Ella se puso rígida y, cuando se apretó a su alrededor, él estuvo a punto de llegar al orgasmo casi antes de empezar. Pero consiguió controlarse, decidido a darle todo el placer que pudiera. Despacio, salió y volvió a entrar, enterrándose en profundidad. Entonces, se detuvo, esperando a que ella se acostumbrara a su unión. Mientras tanto, poco a poco, Kat fue relajándose y derritiéndose entre sus brazos. Se abrió para él, levantando las caderas, intentando sincronizar su ritmo con el de él.

A Gabe le sorprendió que no se hubiera sincronizado desde el primer instante.

Había pensado que dos personas experimentadas como ellos se entenderían en la cama un poco más rápido. Pero, tal vez, fuera por culpa del embrujo. Quizá la urgencia que los abrumaba era tan intensa que no los dejaba demostrar sus habilidades como era debido.

Enseguida, el ritmo se amplificó, convirtiéndose en algo que Gabe no había sentido nunca antes. Trascendía todo lo que él había vivido, conectando sus almas de forma indefectible. En los ojos de Kat, vio que ella estaba notando la misma conexión.

De pronto, algo cambió.

Kat se incorporó hacia él mirándolo a los ojos llena de incredulidad e inocente placer.

–¿Qué me has hecho? –susurró ella, y los ojos se le llenaron de lágrimas que le rodaron por las mejillas hasta el pelo.

Entonces, Kat se entregó por completo al fuego que los abrasaba y llegó al orgasmo con una intensidad arrebatadora, llevándolo con ella.

Gabe se giró desde la ventana y la miró. Los últimos rayos de sol bañaban su cuerpo dormido. De pronto, otra imagen se apoderó de su mente, cuando la había sorprendido en la cama de Benson Winters. Sin embargo, no conseguía recordar esa imagen con claridad, era como si se hubiera hecho pedazos para siempre. Hacía cinco años, ella no había experimentado el beso de un hombre... ni nada más.

Gabe había sido el primero.

Eso explicaba mucho sobre el encuentro que habían tenido, incluido lo mucho que había tardado en ponerle el preservativo. No había sido para provocarlo. Era una mujer inexperta. También explicaba por qué había querido esperar a que se casaran, algo que él le había negado.

Mirando al suelo, Gabe se sintió culpable por haberla presionado, por haber insistido en que hicieran el amor allí y en ese momento. También, comprendió mejor la sonrisa agridulce de ella, su mirada de callada aceptación.

Otras imágenes asaltaron su mente, como la forma en que Kat lo había mirado cuando había creído que iba a llevarla a la misma cama donde había hecho el amor con Jessa. Y esa ropa interior tan virginal...

¿Cómo no se había dado cuenta antes?, se reprendió a sí mismo. ¿Por qué no lo había entendido? Debía haberla protegido, incluso de sí mismo...

Lo que Gabe había creído una fantasía, había sido realidad. Y, si eso era cierto, significaba que la realidad no era... lo que él había dado por supuesto.

Pero eso no explicaba qué había hecho Kat en aquella cama de hotel hacía cinco años. ¿Tendría razón Winters? ¿Había intentando ella seducirlo esa noche? No, eso no tenía sentido. Si hubiera sido así, Winters no la habría saludado tan calurosamente en el restaurante. Ni habría querido volver a verla.

Gabe le dio vueltas al asunto, intentando usar la lógica que tanto lo caracterizaba. Pero no podía librarse de las emociones que lo embargaban en lo que se refería a Kat.

Podía pensar en varias explicaciones para su virginidad, empezando por... Paralizado, recordó una ocasión en que Jessa había llegado llorando a su puerta llorando, pidiéndole que la acompañara a la habitación de hotel donde le habían dicho que encontraría a su novio con otra mujer. Después de que hubieran encontrado a Kat, la relación de Gabe con Jessa había ido a más... Pero no quería pensar en eso.

Y volvió a posar los ojos en la mujer que dormía en su cama.

Una cosa sabía seguro: Kat no había hecho el amor con ningún otro hombre en su vida. Y no dejaría que lo hiciera durante mucho tiempo.

Sumido en sus pensamientos, se fue al salón y se sacó el móvil del bolsillo. Hizo unas cuantas llamadas, empezando por Primo y Matilda. Ambos respondieron a su propuesta con el mismo entusiasmo. Después de eso, se ocupó de algunos detalles prácticos, como reservar el vuelo, habitaciones de hotel y la licencia necesaria. Era increíble lo que el dinero y los buenos contactos podían conseguir en unos cuantos minutos. Cuando hubo terminado, regresó a la habitación… y a la cama.

Gabe se acostó junto a Kat, envolviéndola con el calor de su abrazo. Dormida, ella estaba por completo indefensa y todos sus rasgos delataban su vulnerabilidad. Le apartó un mechón de pelo de la cara y la besó, despacio y con pasión. Ella gimió con suavidad, todavía medio dormida, abriéndose a él. Se entregó al beso sin titubear. Luego abrió los ojos, rebosantes de pasión.

–¿Ya ha amanecido?

–Acaba de oscurecer.

Kat rio.

–Esta noche no voy a poder dormir.

–Podemos hacer otras cosas en vez de eso –sugirió él.

–No lo dudo.

–Tenemos que hablar.

–¿De qué? –preguntó ella, poniéndose tensa, a la defensiva.

–Veamos… de la vida, de la muerte, los impuestos… –bromeó él e hizo una pausa–. Del hecho de que fueras virgen. Explícamelo, Kat.

87

Kat se sonrojó, pero siguió mirándolo con expresión desafiante, sin pestañear.

–Prefiero no explicar nada.

–Y yo prefiero que sí lo hagas –repuso él, un poco tenso también–. De hecho, debo insistir. Ya que fuiste tú quien me pidió que fuéramos honestos cuando estuviéramos en la cama juntos…

–Maldición –murmuró ella–. Se suponía que esa clase de honestidad debía funcionar a mi favor, no al tuyo.

–Sí, es una pena –contestó él y le sujetó el rostro por la barbilla para impedir que bajara la vista–. ¿Cómo es posible que tuvieras una aventura con Winters y seas virgen?

–Es un milagro –dijo ella, encogiéndose de hombros.

–O no tuviste una aventura con Winters.

–Esa es otra posibilidad –afirmó ella, desafiante y con el cuerpo en tensión–. Puede que recuerdes que, en su momento, fue lo que le dije a todo el mundo.

–Y nadie te creyó –reconoció él y no pudo evitar sentirse culpable por haber estado entre los que habían dudado de ella. Pero no había sido fácil, sobre todo, cuando había sido él quien la había encontrado en el lecho de la infidelidad.

–Las pruebas eran bastante contundentes –admitió ella.

–Winters dijo que habías intentado seducirlo.

–Sí.

–Pero, si ese hubiera sido el caso, ¿por qué fue

tan amable contigo en el restaurante? –inquirió él, molesto por no comprender.

–Quizá haya comprendido que me habían tendido una trampa.

–¿Quién?

Kat apretó los labios, invadida por un mar de emociones. Rabia. Decepción. Dolor por haber sido traicionada.

–Tú sabes quién me tendió la trampa, Gabe. Lo que pasa es que no quieres creerlo. Nadie quiso creerlo, ni siquiera mi abuela.

De pronto, Gabe se dio cuenta de que ni una sola vez Jessa se había entrometido en sus pensamientos mientras estaba con Kat. Ni la había comparado con ella. Ni siquiera se había sentido culpable. Sin embargo, su sombra estaba allí en ese momento, acusadora…

–Era mi esposa. Estás pidiéndome que crea…

–No era tu esposa en ese tiempo –interrumpió Kat–. Y no te pido que creas nada. No me importa lo que los demás crean. Yo sé lo que pasó y he vivido con ello durante cinco años. He vivido con el peso de que todos me consideraran una ramera, acusada de intentar quitarle el novio a mi prima y de ensuciar la reputación de Benson.

–No entiendo algo, Kat. ¿Por qué iba Jessa a tenderos una trampa? No tiene sentido.

–¿Qué más da, Gabe? Ella no puede decírnoslo. Y cualquier explicación que yo pueda darte sería solo una especulación. Además, no es asunto tuyo.

–Es asunto mío, si tiene que ver con Jessa –replicó él–. Y si tiene que ver contigo, me atañe a mí también.

Kat se apartó de él y se levantó de la cama. Miró a su alrededor, confusa, preguntándose dónde había dejado sus ropas. Al no encontrarlas, se rindió, abrió el armario y sacó un albornoz color chocolate. Se lo puso y se cerró el cinturón. Le quedaba tan largo que la hacía parecer todavía más indefensa que cuando había estado desnuda.

–No quiero hablar de esto más –anunció ella.

–No quieres contarme la verdad, ¿es eso? Por eso te has ido de la cama.

Kat lo miró, apartándose el pelo de la cara.

–De acuerdo, sí. No quiero contarte la verdad… aunque no hay mucho que contar. Además, ni siquiera estamos casados.

–Eso va a cambiar muy pronto.

–¿En qué estás pensando? –preguntó ella, mirándolo asustada.

–He preparado todo para que volemos a San Francisco. Nos iremos mañana a primera hora y recogeremos a Matilda por el camino. También podemos pasarnos por tu hotel para que lleves tu maleta –informó él.

Se acercó para tomarla entre sus brazos

–Dentro de dos días, serás mi esposa. Y volveremos a la cama, para que me digas lo que quiero saber. Cada detalle, con total honestidad –añadió, hablándole solo a unos milímetros de la boca–. Aunque tenga que atarte a la cama.

Entonces, Gabe selló su promesa con un beso

que hizo que el deseo explotara como un volcán, consumiéndolos en su fuego.

En el asiento de cuero del jet de Gabe, Kat miraba por la ventana mientras se acercaban a San Francisco. Él había sido muy solícito con Matilda y la había acomodado en un pequeño dormitorio a bordo para que descansara durante el trayecto.

Pero Kat no podía dejar de darle vueltas a un pensamiento. ¿Cómo había sabido que era virgen? La única posibilidad que se le ocurría era que había sido tan patosa haciendo el amor que él no había podido encontrar otra explicación.

Encogiéndose un poco, pensó en cómo Gabe se había encerrado en sí mismo desde entonces.

Había esperado que, cuando supiera la verdad respecto a Benson y ella, su relación mejoraría. En vez de eso, había pasado lo contrario. Él ya no se mostraba alegre ni apasionado. Estaba acorazado dentro de sí mismo y ella no sabía qué hacer para romper esa coraza.

Aunque su instinto le decía que se rebelara contra un matrimonio tan repentino, Kat no se atrevía a hacerlo. Después de todo, era lo que los dos habían querido. Sumida en sus pensamientos, miró a Gabe. Él estaba concentrado trabajando en su ordenador, con expresión tensa. Algo andaba mal y no tenía solo que ver con lo apresurado de su boda.

¿Qué era lo que ensombrecía su rostro, lo que tanto le preocupaba? ¿Sería solo el haber descubierto que ella era virgen? No tenía sentido, pensó Kat. Ni explicaba sus prisas por casarse.

Si él no le contaba qué le pasaba, se lo preguntaría, decidió ella, removiéndose en su asiento. ¿Y si eso no funcionaba? Entonces, tendría que seducirlo y arrastrarlo a la cama más cercana y obligarlo a cumplir su trato de honestidad.

—Gabe, me gustaría que reconsideraras lo de casarnos con tanta prisa —dijo ella al fin—. Nadie va a creerse que sea real. Y no quiero que mi abuela sospeche que es por el collar.

—No lo sospecha. Diablos, Matilda y los Dante están convencidos de que lo nuestro va en serio. Y, pronto, todo el mundo lo creerá.

—No lo entiendo —reconoció ella—. ¿Por qué? ¿Por qué de pronto todos van a aceptar que es real? ¿Por qué ahora piensas que todo el mundo se lo va a creer? ¿Qué ha cambiado?

Gabe titubeó antes de responder.

—Lo que ha cambiado soy yo. Cuando la prensa descubra que soy un Dante y que estamos atrapados en el embrujo de mi familia, no tendrán más remedio que creérselo. Sobre todo, cuando la familia de mi padre sancione nuestra unión.

Kat se quedó helada.

—¿Vas a decírselo a la gente? —preguntó ella con aprensión—. Creí que no querías que nadie supiera que eran tu familia. Pensé que despreciabas a los Dante.

—Así es —afirmó él con expresión de amargura—. Pero es la manera de explicar la rapidez de nuestro matrimonio.

A Kat no le gustaba la idea. Ni su plan. Sobre todo, por mucho que parecía disgustarlo a él.

—Sigo sin entender. ¿Qué tiene que ver la prisa con anunciar nuestra relación a tu familia paterna? ¿Y por qué tenemos que casarnos tan pronto? ¿Por qué no esperar unos meses?

Él dejó los papeles a un lado y la miró, soltando un suspiro.

—Se me olvidaba que llevas fuera del país cinco años.

—¿Es que ha pasado algo en estos cinco años relacionado con esto?

—El Fuego de los Dante se hizo público hace unos años, cuando uno de mis hermanos, Marco, demostró en público que su esposa podía distinguirlo de su gemelo aun con los ojos vendados, gracias al hechizo que los había unido para toda la vida. La noticia salió en todos los medios de comunicación, incluso en los más respetables. Si yo hago público que soy un Dante y admitimos que estamos bajo el embrujo de la familia, nadie cuestionará la validez de nuestro matrimonio, sobre todo, si los Dante nos apoyan.

—¿Los Dante van a apoyarnos? —quiso saber ella. Si así era, solo podía significar una cosa, que él había ido a buscarlos y les había pedido ese favor.

—Sí. Por eso, nos casaremos en San Francisco, para que los Dante puedan asistir.

Al comprender el precio que él había pagado, Kat se sintió culpable. Había sido ella quien había acudido a él para embrollarle en esa locura. Y había sido su abuela quien había acelerado las cosas al prometerles Deseo del Corazón como regalo de bodas. Sus acciones y las de Matilda lo habían puesto en esa situación, caviló, con el corazón roto. Gabe se había sacrificado por ella y por su matrimonio, pensó. Además, tenía la sensación de que no era solo por el collar. Sospechaba que su prisa repentina tenía que ver con lo que había pasado el día anterior…

–Oh, Gabe –susurró Kat–. Dime que no has acudido a los Dante todavía…

–Era la única manera –repuso él con la mandíbula tensa.

–No, no lo es. Podemos esperar, como habíamos planeado –sugirió ella y le tocó la rodilla–. Gabe, por favor, no te metas en esto a menos que quieras usarlo para reconciliarte con tu familia.

–Ya está hecho, Kat –repuso él, bajando la vista a los documentos que tenía en la mano–. Además, no es para tanto. Solo les he pedido a los Dante que apoyen nuestro matrimonio. Y lo mejor de todo es que no vamos a tener que ocuparnos de casi nada. Primo va a ocuparse de los detalles de la boda por nosotros.

–¿Asistirá tu abuelo?

–No solo Primo, toda la familia –señaló él–. Conocerás a todos los Dante, los mismos que han negado mi existencia desde el día en que nací. Así, sabrás de dónde vengo. Y, sobre todo, sabrás en lo que no quiero convertirme nunca –añadió con gesto de amargura.

Kat escuchó en silencio, dándose cuenta de que él estaba decidido y nada que ella dijera podría hacerle cambiar de opinión.

–¿Vendrá Lucía? –preguntó ella con voz suave–. Tengo muchas ganas de conocerla.

Gabe sonrió con afecto.

–Sí. Conocerás a Lucía –afirmó él y su sonrisa se desvaneció antes de añadir–: Pero debo advertirte que está trabajando de incógnito para Primo. Él no sabe que es su nieta y quiero que siga siendo así. Mi hermana ya ha sufrido bastante y no quiero que nada la haga daño.

Era un hombre muy protector, observó Kat. Él siempre mostraba esa actitud cuando hablaba de su hermana y su madre y algunas veces la había demostrado también hacia ella.

–¿Trabaja para Primo? Me sorprende, después de lo que me has contado de vuestro pasado.

–A mí también me sorprendió. Me he enterado hace poco.

Kat lo pensó un momento antes de responder.

–Quería conocer a su abuelo, ¿verdad?

–Sí.

Entonces, Kat comprendió algo más: el dolor que Gabe sentía por lo que concebía como una traición.

Por mucho que él quisiera ocultarlo, era como un león con una espina en la pata. Tal vez, ella pudiera ayudarle a sacársela.

–Supongo que tu hermana no siente lo mismo que tú acerca de los Dante.

—Déjalo, Kat —repuso él, sin querer hablar más del tema.

—Debiste de sufrir mucho cuando lo descubriste. Debiste de sentirte traicionado.

—Te he dicho que lo dejes, ¿no lo entiendes?

Pero ella no podía dejarlo. Decidió ir al grano, sin andarse con más rodeos.

—Gabe, estoy segura de que Lucía no quería herirte. Ni piensa que no seas bastante familia para ella. Es natural que quiera conocer a la familia de su padre.

Había dado justo en el clavo y el león rugió como respuesta. Luego se enfrentó hacia ella, sacando las garras.

—A ver si así dejas de hablar.

Tras levantarse, Gabe la tomó entre sus brazos y la besó con fuerza, dando rienda suelta a su rabia. Si había pensado que así podía intimidarla, se había equivocado. Ella le correspondió el beso con la misma fuerza. Cielos, lo deseaba más que antes, sobre todo, porque sabía lo que podía esperar.

—Gabe, por favor —suplicó ella, sin dejar de besarlo con frenesí.

—¿Quieres que pare? No creo que pueda.

—No quiero que pares. Por favor, hazme el amor —rogó ella.

—Hacer el amor —repitió él y la sostuvo entre sus brazos un momento, en silencio y con los ojos cerrados—. No lo llames así. No quiero hacerte daño, pero te lo haré si conviertes esto en algo que no es. No es amor. Es sexo.

–¿O el embrujo?

Para su sorpresa, Gabe no lo negó y se limitó a suspirar.

–¿Qué más da cómo lo llamemos? Solo sé que no va a durar. Y necesito que tú lo entiendas.

–¿Qué tiene eso que ver con tu prisa por casarnos? –quiso saber ella, confusa.

–Porque no paré cuando me lo pediste –repuso él con tono críptico.

Ella frunció el ceño, sin comprender.

–Yo no te he pedido que pares.

–El preservativo –le recordó él, mirándola con gesto de ternura–. Se salió de su sitio. Tú me dijiste que creías que no lo habías puesto bien y trataste de detenerme. Pensé que no lo decías en serio y no te hice caso.

La confusión de Kat se tornó en conmoción.

–Crees… –balbuceó ella y se interrumpió, casi sin respiración–. ¿Crees que estoy embarazada?

Capítulo Siete

Gabe asintió.

—Es una seria posibilidad. Por eso, es mejor que nos casemos cuanto antes, sobre todo, si quieres reconciliarte con tu abuela. Solo has empezado a retomar el contacto con ella. No quiero que esto lo sabotee. Es mejor que piense que nos casamos porque no podemos esperar a que crea que es una boda de penalti.

Kat se quedó petrificada. Solo podía pensar en una cosa. Podía estar embarazada. Podía llevar dentro un bebé de Gabe.

La mera idea le hizo sentir embriagada.

Le asaltaron imágenes de un niño con cabello moreno y ojos dorados. Se imaginó amamantándolo. Visualizó a Gabe meciendo al niño que habían creado.

Cielos, no podía hacerle eso a Gabe, pensó Kat. No podía atraparlo de esa manera.

—No —negó ella, apartándose de sus brazos—. No es posible. No estoy embarazada, no puede ser solo porque lo hayamos hecho una vez.

Gabe la miró, arqueando una ceja ante lo absurdo de su comentario.

—De acuerdo —admitió ella y se pasó las manos

por el pelo, nerviosa–. La posibilidad existe. Pero es muy remota, ¿verdad?

–Si tú lo dices… Yo no pienso correr el riesgo. Tenemos que casarnos, de todas maneras, para que yo pueda recuperar Deseo del Corazón. Esto solo significa adelantar un poco las cosas, nada más.

–Si ni siquiera hemos anunciado nuestro compromiso… Y no me has pedido que me case contigo. De hecho, creo que fui yo quien te lo pidió a ti –protestó ella, a punto de perder la compostura. La situación le resultaba demasiado abrumadora. Respiró hondo, para calmar los nervios–. Oh, Gabe. ¿Qué estamos haciendo?

–Vamos a ir paso a paso.

Ella asintió, tranquilizada por su respuesta.

–Y el primer paso es casarnos.

Gabe rió, aunque sus carcajadas tenían más de amargura que de alegría.

–No. El primer paso es reunirnos con los Dante y hablar con ellos sobre los preparativos.

–¿Y eso es malo? –preguntó ella con incertidumbre.

–Es complicado.

Kat entendió enseguida a qué se había referido él cuando Primo los recibió en el aeropuerto. Fumaba un puro muy oloroso y, después de ser presentado a Matilda, se giró hacia ella.

A Kat le sorprendió comprobar lo mucho que se parecía a su nieto, pero no tuvo tiempo de decir nada, pues Primo la envolvió en un caluroso abrazo al estilo italiano y le dio dos besos con efusividad.

–Encantada de conocerlo –saludó ella.

–Lo mismo digo –replicó Primo y dio un paso atrás para mirarla bien–. Bueno, así que tú eres la media naranja de Gabriel. El embrujo ha sido muy generoso con mi nieto.

–Gracias –dijo ella, sonrojándose.

Entonces, Primo se volvió hacia Gabe, sonriente.

–¿No saludas a tu abuelo?

Gabe le dio un abrazo a su abuelo, para sorpresa de Kat.

–Gracias por venir a buscarnos. Y por ocuparte de los detalles de la boda.

–Es un placer –aseguró el hombre mayor y le dio una palmada en la espalda a su nieto–. Adelante. Vayamos a conocer a tu abuela.

Primo los condujo al coche e insistió en que Matilda se sentara a su lado y Gabe y Kat enfrente de ellos. Matilda insistió en que la dejaran en el hotel y, después de dejarla acomodada en su habitación, continuaron hacia casa de Primo en Sausalito, atravesando las ajetreadas calles de la ciudad.

–¿Quién estará allí? –inquirió Gabe, de pronto.

–Por ahora, solo está Nonna, tu abuela –le tranquilizó Primo–. No queremos saturarte con todos tus primos y sobrinos hasta la ceremonia. Pero te advierto que tu abuela no está muy de acuerdo con esta reunión –señaló y se llevó la mano al pecho–. No tanto como tu abuelo, que está encantado de tenerte en la familia a la que perteneces. Ella se parece más a ti, Gabriel. No está segura de querer reconocer el vínculo.

–Entonces, ¿por qué forzarlo? –preguntó él, orgulloso.

–Porque eres el hijo de mi hijo –respondió Primo con sencillez–. También eres hijo de su hijo. Ella lo verá en cuanto ponga los ojos en ti. Verá que eres el vivo retrato de su hijo y sus reservas se desvanecerán como la niebla de la mañana.

–Yo no soy como Dominic –protestó él–. Ni pienso sustituirlo de ningún modo.

–No –replicó su abuelo con tristeza–. Nunca serás igual que él.

Primo volvió a posar la atención en el paisaje que iban recorriendo, dándole un tour guiado a Kat por el camino. Al final, dejaron atrás la terminal del ferry y tomaron un camino serpenteante hacia las montañas. El coche los dejó en ante una espaciosa casa con vista a la Isla de Ángel y Belvedere.

Primo abrió y los invitó a entrar. Atravesaron un gran patio lleno de vegetación y Kat pensó que sería muy hermoso en primavera. En esas fechas, en vez de flores, habían puesto luces y adornos de Navidad.

–Bienvenidos a mi hogar –dijo Primo con orgullo y señaló hacia las decoraciones–. Cuando oscurece, está muy bonito. No son excesivas, ni demasiado escasas, sino el término justo, ¿capito?

Cuando Gabe permaneció en silencio con tozudez, Kat respondió por los dos.

–Seguro que es espectacular.

Mirando al hombre que pronto sería su marido, sintió la tentación de darle un codazo en las costillas para llamarle la atención por su falta de educación. Entonces, comprendió que su silencio no se había debido a la grosería, sino al respeto. Él tenía la vista puesta en una mujer sentada ante una mesa de hierro forjado, debajo de un gran roble. Ambos se miraban en silencio, mientras el ambiente se llenaba de tensión.

Primo siguió la mirada de su nieto y sonrió.

—Ah, allí está Nonna, esperándonos con chocolate caliente —señaló el hombre mayor, radiante de alegría—. Mira, chico, ¿no es la mujer más hermosa? Nunca he conocido a nadie que pueda hacerme tan feliz solo de verla. Lo mismo te ha pasado a ti con Katerina, ¿verdad?

Gabe tomó la mano de su acompañante.

—Tu esposa es muy bella, Primo —afirmó Gabe con gesto de preocupación—. Pero también parece muy asustada —murmuró.

—Seguro que encuentras la forma de ganártela —lo animó Kat con suavidad—. Puedes protegerla del sufrimiento.

—¿Protegerla?

—¿No es eso lo que siempre haces, proteger a la gente? —replicó ella con una dulce sonrisa.

—Lo intento, pero…

—Está enfadada con su hijo, no contigo,—le susurró Kat—. Y tiene miedo porque no sabe cómo manejar la situación. Teme que hagas daño a su familia. Solo necesita saber que no piensas lastimarlos. Porque es así, ¿verdad?

—Eso depende.

–Gabe… Yo sé lo que es perder a la familia, quedarse a un lado y no tener a nadie. Daría lo que fuera por recuperar a mi abuela –admitió ella con labios temblorosos–. Tú tienes esa oportunidad, aquí y ahora. Te suplico que no la dejes escapar.

No pudieron seguir hablando, pues Primo los condujo hacia delante. Debió de percatarse de los sentimientos encontrados entre su nieto y su esposa, pues empezó a darle nerviosas bocanadas a su puro. En cuanto Nonna posó los ojos en el cigarro, él se atragantó con el humo.

–¿Cómo he podido olvidarlo? –dijo Primo entre dientes, apagando el puro en el cenicero más cercano.

–Hablaremos de eso después –le reprendió la mujer con severidad–. Cuando estemos a solas y no delante de… –comenzó a decir y se interrumpió, sin saber cómo calificar a los recién llegados. ¿Familia? ¿Amigos? Lo más probable era que fueran enemigos, pensó.

–Este es Gabriel –presentó Primo–. Y su futura esposa, Katerina Malloy.

Nonna inclinó la cabeza en un elegante saludo, sin dejar de mostrar hostilidad en la mirada. Su expresión tenía, también, una mezcla de rabia y de rechazo. Sin embargo, Kat percibió en ella una profunda indefensión, una tristeza muy honda. Cuando, al mirar a Gabe, la mujer mayor apretó los labios, adivinó que no era porque estuviera enfadada, sino porque intentaba evitar que le temblaran. Además, tenía los ojos húmedos por las lágrimas, que enseguida comenzaron a rodarle por las mejillas.

Era demasiado para Gabe. Se acercó y se arrodilló delante de su abuela, tomándola de las manos con suavidad.

–No llores. Si mi presencia te causa tanto dolor, me iré. He hecho mal en venir, en pediros este favor.

–Calla –ordenó su abuela en voz baja y lo besó en la mejilla–. Olvida a esta pobre vieja que pensaba que Dominic no podía haber hecho nada bueno. Si hubiera escuchado a mi corazón, me habría dado cuenta de que no es así.

Gabe cerró los ojos, tratando con desesperación de no perder sus corazas. Pero era una batalla perdida. Se desmoronaron delante de la sinceridad de su abuela.

–Debes saber que yo lo desprecio por lo que le hizo a mi madre –confesó Gabe–. Mi propio padre y…

Su abuela lo hizo callar de nuevo.

–¿Qué otra cosa ibas a sentir cuando ni siquiera pudiste conocerlo como todo hijo debería conocer a su padre? Pero ahora nos tienes a nosotros. Al final, has venido a casa para ser uno de los nuestros. Un Dante.

Ella rio con calidez.

–¡Qué testarudo eres! ¿Cómo no vas a ser lo que has sido siempre?

–Soy un Moretti –repuso Gabe, apretando los dientes.

–Y los Moretti… ¿te han acogido? ¿Te han dado lo que los Dante no? –preguntó su abuela, tras dar un respingo.

–No –admitió él tras un momento de silencio–. La familia de mi madre la repudió cuando supo que estaba embarazada sin estar casada.

–Pobre niño –dijo su abuela con lágrimas en los ojos–. No importa. Después de todos estos años, te hemos encontrado, Gabriel. Nunca repudiaremos a ninguno de los nuestros –aseguró con determinación.

–Eso no es verdad. Nos disteis la espalda tras la muerte de Dominic –señaló él, lleno de rechazo. Su abuela había tocado su punto débil–. Sabíais que existíamos, pero no quisisteis aceptarlo.

Nonna miró a Primo alarmada.

–¿Es eso verdad? ¿Sabías de la existencia de Gabriel desde que Dominic murió?

–¿Quién te ha dicho esa mentira? –inquirió Primo a Gabe.

Gabe titubeó y miró hacia Kat, quien le hizo un gesto con la cabeza para animarlo. Él supo que había llegado el momento de ser honesto sin reservas.

–Él nos dijo que lo sabíais. Mi… padre dijo que no queríais conocernos.

Sus abuelos tardaron unos minutos en digerir sus palabras. Entonces, Nonna empezó a mecerse en su silla, sin poder contener las lágrimas.

–Oh, Dominic, ¿qué hiciste? ¿Por qué lo mantuviste apartado? Tu hijo era un inocente. Necesitaba a sus abuelos y tú nunca nos hablaste de él.

Incapaz de verla así, Gabe abrazó a su abuela para consolarla. Luego, sintió el calor de su abuelo, abrazándolos a los dos. En ese momento, supo, sin lugar a dudas, que era uno de ellos.

Pero había alguien más allí. Gabe se giró hacia Kat y ella dio un paso atrás. Lo más probable era que se sintiera una extraña allí. Sin embargo, él no lo permitiría. Ella necesitaba una familia tanto como él. La atrajo a su lado y, en cuanto estuvieron los cuatro juntos, sintió una felicidad inexplicable. Ya no había sensación de pérdida en su corazón, ni de dolor. Solo había amor.

–Bueno. Ya está. Eres uno de nosotros –indicó Primo.

–¿De verdad no sabíais de mi existencia?

–Yo me enteré hace poco. Tu prima Gianna me dijo que te había conocido en su visita a Seattle y que eras clavado a Severo. Entonces, ya sabíamos que Dominic había tenido una aventura con tu madre, pero no fue hasta hace poco que averiguamos que había nacido un hijo de esa unión.

Gabe percibió la sinceridad de sus palabras.

–Gracias.

–Haré que os lleven a ver a mi secretaria, Lucía –indicó Primo–. Se ha ofrecido a planificar la boda. Os ayudará a conseguir la licencia matrimonial. Y, mientras acompaña a la novia a elegir el vestido, Sev te llevará a ver los anillos –añadió con una sonrisa–. ¿Te parece bien?

–¿Sev? –preguntó Gabe, deseando negarse. Sin embargo, sabía que no podía, sobre todo, porque su abuela lo estaba mirando expectante. Estaba claro que los Dante querían hacer todo lo posible para remediar el tiempo perdido y él no podía echarse atrás–. Claro. Antes o después, íbamos a tener que conocernos.

–No será fácil para ninguno de los dos –advirtió Primo–. Pero ya es hora de que conozcas a tu hermano. Intenta recordar que él también es inocente de todo lo que pasó. Él está resentido con Dominic por el daño que le hizo a su madre, igual que tú.

–Pero hay una diferencia –señaló Gabe y tomó la mano de Kat. Su contacto le ofrecía sosiego y paz–. Él ha crecido siendo un Dante. Yo, no.

Kat se enamoró de Lucía desde el primer momento en que la vio, fascinada porque su personalidad fuera tan distinta de la de Gabe. Mientras él solía ocultar sus emociones tras una fachada de impasividad, el rostro de Lucía dejaba traslucir todo lo que pensaba y sentía.

Al poco de conocerse, Lucía le explicó el por qué del saludo especial que tenía con su hermano, formando un puño con la mano y entrelazando los dedos índice antes de abrazarse.

–Es nuestro saludo privado, una especie de código que simboliza que el otro puede contar con nosotros y que lo queremos.

No tardaron nada en conseguir la licencia de matrimonio, tal vez, porque Primo había movido sus contactos para que les dieran preferencia. Solo hubo un momento de tensión, cuando Gabe echó un vistazo a la partida de nacimiento de su prometida.

—¿Esa es tu partida de nacimiento?

—Sí —afirmó ella—. Voy a cumplir veinticinco dentro de dos meses. ¿Por qué?

—¿Solo tenías veinte años cuando…?

—En realidad, tenía diecinueve. ¿Cuántos creías tú?

—Más. No me di cuenta, entonces, de que Jessa era mucho mayor que tú.

—Para que lo sepas, era mayor que tú y que yo.

Gabe negó con la cabeza.

—No puede ser. Ella me dijo… —comenzó a responder él y se interrumpió antes de acabar la frase, sin querer sacar el tema de Jessa delante de su hermana—. Ya lo hablaremos en otro momento.

Cuando terminaron el papeleo, se separaron. Gabe se dirigió a encontrarse con Severo. Cuando se quedó a solas con Lucía para ir de compras, Kat notó que la hermana de su prometido había cambiado de actitud. Parecía pensativa y reacia a hablar con ella. Tal vez fuera porque hubiera atado cabos respecto a quién era ella y lo que había pasado hacía cinco años.

—¿Eres la prima de Jessa?

—Sí —afirmó Kat. Al ver que la otra mujer se mordía el labio inferior, como debatiéndose entre decir lo que pensaba o no, la animó—. Vamos, adelante, di lo que sea.

—De acuerdo —dijo Lucía, tomando aliento—. Yo

odiaba a tu prima. Sé que no se debe hablar mal de los muertos, pero no me parecía buena para Gabe. Si no hubiera muerto en un accidente de coche, ya se habrían divorciado. Te lo garantizo.

Kat se quedó sin palabras.

—Además, habría desplumado a mi hermano antes de dejarlo. Aunque para él habría sido un alivio poder quitársela de encima —continuó Lucía e hizo una mueca—. Lo que él quería era el collar de nuestra madre, que iba a heredar Jessa. Pero, conociendo a Jessa, seguro que habría hecho todo lo posible para manipular a mi hermano y sobornarlo a cambio de Deseo del Corazón. Cielos, espero que tú no seas como ella —le espetó, lanzándole una fiera mirada—. Porque, si lo eres, esta vez no pienso quedarme de brazos cruzados. Acabaré contigo como sea.

Kat tardó unos minutos en procesar toda la información.

—Gabe y yo vamos a casarnos para que él pueda tener Deseo del Corazón y yo pueda reconciliarme con mi abuela. Es solo un matrimonio temporal.

—Ah —dijo Lucía, frunciendo el ceño—. Bueno, pues no va a funcionar.

—¿Por qué?

—¿No lo sabes? ¿Cómo va a ser un matrimonio temporal cuando es obvio que estáis locos el uno por el otro?

Desde ese momento, Lucía y Kat se hicieron buenas amigas. Era extraño, pero agradable. Kat nunca había tenido una amiga que la tratara con tanto afecto, tal vez, porque ella siempre había mantenido su coraza y había temido abrirse a nadie. Por alguna extraña razón, sin embargo, Lucía tenía la capacidad de atravesar cualquier barrera y llegarle al corazón.

—Tenemos mucho trabajo —indicó Lucía, entrando en la primera tienda de novias—. Hay que encontrar el vestido, el velo, la ropa interior, los zapatos, algo muy sexy para la noche de bodas y algo de ropa más por si acaso.

—No necesito más ropa.

—Tal vez, no, ¿pero qué más da? —replicó Lucía, sonriendo—. Luego, te llevaré a un sitio ideal para comprar las flores.

—Mi tarjeta de crédito se va a quedar tiritando.

—No seas tonta —protestó Lucía—. Los Dante pagan.

—Oh, no, claro que no. No puedo permitirlo.

—No puedes negarte —advirtió Lucía con preocupación—. Le romperías el corazón a Primo.

—Me temo que tendrá que soportarlo —aseguró Kat, decidida a no dejarse convencer—. Ya se recuperará.

—No lo entiendes. Para él, sería una ofensa. Y, si ofendes a Primo, ofendes a todos los Dante —explicó Lucía, encogiéndose de hombros—. Es una costumbre italiana.

—A Gabe no le va a gustar —protestó Kat.

—Gabe tendrá que aguantarse, sobre todo, teniendo en cuenta dónde está ahora —opinó Lucía—. Su reunión con Severo no va a ser fácil. Mi medio hermano sigue dolido por lo mucho que nuestro padre hizo sufrir a su madre y, en particular, está dolido con Gabe.

–¿Por qué?

–Supongo que también lo estaría conmigo, si supiera de mi existencia –admitió Lucía con tristeza y fingió concentrar la atención en los vestidos de novia.

–¿Lucía?

–Creo que es por el Fuego de los Dante –confesó Lucía en voz baja.

–No lo entiendo.

–Si Cara Moretti era el alma gemela de Dominic Dante, entonces, la madre de Severo…

–La madre de Severo no lo era –dijo Kat, terminando la frase por ella.

–Eso es. El hecho de que Dominic nunca hubiera amado de veras a la madre de mis hermanastros siempre será un obstáculo entre nosotros.

El chófer de Primo dejó a Gabe en el corazón del distrito financiero. Él tocó el telefonillo para anunciarse ante una puerta de cristal donde podían leerse las letras DE, iniciales de Dante Exclusive. De inmediato, la puerta se abrió.

En el vestíbulo, lujoso y elegante, le recibió la recepcionista, que se quedó anonadada mirándolo. Quizá fuera por su asombroso parecido con Severo, su hermano. Enseguida, lo condujo al ascensor que llevaba al ático. Allí, lo estaba esperando otro empleado.

–¿Quiere algo de beber?

–No, gracias –repuso Gabe, aunque le hubiera sentado bien algo fuerte en ese momento. Pero le costaba aceptar nada de los Dante.

–El señor Dante vendrá enseguida –indicó el empleado y desapareció.

Solo en la habitación, Gabe miró a su alrededor, observando el lujo y cuidado que había en la decoración. Había divanes de tonos gris y blanco, sillas de seda de color rojo, con mesas de cristal, bajo delicadas lámparas que iluminaban sin molestar. Sin duda, las mesas habían sido pensadas para enseñar las exclusivas joyas de Dante´s a sus clientes más selectos.

De pronto, se abrió una puerta y entró un hombre. A Gabe no le cupo la menor duda de que se trataba de Sev. Había supuesto que se parecería a él mismo, pero no tanto. Casi parecían gemelos. Sev también lo miró como si no diera crédito, antes de detenerse junto al mueble bar y servir un licor color ámbar en dos vasos. Se acercó, tendiéndole uno a su hermano.

–Si sientes lo mismo que yo ahora mismo, apuesto a que necesitas un trago tanto como yo.

–Diablos, sí –admitió Gabe, aceptando el vaso.

Los dos bebieron y siguieron mirándose sin ocultar su rechazo.

–¿Quién empieza? –le retó Sev.

–Empezaré yo –repuso Gabe, sin titubear–. Quiero que sepas que, si por mí fuera, nunca te habría conocido. No quiero nada de ti. Nunca.

–Aun así, aquí estás, esperando que te reconozcamos como uno de los nuestros –le espetó Sev–. Pues para que lo sepas, si Primo no hubiera insistido, yo tampoco estaría aquí –continuó, levantando la barbilla igual que su hermano. Tras un largo silencio, añadió–: Bueno, ya ha quedado claro que los dos nos despreciamos y que nos gustaría estar en cualquier sitio menos aquí, ¿ahora qué?

–Ahora que hemos puesto nuestras cartas sobre la mesa, tengo algunas sugerencias –señaló Gabe, tras relajarse un poco.

–¿Quieres otro trago mientras nos seguimos despellejando?

Gabe asintió y Sev rellenó los vasos.

–Teniendo en cuenta lo contentos que estábamos sin conocernos, ¿a qué se debe este cambio? –preguntó Sev.

–Es por el maldito embrujo de los Dante –contestó Gabe, frotándose la mano–. Si no fuera por eso, no estaría aquí. Pero no tengo elección, si quiero proteger a Kat.

–¿Tu novia? –inquirió Sev con un brillo en los ojos–. ¿Experimentasteis el embrujo la primera vez que os tocasteis?

–Sí.

–¿Y para qué quieres que los Dante reconozcan su conexión contigo?

–¿Conexión? Prefiero otra palabra –repuso Gabe al momento.

–¿Otra palabra? ¿Qué te parece bastardo?

Gabe se encogió de hombros. Había escuchado

tantas veces esa palabra referida a él que ya no le hacía daño. Había aprendido a aceptar su origen hacía años.

—¿Crees que insultándome conseguirás algo? ¿Es que piensas que así vas a ofenderme? —replicó Gabe con una dura carcajada—. Soy un bastardo, sí, ¿y sabes por qué? Por lo que nuestro padre me hizo.

—¿Crees que no lo sé? No pasa ni un solo día en que no lo piense.

—Oh, lo siento por ti —se burló Gabe con sarcasmo—. Pobrecito, es muy duro tener un hermano bastardo. Pero no me vengas llorando a mí.

—Diablos. Eres tú quien está en el territorio de los Dante. Si hay alguien que viene llorando eres…

Invadido por la rabia, Gabe lanzó el vaso contra la pared, haciéndolo añicos. Mientras el whisky chorreaba hasta el suelo, intentó respirar para recuperar el control. Una palabra más podía llevarlo al borde del abismo…

—No he venido por mí, idiota —le espetó a Sev—. Yo no quiero nada de ti. He venido por Kat, para protegerla. Por lo que a mí respecta, ya sabes donde te puedes guardar el apellido Dante.

—¿Celoso?

Capítulo Ocho

Aquella sola palabra de provocación dejó al descubierto lo que Gabe había estado negando toda su vida. ¿Cómo lo había hecho Sev? En solo unos minutos juntos, había encontrado su punto más débil y había roto su fachada de hielo.

Tomando aliento, Gabe se obligó a enfrentarse a la verdad que se había estado escondiendo a sí mismo durante tanto tiempo. Con la espalda en tensión, miró a Sev a los ojos, sin ocultar sus oscuros pensamientos. Después de todo, ¿qué importaba lo que ese hombre pensara de él? Lo único que quería era proteger a Kat. Se lo debía, después de lo que le había hecho hacía cinco años.

–Sí. Estoy celoso –susurró Gabe con el corazón encogido por el dolor–. Tú tuviste lo que mi hermana y mi madre hubieran dado cualquier cosa por poseer. Tuviste una vida que nosotros nunca conoceremos. ¿Me culpas por querer la revancha? ¿O por despreciar al hombre que nos creó y nos abandonó?

–¿Hermana? –preguntó Sev, conmocionado–. ¿Tienes una hermana?

Maldición, se dijo Gabe. Se le había escapado. Eso era lo que pasaba cuando se perdían los nervios.

115

–Una hermana gemela.

–¿Lo sabe Primo?

–No. Todavía, no. Y prefiero que no lo sepa hasta que ella esté preparada para decírselo.

–Ella está… está… –balbuceó Sev, meneando la cabeza.

¿Era preocupación lo que percibía Gabe en su voz? ¿Por qué iba a preocuparle Lucía? A menos que… a menos que los dos fueran más parecidos de lo que quería admitir, pensó, desconcertado.

–¿Está qué?

–Quería decir si está bien. ¿Pero cómo va a estarlo? –reconoció Sev–. Ninguno de nosotros puede estar bien con lo que pasó.

–Lo ha pasado mal durante mucho tiempo –confesó Gabe–. Pero lo está… superando.

Sev se quedó en silencio.

–Descubrí que mi padre había tenido una amante después de su muerte. Encontramos las cartas. Hasta hace poco, no supe que había tenido hijos.

–¿Y si lo hubieras sabido?

–Se lo habría dicho a Primo. Nonna y él nos llevaron a vivir a su casa cuando murieron nuestros padres –explicó su hermano–. Conociendo a Primo, también os habría criado a tu hermana y a ti, como una familia. Aunque hubiera tenido que hacer chocar nuestras cabezas hasta que nos aceptáramos los unos a los otros –añadió con una sonrisa.

–Por lo poco que sé de nuestro abuelo, te creo –repuso Gabe, sonriendo también.

–Mi padre amaba a tu madre. La amaba de un

modo en que nunca amó a mi madre –admitió Sev con la mandíbula tensa–. Tal vez, ahora lo entiendas mejor, si has experimentado el Fuego de los Dante. Mis hermanos y yo somos el fruto de su matrimonio, pero nunca fuimos fruto del amor.

Gabe maldijo entre dientes.

–Pero lleváis su apellido.

–Es cierto. Y tu madre, tu hermana y tú lleváis su corazón –señaló Sev con gesto de amargura–. Así que parece que ambos tenemos algo que al otro le gustaría poseer.

Era una idea extraña, algo que Gabe nunca había pensado.

–¿Y ahora qué?

–Quizá tengamos que aceptar que no podemos cambiar el pasado y seguir adelante con nuestra vida. Igual podemos cambiar el futuro –sugirió Sev e hizo una pausa–. Dime cómo crees que nuestro apellido protegería a tu prometida.

–Necesito que los Dante sancionen nuestra unión para que la prensa no se cebe con Kat.

–¿Por qué iba a hacer eso?

–Fue injustamente acusada de tener una aventura con el novio de su prima, Benson Winters. Era candidato al senado por esa época –explicó Gabe–. Lo encontraron en la cama con él. Pero era inocente.

–¿Estás seguro? –preguntó Sev con desconfianza.

–Es un poco difícil tener una aventura con un hombre sin dejar de ser virgen.

Al instante, la expresión de Sev cambió, como si hubiera aceptado su palabra sin más dudas.

—¿Quién fue el hijo de perra que la acusó? ¿Y por qué iba nadie a querer hacer eso? —inquirió Sev con actitud protectora—. ¿Por qué no le has roto la cara?

—Porque yo soy el hijo de perra que la acusó.

—Tú —dijo Sev, mirándolo como si estuviera pensándose si darle la paliza él mismo—. ¿Por qué?

—Porque la encontré en su cama. Desconozco por qué estaba allí. Todavía —señaló Gabe—. Además, existen otras razones, que solo nos incumben a Kat y a mí, por las que nos interesa que todos crean que nuestro amor es genuino.

—Y asumo que lo es —comentó Sev y se terminó la bebida de un trago—. Al menos, los dos habéis sufrido el embrujo.

Gabe no se molestó en contradecirlo. Los Dante descubrirían la verdad en cuanto Kat y él se divorciaran.

Mientras, podía aprovechar para que alguien le explicara eso del embrujo con un poco más de realismo.

—Ya que sacas el tema…

—¿Es que tienes preguntas sobre el Fuego? —dijo Sev, riendo.

—Le pregunté a Primo, pero…

—Nuestro abuelo cree mucho en cuentos de hadas.

—¿Tú, no? —quiso saber Gabe, aliviado porque su hermano fuera más parecido a él—. ¿Así que solo le seguís la corriente?

–Quieres que te diga que el hechizo desaparecerá. Que no es real.

–No es real.

Sev rio.

–Eso es lo que yo pensaba hasta que toqué a Francesca la primera vez. Y a mis hermanos les pasó lo mismo. Ninguno queríamos creerlo. Luchamos contra ello, pero todos perdimos la batalla. Acéptalo. Si eres un Dante, estás bajo el poder del embrujo.

–¡No soy un Dante!

–Eso es lo que yo pensaba decirte –admitió Sev con disgusto–. Había pensado dejártelo claro a puñetazos, si era necesario. Parece que ambos nos equivocamos. Eres un Dante, nos guste o no.

–Mira, me da igual lo que pienses. Cuando Kat y yo nos casemos, saldremos de vuestras vidas.

–Lo siento, pero no será tan fácil –advirtió Sev–. No puedes ser un Dante de quita y pon. Es todo o nada. Primo y Nonna no permitirán que desaparezcas así como así –añadió y le tendió la mano–. Por mucho que me cueste admitirlo, somos hermanos.

Gabe se quedó mirando la mano que le ofrecía. Adivinó que, si la aceptaba, todo cambiaría. Su vida no volvería a ser la misma. Significaría aceptar algo que había estado negando toda su vida.

Al mirar a Sev a los ojos, se vio a sí mismo. Percibió en ellos la misma pasión y determinación, el mismo instinto protector. Eran los mismos ojos que los suyos, para lo bueno y para lo malo.

Entonces, sin dudar más, le estrechó la mano a su hermano.

Cuando Kat se despertó el día de su boda, el cielo amenazaba con lluvias torrenciales. Mirando por la ventana de la habitación del hotel de cinco estrellas, se dejó invadir por el espíritu del día y una lágrima rodó por su mejilla.

Su abuela se acercó a ella.

–También llovió el día de mi boda.

–¿Te trajo mala suerte?

Matilda rio y el sonido de su risa fue como un bálsamo para Kat.

–Nada de eso. Tu abuelo y yo estábamos empapados al final. Pero, gracias a eso… bueno, tuvimos una noche de bodas muy especial.

Kat agachó la cabeza.

–Abuela, siento mucho haberte hecho daño.

–Tranquila, pequeña. No eres tú quien debe disculparse, sino yo. No dejaste de escribirme mientras estabas fuera, a pesar de que yo no te respondía. Dejé que mis prejuicios morales se interpusieran entre nosotras, en vez de aceptar que eras joven e inocente cuando cometiste aquel error. Perdóname por no haber sido la abuela comprensiva que te mereces –rogó su abuela, y la abrazó–. Y pase lo que pase, recuerda siempre que te quiero, Katerina.

–Yo también te quiero, abuelita –afirmó ella y enterró la cabeza en el pecho de la mujer que la había criado. Era como estar de vuelta en su hogar, aunque todo hubiera cambiado, aunque nunca pudiera recuperar la relación que había tenido con ella en el pasado–. No quiero perderte nunca.

–Todavía tenemos tiempo –dijo su abuela, dándole un apretón más–. He traído conmigo el collar. Pensé que igual querías llevarlo hoy.

Kat sonrió encantada.

–Me encantaría. Significaría mucho para Gabe.

Matilda se fue a por su bolso y sacó una cajita de terciopelo. La agarró con fuerza, titubeando un momento.

–Este matrimonio… todo ha sido muy rápido. Tú… ¿amas a Gabe? ¿Es esa la razón por la que te casas?

Oh, cielos. Kat no quería mentir a su abuela. Pero no podía admitir toda la verdad. No se atrevía.

–Sé que es rápido. Pero Gabe te ha explicado lo del Fuego de los Dante, ¿no? –preguntó ella, sin poder evitar sonrojarse–. ¿Sabes cómo funciona?

–Tengo que admitir que me parece muy romántico –comentó Matilda con una cálida sonrisa–. Sentir esa clase de amor desde el primer momento… Y me encanta que sea con Gabe. Adoro a ese muchacho. Me ha gustado siempre.

–Entonces, puedes confiar en que hará lo correcto –aseguró Kat con una sonrisa para tranquilizar a su abuela.

–Sí, sí, claro –repuso Matilda, suspirando aliviada.

Por suerte, no se dio cuenta de que su nieta no había respondido a su pregunta original y le tendió la cajita.

–Hace mucho tiempo que no veo el collar. Si hubiera sabido que ibas a casarte, lo habría mandado limpiar.

Kat abrió la caja y depositó el collar extendido sobre la mesa. Sus diamantes brillaron como el fuego bajo la luz de la lámpara.

–Es espectacular.

Pero algo no andaba bien. Kat lo observó de cerca y se dio cuenta de que no todos los diamantes tenían el mismo brillo que recordaba de la última vez que lo había visto. Acercó la cara, deseando poder tener una lupa. ¿Eran diamantes verdaderos? ¿Habría piedras falsas entremezcladas con las que habían sido sacadas de las minas de los Dante?, se preguntó con un nudo en el estómago.

Era posible, pero muy improbable, pensó.

Tenía que descubrirlo cuanto antes. Y no se atrevía a ponérselo hasta que no estuviera segura. Menos delante de los Dante, que se darían cuenta desde el primer momento si el collar había sido sustituido por una copia.

¿Y Gabe? Si era falso, ¿estaría dispuesto a casarse con ella? ¿O esperaría a que se comprobara su autenticidad?

Debía mantener la calma, se dijo a sí misma. Era un collar antiguo. Era posible que, hacía treinta años, diamantes falsos se mezclaran con los verdaderos en los diseños de Dante.

Entonces, se le ocurrió una idea. Francesca tenía que saberlo. Kat le pediría su opinión a la esposa de Sev. Como diseñadora de joyas, podría determinar si tanto el collar como las piedras eran auténticos.

–¿Sabes? Estoy pensando que, si me pongo el collar, los Dante lo reconocerán –le dijo a su abuela con una sonrisa forzada–. Igual no es muy diplomático ponerme una joya que Dominic le regaló a su amante, aunque fuera la madre de Gabe. No quiero arriesgarme a perjudicar su relación con su familia, ahora que acaban de reconciliarse.

–No lo había pensado –reconoció Matilda, frunciendo el ceño–. Tal vez, puedes dárselo esta noche, como regalo de bodas.

–Es una idea excelente –repuso su nieta, aliviada–. O como regalo de Navidad. ¿Qué te parece?

–Creo que también le gustará.

Alguien llamó a la puerta y, mientras Kat guardaba el collar, Matilda abrió. Era Lucía, preparada para tomar las riendas como coordinadora de los preparativos, acompañada de varias ayudantes.

En menos de un minuto, Lucía puso a todo el mundo a encargarse de alguno de los interminables detalles de la boda. Kat se preguntó si debía contarle a Gabe sus dudas acerca del collar y se propuso buscarlo, pero no quisieron decirle dónde estaba.

–Da mala suerte ver al novio antes de la ceremonia –señaló Gianna.

Todas las mujeres rompieron a reír y una de ellas se lo explicó a Kat.

–El día de su boda, Gianna quería hacerle una confesión a su marido, Constantine, y no podía esperar a después de la boda. Así que entró en su cuarto, retando a la suerte. Se ha convertido en una broma familiar.

—Prometo no entrar en el cuarto de Gabe antes de casarnos, pero...

—No puedes llamarlo tampoco. Primo le ha quitado el móvil. Me hubiera gustado verlo, ha tenido que ser gracioso —susurró Lucía.

Sin saber cómo contactar con él, Kat miró hacia la ventana.

—Parece que el tiempo ha traído mala suerte.

—La lluvia no es de mal agüero —insistió Nonna—. Es buena suerte. Limpia las manchas del pasado. También es símbolo de fertilidad. Hace que las mujeres tengan hijos.

—¿Tendrá un niño o una niña? —preguntó Gianna con jovialidad, guiñándole un ojo a Kat—. Mi abuela tiene un sexto sentido para eso. No se ha equivocado nunca, todavía. ¿Qué dices, Nonna? ¿Niño o niña?

—Sí —respondió Nonna con placidez.

Todas las mujeres rieron.

—Ahí lo tienes —comentó Elia, la madre de Gianna—. Será niño o niña.

A continuación, se dedicaron a colocar a la novia el vestido y el velo. Luego se pusieron a prepararlo todo para el peinado y el maquillaje.

Aprovechando un momento en que no había nadie alrededor de Kat, Nonna se acercó.

—¿Quieres saber lo que vas a tener? —le preguntó Nonna al oído.

—¿Por qué no? Claro —contestó la novia.

–No quería decirlo delante de las demás, ya que se supone que Gabe y tú no debíais haber hecho este bebé antes de la boda –señaló la mujer mayor en voz baja–. Pero ya está hecho. Pronto, estaréis casados y vuestro hijo estará protegido de la vida que Gabriel vivió.

–¿Estoy… embarazada? –inquirió Kat, atragantándose, y se sentó de golpe–. ¿Ya?

–Sí, eso es. De muy poco, según creo. Pero es un alma fuerte, luchadora.

–Un hijo –adivinó Kat–. Dijiste que era un hijo.

–El primero, sí. Luego, seguirán dos niñas. Gemelas y pelirrojas, como tú, pero con los ojos de su padre. El niño tendrá los ojos de tu color –presagió Nonna y sonrió–. Ya veo que no me crees.

–Yo… no sé qué pensar.

–No me ofende. Ya verás como tengo razón. El tiempo lo dirá –señaló la abuela de Gabe y frunció el ceño–. Pero pareces disgustada. ¿Es que no te hace feliz?

–Me hace muy feliz –aseguró Kat–. Aunque no estoy segura de que le gusta a Gabriel.

–¿Por qué no iba a gustarle? –preguntó Nonna, perpleja.

–Porque se vería atado a mí.

–¿Atado? –repitió Nonna, sin comprender–. Gabriel y tú habéis experimentado el Fuego, ¿verdad? –preguntó y, cuando Kat asintió, sonrió aliviada–. No te preocupes por eso. El embrujo se encargará de que no estéis atados.

–¿Quieres decir que su efecto desaparece?

–No, no –negó Nonna, riendo–. No desaparece nunca. Quiero decir que dejaréis de sentiros atados. Sentiréis amor. Te casarás con Gabriel y serás feliz a su lado todos los años de vida que te queden. ¿*Capito*?

Kat sí lo comprendía. Pero no estaba segura de creer en ello. Se llevó las manos al vientre, pensando que, si Nonna estaba en lo cierto, la boda era inevitable. Incluso aunque el collar fuera falso. Si Gabe sabía que iba a tener un hijo suyo, no descansaría hasta ponerle una alianza en el dedo, para evitar que el pequeño naciera con el mismo estigma que él.

Por una parte, odiaba atar a Gabe en una unión que él creía temporal. Pero, por otra, no pudo evitar emocionarse al pensar en la vida que crecía dentro de ella.

Un bebé.

La boda fue como un sueño para Kat.

Llevaba un vestido que la había fascinado desde que había puesto los ojos en él, una mezcla perfecta de elegancia y romanticismo. Las mujeres le habían ayudado a ponerse el corsé y el cuerpo del vestido, apretado para que su cintura pareciera de avispa. Le habían colocado la falda, con una cola enorme. Nonna le había llevado una tiara antigua, llena de diamantes de la colección personal de los Dante. El velo de tul iba unido a la tiara y llegaba hasta el suelo, de encaje, a juego con el vestido.

Tras un animado debate sobre cómo debía llevar el pelo, Kat había conseguido imponer su voluntad y llevarlo suelto. Les había explicado que era como a Gabe le gustaba. Así que le habían recogido los lados hacia atrás y habían peinado el resto en rizos cayéndole sobre los hombros y la espalda.

Cuando habían salido hacia la iglesia, la lluvia había cesado y el sol había empezado a brillar a través de las nubes. Sus ayudantes se habían ocupado de que el velo no se le mojara al salir del coche y subir las escaleras de piedra del templo.

Todo era perfecto… si no fuera porque le preocupaba lo del collar. Kat miró hacia la iglesia. Si pudiera hablar con Gabe antes de la ceremonia y darle la opción de cambiar de idea… Antes de que pudiera pensarlo más, Primo se unió a ella, muy elegante con un esmoquin y un puro en la mano.

–Gracias por ofrecerte a acompañarme al altar –dijo ella.

–Es un placer. Estás… como tiene que estar una novia en su día de boda –dijo él con lágrimas de emoción–: Radiante.

–Gracias –contestó ella, conteniéndose para no romper a llorar.

–Estás nerviosa. Es comprensible –observó Primo, tomándole la mano–. Pero no te preocupes. Todo irá bien. Lo sepas o no, os amáis el uno al otro.

–No, no después de tan poco tiempo –negó Kat, meneando la cabeza–. No es posible.

–Es el miedo lo que te impide aceptar la verdad.

Gabriel teme que lo traiciones como su padre traicionó a su madre, eligiendo el dinero por encima del amor. Luego, cuando Dominic nunca volvió a hacerse cargo de él, Gabe perdió su capacidad de confiar. Por eso, es tan cerrado. En cuanto a ti… –indicó Primo–. Sé que tienes miedo, pero no te conozco lo bastante como para adivinar la causa.

–Me temo que también tengo problemas para confiar –confesó ella–. También fui traicionada en el pasado.

–¿Temes que Gabriel te traicione? –preguntó Primo, sorprendido.

–No. Él solo quiere protegerme.

–Ah –dijo Primo con gesto comprensivo–. Y no quieres que confunda su instinto de protección con el amor.

–Sí.

–Gabriel es un Dante. Siempre se sentirá obligado a proteger a los que ama. Es su naturaleza –aseguró el abuelo de Gabe y besó a la novia en la frente–. Por eso, si te protege, es porque te ama.

Kat deseó poder creerlo. Teniendo en cuenta que Gabe había hecho todo lo posible por proteger a Jessa, tenía sus dudas. A pesar de lo que su abuelo decía, no podía amarla después de tan poco tiempo. Por lo tanto, no la protegía por amor, sino por alguna otra razón. Quizá, solo se quería casar con ella para mitigar un sentimiento de culpa, pensó, encogiéndose.

Las campanas de la iglesia sonaron, indicando el comienzo de la ceremonia. Con cuidado, Primo le cubrió la cara con el velo y le dio el brazo, para escoltarla al vestíbulo. Estaba todo decorado con florecitas blancas color nieve y rosas rojas. Alguien le entregó un ramo a juego con la decoración. Luego, las campanas cesaron y un cuarteto de cuerda comenzó a tocar, anunciando la llegada de la novia.

Durante un instante, Kat se llenó de pánico. ¿Qué iba a hacer? ¿Se había vuelto loca? Solo conocía a ese hombre desde hacía unas semanas. Ya era bastante malo que se hubiera acostado con Gabe, que le hubiera entregado su cuerpo, su corazón y su alma. Pero terminar de meter la pata casándose, sobre todo, cuando él creía que iba a darle Deseo del Corazón… No podía hacerlo.

Pensaría otro modo de reconciliarse con su abuela, se dijo Kat. Ya casi habían hecho las paces, de todos modos.

En cuanto al collar, insistiría en que su abuela se lo entregara a Gabe. Ella no lo necesitaba, ni lo quería. ¿Y qué pasaría con su embarazo? Cerró los ojos, intentando respirar.

¿Por qué se había puesto un corsé tan apretado?

Primo la urgió a continuar hacia delante, mientras ella se debatía entre seguir o salir corriendo. El camino hacia el altar le parecía interminable, con el suelo lleno de pétalos de rosa. Allí estaba Gabe. Entonces, como si él hubiera percibido su desesperación, se volvió para mirarla y sus ojos se encontraron.

Kat nunca pudo explicar lo que pasó entonces. Algo fuerte e incontrolable la obligó a mirar a

Gabe, a mirarlo de verdad. En su expresión, descubrió un calor que la inundaba como el sol de verano, un deseo irresistible. Pero no era un deseo igual que el que habían compartido cuando habían hecho el amor. Era algo más sagrado, algo que hacía que le ardiera y le latiera el pulso en la palma de la mano.

Entonces, Gabe le tendió la mano, sacando el dedo índice. Era la señal del saludo que tenía con su hermana. Era una forma de decirle, sin palabras, que podía contar con él, que la protegería. Ese simple gesto hizo que toda la tensión de Kat desapareciera. El corazón se le llenó de esperanza y de algo más que no podía identificar.

Y, cuando le dio la mano y entrelazaron sus índices, de pronto, Kat comprendió. Supo lo que llenaba su corazón, invadiéndola de fuerza y esperanza.

Amor.

En ese momento, se dio cuenta de que amaba a Gabe Moretti y supo con absoluta certeza que lo amaría durante el resto de su vida.

Capítulo Nueve

Tras la ceremonia, Kat pasó heroicamente por la interminable sesión de fotos y, a continuación, le presentaron a un número incontable de Dante. Le resultaba imposible asociar los nombres a las caras, por eso, decidió ponerle apodos ella misma, fijándose en sus características.

Los hermanos eran Gabe 2 (Sev), Lengua de Plata (Marco), Spock (Lazz), Rambo (Nicolo). Luego llegaron los primos: el Protector (Luc), el Lobo (Rafe) y el Dragón (Draco). Más difícil fue recordar los nombres de las esposas, con la notable excepción de Francesca.

Kat soportó con aplomo las exigencias del fotógrafo, primero en la iglesia y, luego, en el hotel, durante la fiesta. Al final, Gabe intervino y consiguió que los dejara a solas. Llevó a su nueva esposa a un elegante diván en una esquina y se sentó detrás de ella para darle un masaje en los hombros.

–Me voy a derretir –murmuró ella, cerrando los ojos.

–Lo estás haciendo muy bien. Más que yo si estuviera en tus zapatos.

–No podrías andar con mis zapatos –dijo ella, riendo, y le mostró los altísimos tacones.

–Con esos zapatos sería difícil salir corriendo, eso sí –comentó él–. Cuando te vi entrar en la iglesia, creí que estabas pensando en hacerlo.

–¿Te diste cuenta?

–Nada más verte, pensé que debería haber puesto guardias en la puerta –le susurró él–. Si hubieras intentado escapar, habría salido corriendo detrás de ti.

Segura y relajada, envuelta en la calidez de su abrazo, Kat se giró hacia él. Sus bocas se fundieron en un beso lleno de ternura, amplificando lo que ella había comenzado a aceptar al verlo ante el altar.

El fogonazo de un flash los interrumpió, de pronto. Con una sola mirada, Gabe hizo salir corriendo al fotógrafo.

–Iría a darle un puñetazo, pero me da la sensación de que esa foto tiene que haber quedado muy bien. Voy a querer una copia.

¿Como recuerdo de su matrimonio temporal?, se preguntó Kat. Aunque, quizá, podía convertirse en algo más duradero, pensó esperanzada. A pesar de que hacía poco tiempo que se conocían y a pesar de todo lo que se interponía entre los dos, ella se había enamorado. Y sabía, con toda su alma, que él era su alma gemela.

–Tengo algo para ti –le susurró él al oído–. Iba a dártelo durante la ceremonia, pero pensé que era mejor hacerlo después. Ahora me parece un buen momento.

–¿Qué es?

–Es un anillo de compromiso –informó él y se sacó una cajita de joyería del bolsillo, con el logo de Dante´s–. Tenía que habértelo dado antes de casarnos pero, como todo lo demás en nuestra relación, ha salido al revés.

Gabe abrió la cajita y sacó el anillo. Cuando se lo puso, Kat se quedó sin respiración. Era un diamante impresionante sobre una filigrana de platino, con dos diamantes más pequeños a los lados, con tonos rosados. Parecía un diseño exclusivo de Francesca.

–Oh, Gabe. Es precioso.

–Es parte de la gama Eternidad, de la joyería Dante´s –explicó él con voz llena de emoción–. Cada uno tiene un nombre, algo que yo no sabía cuando lo elegí. La esposa de Sev, Francesca, ha diseñado todos los modelos de la gama.

–Sí, se nota –repuso ella y se dio cuenta de que la joya le resultaba un poco familiar. Al saber por qué, se sintió un poco culpable por no haberle dicho a Gabe lo del collar todavía–. Me recuerda un poco a Deseo del Corazón.

–Tiene su explicación –afirmó él tras un momento de silencio–. Sev me contó que Francesca había hecho los diseños basándose en fotos que había visto de Deseo del Corazón.

Entonces, cuando Kat lo miró a los ojos, percibió en ellos algo más allá de la pasión.

–¿Y cómo se llama este?

–Mi Deseo del Corazón.

–¡Casi el mismo nombre! –exclamó ella, sorprendida–. ¿Por eso lo has elegido?

–Elegí el anillo antes de saber su nombre –explicó él, meneando la cabeza–. Una coincidencia muy extraña, ¿verdad?

Tenía que contarle la verdad, se dijo Kat. Y debía hacerlo en ese mismo momento.

–Gabe…

Antes de que Kat pudiera continuar, Francesca se acercó. Le dio un beso a Kat y sonrió a Gabe con gesto de disculpa.

–Siento interrumpir, parecéis tan felices… Pero Primo quería hablar contigo en privado. Yo puedo acompañar a Kat mientras. Podemos hablar sobre diseño de joyas –se ofreció Francesca–. Me resulta curioso que tu madre fuera diseñadora de joyas y que te hayas casado con alguien que también lo es.

–Sí, lo es –repuso Gabe y se puso en pie–. Si me disculpas, iré a ver qué quiere Primo.

–De hecho, estaba esperando la oportunidad de hablar contigo a solas –le dijo Kat a Francesca cuando él se hubo alejado–. Quería pedirte tu opinión.

–¿Tiene que ver con la joyería?

–Tiene que ver con Deseo del Corazón –asintió Kat–. Me gustaría que le echaras un vistazo.

–¿Lo tienes tú? –preguntó la otra mujer emocionada–. Mataría por ver una pieza del trabajo de Cara Moretti. Tenemos fotos de sus diseños, pero ningún original.

–¿Quieres verlo ahora? Está en mi habitación –indicó Kat y, al posar los ojos en Gabe, se preocupó, pues no parecía muy contento con lo que Primo le estaba diciendo–. Igual tenemos tiempo de subir antes de que haya que cortar la tarta.

Las dos salieron de la fiesta y tomaron el ascensor a la habitación. Alguien había limpiado, ordenando todo el caos que habían dejado allí tras vestir a la novia. Había un ramo de flores en un jarrón, bombones y champán dentro de una hielera. Una suave música de fondo bañaba el ambiente, convirtiéndolo en el escenario perfecto para una noche de bodas.

Francesca suspiró a su lado.

–Es precioso. Tal vez deberías pasar de la fiesta y venir directamente aquí con Gabe.

–Es tentador –admitió Kat, aunque seguía preocupada por Gabe–. Voy a por el collar.

Tras sacarlo de la caja fuerte, lo extendió en una mesa bajo la lámpara y se hizo a un lado, dejándole a Francesca que lo viera.

–¿Tienes una lupa? –preguntó Francesca tras unos segundos. Sonaba preocupada y tensa.

–No.

–Ni yo. Lo ves, ¿verdad? Por eso querías que lo viera.

–Los diamantes… –comenzó a decir Kat y se interrumpió un momento, llena de ansiedad–. Algunas piedras son falsas, ¿no?

–No puedo saberlo con certeza hasta que no lo vea con lupa, pero dudo mucho que estos de aquí sean diamantes de verdad –indicó Francesca, señalando unas cuantas piedras.

Kat cerró los ojos. ¿Cómo era posible? Si el collar era falso, iba a tener que decírselo a Gabe, pensó, cerrando los ojos.

–Francesca, necesito saber… si tiene algo de auténtico. Igual ni siquiera es el collar que diseñó Cara Moretti.

–He visto fotos del collar –señaló Francesca con profesionalidad tras examinar la pieza durante unos minutos–. Parece que es auténtico, aunque algunas piedras han sido sustituidas. No puedo asegurarte cuántas hasta que lo pueda analizar mejor.

–Necesito saber qué ha pasado. Y cuándo fueron vendidas las piedras, si es posible.

–No te pongas nerviosa –aconsejó Francesca y le dio un abrazo–. Todas las piedras de Dante´s son fotografiadas y llevan un código marcado con láser para que podamos seguirles la pista. No sé seguro si estos tenían código, pero te garantizo que podremos averiguar si se han vendido diamantes de este tipo en el mercado. Igual podemos contactar con el comprador y recuperarlas.

–Gracias –dijo Kat, forzándose a sonreír.

Solo había un problema con el plan de Francesca. Kat no tenía suficiente dinero para comprar los diamantes originales. Ni siquiera podía calibrar cuánto costarían.

–Por favor, infórmame cuando sepas algo –pidió Kat, entregándole el collar a Francesca.

–Bueno, pero no te preocupes más. Hoy es un día especial –la animó la otra mujer, dándole la mano–. Vamos, Volvamos a la fiesta. Tienes que partir la tarta.

Kat pasó el resto de la velada como en trance. Solo recordaba con claridad el momento en que Gabe la tomó en sus brazos para el primer baile. Eso y el beso que le dio al terminar la primera canción. Si las circunstancias hubieran sido diferentes, ese beso habría bastado para convertir todas sus esperanzas en la certeza de que su matrimonio sería para siempre.

Pero no era posible. Gabe solo podía sentirse atrapado, caviló ella. Había acudido a él prometiéndole Deseo del Corazón. Y él había pedido ayuda a los Dante solo por ella, a pesar de lo mucho que le había costado reconocer su parentesco con ellos. Además, había sido ella quien se había entregado a él, a pesar de su inexperiencia. Si hubiera sido más lista, si hubiera tomado mejores precauciones, tal vez, no estaría…

Embarazada.

Si Nonna tenía razón y Kat estaba en cinta, eso lo cambiaría todo. ¿Pensaría él que le había tendido una trampa?, se preguntó y cerró los ojos, presa del pánico.

–¿Qué pasa? –le susurró Gabe con preocupación–. ¿Es que te estás arrepintiendo?

–Va todo demasiado rápido –repuso ella, forzándose a respirar–. Igual debimos haber esperado.

–Lo entiendo. Creo que puedo solucionar el problema.

Mientras la banda seguía tocando, Gabe la condujo a una salida. Rodeándola de la cintura, la llevó al ascensor. Antes de entrar en su habitación, la levantó en sus brazos, y se dirigió con ella hasta la cama. Se dejaron caer juntos.

–¿Te he dicho que estás preciosa? –dijo él, sonriendo con ternura.

–Tú también –repuso ella con una sonrisa forzada.

–De acuerdo, el piropo no ha funcionado –observó él–. Tal vez, debamos aclarar unas cuantas cosas. Estamos en la cama y ya sabes cuáles son las reglas, ¿no?

Cielos. Kat lo había olvidado.

–Estoy empezando a odiar el trato de sinceridad que te propuse –se quejó ella.

–Lo siento, pero ha llegado la hora de la verdad. Quiero que me lo cuentes –pidió él, apretando los labios–. Aunque ya tengo algunas sospechas.

Maldición. Sabía lo del collar, pensó Kat. Sabía que ella lo amaba. Sabía que estaba embarazada y él, atrapado en un callejón sin salida.

–Gabe…

–Quieres trabajar para Dante´s –le interrumpió él, pensando que era eso lo que ella iba a decir–. Por eso querías hablar con Francesca.

Kat parpadeó sorprendida. Tardó un momento en reaccionar y poder responder.

–Con todo lo que ha pasado, no hemos tenido tiempo de hablar de mis aspiraciones profesionales. Supongo que tampoco te lo comenté porque…

–Porque temías que creyera que quería usar mi parentesco con los Dante para conseguir un trabajo con ellos –creyó adivinar él.

–Ahora que lo mencionas, no me extrañaría que lo pensaras. Incluso podías creer que te había tendido una trampa desde el principio.

–Nada de eso.

–No lo entiendo. ¿Por qué?

–Porque nadie, ni siquiera Jessa, ni Matilda, sabía que yo era el hijo de Dominic Dante. Ni siquiera mi familia lo sabía –señaló él–. A menos que tú encontraras un modo de descubrirlo…

–No tenía ni idea de que eras un Dante –aseguró ella, mirándolo a los ojos–. Ni quiero que me den trabajo por ser tu mujer. Si me contratan, quiero que sea por mi talento.

–De acuerdo. Entonces, esa cuestión está aclarada, ¿no?

–Sí.

Al ver lo rápido que se desvanecía la sonrisa de Kat, Gabe intuyó que solo había arreglado parte del problema.

–Parece ser que hay algo más que te preocupa. ¿Qué es?

–Nonna dijo… que estoy embarazada.

–¡Solo han pasado tres días! ¿Y ya puede saber si estás embarazada? –replicó él, riendo.

–Suena bastante increíble, ya lo sé, pero todo el mundo dice que tiene buen ojo para eso.

–Eres demasiado crédula –dijo él, quitándole importancia.

–Gabe, en serio, ¿qué pasa si lo estoy?

–Ya lo hablamos en el avión. Estamos casados, ¿no? Si estás embarazada, pensaremos la mejor manera de criar a nuestro hijo. Si eso significa que estemos juntos… –comenzó a decir él con gesto implacable–. Estaremos juntos. Pero no dejaré que ningún hijo mío sufra lo mismo que sufrí yo. Nuestro hijo o hija sabrá quiénes son su madre y su padre, ¿está claro?

–Es que todo va muy rápido. Todavía no hemos superado un obstáculo cuando surge otro –comentó ella, sin poder ocultar su desesperación–. Y hay algo más. Es sobre Deseo del Corazón.

–Ahora mismo, no me interesa nada más que tú y nuestra noche de bodas –aseguró él, menando la cabeza–. ¿Comprendes? Tendremos tiempo para enfrentarnos a los problemas mañana. Pero no aquí, ni ahora. Olvídalo, ¿de acuerdo?

Gabe la besó de nuevo, complacido de notar cómo ella se iba relajando. Por el momento, el recuerdo de Jessa no había interferido entre ellos, al menos, no en la cama. Y él quería que siguiera siendo así. Todavía no había averiguado todo lo que había pasado la noche en que había sorprendido a Kat en la cama de Benson Winters. Había algo oculto, algo oscuro que involucraba a su difunta esposa. Entonces, él no había titubeado en defenderla, sin querer plantearse su posible culpabilidad. Luego, Jessa había muerto solo dos años después de casarse con él, sin dar lugar a que se plantearan demasiadas dudas.

En ese momento, sin embargo, estaba con Kat y no quería pensar en nada más. Era algo que, además, no le costaba nada. ¿Cómo iba a ser de otra manera cuando tenía entre sus brazos a la mujer más hermosa del mundo? Era su esposa y él tenía el deber de protegerla.

Con suavidad, Gabe le desabrochó el vestido de novia y se lo bajó hasta la cintura, dejando al descubierto un diminuto sujetador de encaje. Su piel parecía brillar bajo el delicado tejido que cubría unos pechos irresistibles. Cuando se lo desabrochó, parecía una ninfa medio desnuda, surgida de un sueño.

Él se tomó su tiempo en desnudarla, capa por capa, hasta que solo le quedaba el velo. Caía sobre él, cubriendo su desnudez y dotándola de un halo mágico y etéreo.

–Me gustaría poder hacerte una foto.

–No te atrevas. Ya me han hecho más que suficientes por hoy, gracias.

–Ninguna como esta.

En silencio, Gabe se quitó el traje, absorbiendo el momento con emoción. Kat era su mujer. Y ambos estaban a las puertas de un nuevo comienzo.

La tomó entre sus brazos, sabiendo cómo satisfacerla. Solo él había descubierto los secretos más íntimos de su cuerpo y sabía cómo darle placer con sus caricias.

–Gabe… –susurró ella y le tocó los pezones con la lengua, excitándolo todavía más–. Esta vez, sé qué quiero.

–Dime si es lo mismo que querías la última vez –replicó él con un gemido.

–Eso, también –afirmó ella con una sonrisa llena de sensualidad y se acercó a su oído para musitarle

algo que lo dejó sin respiración–. ¿Podemos intentarlo?

–Claro. Todo lo que tú quieras –prometió él–.
Tenemos todo el tiempo del mundo.

Se pasaron todo el día siguiente en la cama, el
uno en brazos de otro. Sus cuerpos y sus almas parecían encajar a la perfección y ambos percibían
que algo había cambiado.

Por la noche, después de hacer el amor con pasión, Gabe se sumergió en la dulzura de su olor, su
sabor, su contacto. De pronto, unas palabras puja-
ron por salir. Estuvo a punto de decirlas, pero no lo
hizo. Era como si una barrera invisible lo contuviera. Pero, aunque no lo dijo en voz alta, él lo sabía.
Sabía lo que sentía por Kat y sabía que era para
siempre.

Gabe, Kat y Matilda volvieron a Seattle al día siguiente. Una vaga sensación de aprensión se fue
apoderando de él mientras se alejaban de San Francisco y, por el aspecto que tenía su esposa, sospechó
que le pasaba lo mismo.

Era como si estuvieran esperando despertar del
cuento de hadas y que el hechizo se rompiera.

Gabe no contaba con que fuera su propia hermana quien rompiera la magia, ni que ocurriera
dos días antes de Navidad. Ocurrió cuando, dos
días antes de Navidad, sonó el teléfono en su despacho.

–Moretti –contestó él.

–¿Gabe? –dijo su hermana con voz tensa–. ¿Estás ahí?

–¿Lucía? ¿Qué pasa? –preguntó él, adivinando que algo andaba mal.

–Me he enterado de algo sobre el collar de mamá. ¿Sabes que los Dante lo tienen?

–Espera un momento. ¿Cómo es posible? –inquirió él, quedándose helado.

–Kat se lo dio a Francesca el día de vuestra boda –informó Lucía y suspiró–. No lo sabías, ¿verdad?

–No, claro que no. Ni siquiera sabía que Kat lo tenía. ¿Por qué diablos no me lo dio a mí?

–Tal vez, porque es un collar falso –señaló Lucía tras una incómoda pausa–. Al menos, eso aseguran los Dante. Francesca dice que algunos de los diamantes no son auténticos.

–Eran auténticos cuando se lo vendí a Matilda. Hicimos que los tasara un experto.

–Bueno, pues ya no lo son. Han contratado a un detective privado llamado Juice para que se ocupe del caso. Creo que es muy bueno.

–¿Sabía Kat que era falso cuando se lo dio a ellos? –inquirió él con la mandíbula tensa. Al ver que su hermana tardaba en responder, se puso todavía más nervioso–. Contéstame, maldita sea. ¿Sabía que era falso cuando se lo dio?

–Lo siento, Gabe. Sí, lo sabía –informó Lucía, titubeante–. ¿Qué vas a hacer?

–Averiguar la verdad.

Sin decir más, Gabe colgó y se quedó mirando al

vacío. Maldición. Por primera vez en su vida, había estado cerca de confiar en algo de forma incondicional. Se había dejado engatusar por el cuento de hadas y los dulces ojos de Kat.

Había sido un idiota, se reprendió a sí mismo. Kat le había tendido una trampa. No debía haberse fiado de ella, debía haber exigido ver el collar y haberlo hecho examinar por un experto. ¿Cómo podía haber obviado los procedimientos más básicos de cualquier negocio? La razón era que había querido creer en ella.

Gabe se apoyó contra la ventana, con vistas a las calles pintadas de luces de Navidad. La palma de la mano le ardió, recordándole el vínculo que había establecido con Kat, y una voz en su interior le advirtió de que no se apresurara, que debía haber una explicación racional.

Entonces, llegó a la conclusión de que podía hacer dos cosas: podía confiar o podía dar un paso atrás y refugiarse en su mundo, sin Kat.

Capítulo Diez

Mientras iba caminando por las ajetreadas calles llenas de gente haciendo las últimas compras navideñas, a Kat le sonó el teléfono móvil. Después de mirar el identificador de llamadas, respondió, tratando de controlar los nervios. Era Francesca.

–¡Feliz Navidad! ¿Lo tienes todo preparado para el gran día?

–Casi –respondió Francesca, tratando de ocultar su tensión bajo una máscara de entusiasmo–. Solo me quedan dos regalos por envolver y… –comenzó a decir, pero se atragantó con las palabras–. Oh, Kat, lo siento. Tengo malas noticias.

–¿Muy malas?

–Iré al grano. Como temías, algunas piedras son falsas. La parte buena es que el collar es auténtico.

–¿Cuántas son falsas?

–Seis. Las seis más grandes, me temo –señaló Francesca con un suspiro.

–¿Sabes dónde están? –preguntó Kat, haciendo un esfuerzo para poder articular las palabras.

–Sí. No será problema restaurar el collar –aseguró Francesca, tratando de calmarla–. Primo está dando los pasos necesarios para recuperar los diamantes ahora mismo.

–¿Cuánto cuestan? –inquirió Kat en voz baja, al borde de la desesperación.

La cifra era tan alta que Kat se tropezó y tuvo que apoyarse en un escaparate para no caerse de bruces al suelo.

–¿Kat? ¿Estás bien?

–Sí, Francesca, gracias por informarme. Seguimos en contacto, ¿de acuerdo?

–No te preocupes, seguro que Primo llegará a alguna solución con Gabe.

–No, no. El problema es mío. Yo hablaré con Gabe.

Después de despedirse, Kat siguió un rato parada delante del escaparate adornado con figuritas de Navidad. No era de extrañar que su abuela no hubiera querido venderle el collar a Gabe, pensó. Le faltaban unos cuantos diamantes. ¿Pero por qué? ¿Se habría visto obligada a venderlos para costearse el tratamiento de su enfermedad? ¿Y por qué no le había vendido el collar auténtico a Gabe directamente? Él habría pagado cualquier precio.

Solo había una forma de saberlo, se dijo, sin dejar de pensar en Gabe. Debía habérselo dicho antes de casarse. Cuando él supiera la verdad, era probable que perdiera para siempre su confianza en ella. Invadida por un terrible sentimiento de culpa, marcó su número. Él respondió de inmediato.

–¿Puedes salir temprano del trabajo y quedar conmigo en casa de mi abuela?

–Creo que sí. ¿Qué pasa?

–No estoy segura. Voy hacia allá ahora.

–Llegaré dentro de veinte minutos –señaló él, sin perder más tiempo con charlas.

Kat se quedó parada, mientras la nieve caía sobre ella. Su mundo, el que apenas había empezado a construir con Gabe, estaba a punto de derrumbarse. Pero, por alguna razón, sintió un hálito de optimismo.

Quizá, todavía tenía tiempo de enderezar las cosas. Tal vez, un milagro la ayudaría a no perder a Gabe.

Sumida en sus pensamientos, apoyó la mano en el escaparate y sintió cómo le latía la palma y le ardía, recordándole el vínculo que había establecido con él. Y una vocecita en su interior le dijo que debía ir a él y contárselo todo. Debía abrirse al hombre que amaba.

Cerrando los ojos, Kat luchó contra el miedo que, en los últimos cinco años, le había impedido confiar en nadie. Entonces, se dio cuenta de que podía hacer dos cosas: podía confiar en Gabe o podía refugiarse en la seguridad de su mundo, cerrándose a él.

Con resolución, tomó una decisión.

Cuando vio entrar a Gabe en casa de Matilda, todas las esperanzas de Kat quedaron aplastadas. Por su siniestra expresión, él debía de haberse enterado de lo del collar.

–Gabe…

–Creo que tienes algo que decirme –le espetó

Gabe, tras saludar a su abuela con un gesto de la cabeza.

—Primero, debes saber que le di a Francesca el collar de tu madre para que lo examinara —confesó ella, sin poder apartar la mirada de aquellos fieros ojos que la tenían cautiva.

—¿Cuándo?

—El día de nuestra boda.

—¿Por qué?

—Mi abuela me dio Deseo del Corazón la mañana que nos casamos y me sugirió que me lo pusiera en la boda —explicó ella, tragando saliva—. Yo me di cuenta de que algunas piedras parecían falsas, así que decidí no ponérmelo para la ocasión y esperar a saber la verdad. Luego, se lo enseñé a Francesca para que lo examinara. Ella me dio la razón. Algunas piedras no eran auténticas.

—¿Quieres decir que Deseo del Corazón es falso? —preguntó Matilda, alarmada—. No es posible.

—El collar es auténtico —la tranquilizó Kat, apartando la vista de su furioso marido—. Pero algunos diamantes han sido reemplazados.

—No eran falsos cuando le vendí el collar a tu abuela —señaló Gabe, cruzándose de brazos—. Si han sido sustituidos, ha tenido que ser después de que yo se lo diera.

—Eso no es posible —repitió Matilda—. Yo no he tocado el collar en todos estos años.

Kat se apretó las manos, frunciendo el ceño. ¿Por qué no admitía su abuela la verdad? Después de todo, había sido su collar. Si había decidido vender algunas de sus piezas, había estado en su derecho.

–Abuela, debes saber que seis de los diamantes han sido sustituidos –informó Kat–. ¿No sabes nada de eso?

Matilda meneó la cabeza con labios temblorosos.

–Espera un momento –dijo Kat–. Si tú no vendiste los diamantes, entonces ¿quién…?

–Hay… había tres posibilidades –indicó Gabe–. Yo también creí que había sido Matilda y que esa era la razón por la que no había querido venderme el collar en todos estos años. Pero esa teoría falla por dos razones.

–¿Cuáles? –inquirió Matilda, levantando la barbilla con gesto orgulloso.

–Podrías haberme vendido el collar entero, pues sabías que habría pagado cualquier precio.

–¿Y la otra?

–Solo tengo que mirarte para saber que no estás fingiendo –repuso él con amabilidad–. Si hubieras sabido lo que pasaba, no le habrías sugerido a tu nieta que se pusiera el collar en la boda, donde había tantos expertos capaces de descubrir que era falso.

–Y, si no fue Matilda, ¿quién pudo ser? –preguntó Kat, mirando a su esposo con un escalofrío–. ¿Crees que fui yo?

–No, ella no… –se apresuró a decir Matilda, en defensa de su nieta.

–¿Quién si no? La otra opción que queda es Jessa –afirmó él–. Tal vez Kat utilizó los diamantes para poder pagar sus estudios y su estancia de cinco años en Italia. Parece lógico, ¿no?

–¿Es eso lo que crees? ¿Que fui yo? –quiso saber Kat.

–Dime, dulce esposa, ¿cómo, si no, has podido costearte tanta ropa de diseño y tus estudios de diseñadora de joyas? Quizá, fue tu forma de vengarte por lo que Jessa te había hecho y por cómo te había marginado tu abuela, ¿o no?

–Trabajé para ganarme todo lo que tengo –aseguró ella con gesto desafiante–. Tenía tres empleos a la vez, todos los días. Todo lo que he conseguido en los últimos cinco años ha sido sin ayuda de nadie.

–Si tú lo dices…

–Yo lo digo.

–Entonces, solo nos queda una posibilidad –señaló él–. Jessa.

–¿Jessa? –repitió Matilda, encogiéndose.

–Nadie más tenía acceso al collar, ¿verdad?

–No –admitió Matilda en un susurro.

–Entonces, fue Kat o Jessa. Yo no creo que haya muchas dudas sobre quién es la culpable –opinó él, mirando a Matilda–. Fue Kat quien sedujo a Benson Winters. Fue Kat quien traicionó a su prima. Kat adoraba Deseo del Corazón y no pudo soportar la idea de que lo heredara Jessa.

–Calla, Gabe –ordenó Kat, interponiéndose entre él y su abuela–. Si quieres ir contra mí, hazlo en privado, pero no metas a mi abuela en esto. No te dejaré hacerle daño.

–Solo quiero que tu abuela considere los hechos de forma lógica y que llegue a la misma conclusión que yo –explicó él.

Entonces, Kat miró a su esposo a los ojos y percibió algo inesperado. De repente, en su mirada, leyó algo por completo diferente a lo que decían sus palabras acusadoras. No sabía por qué la estaba culpando, pero sabía que él creía en su inocencia. Entonces, en silencio, comprendió que era su turno de demostrar que confiaba en él.

Sin decir nada, Kat se acercó y, muy despacio, le tendió la mano, con el dedo índice extendido. Él entrelazó su dedo con el de ella, mientras el Fuego de los Dante los envolvía y latía en sus venas como el más dulce de los vinos.

–Os devolveré el dinero de los diamantes –dijo Matilda en voz baja–. Pero solo si dejáis que esto quede aquí.

–No te preocupes, abuela. No pasa nada –aseguró Kat y quiso tranquilizarla tomándole la mano.

–No, sí pasa. O tú eres culpable o lo es Jessa –intervino Gabe–. Quiero que Matilda me diga quién fue. Creo que lo sabe, en el fondo de su corazón. Igual que sabe que, hace cinco años, cometió un terrible error. Por eso, te ha pedido que vuelvas a casa. Por eso, se ha inventado que se está muriendo.

–Me estoy muriendo –afirmó Matilda y movió una mano en el aire–. Igual he exagerado un poco respecto al tiempo que me queda. Pero todos morimos algún día, ¿no?

–Oh, abuela, ¿por qué? ¿Tienes idea de lo mucho que he sufrido pensando que iba a perderte muy pronto? –protestó Kat, conmocionada.

–Temía que no volverías a menos que pensaras que me estaba muriendo –reconoció Matilda, con lágrimas en los ojos.

–No digas eso. Claro que quería volver a tu lado. Te quiero. Eres mi única familia –dijo Kat y la abrazó.

–Yo siempre quise dejarle el collar a Kat –reconoció Matilda, mirando a Gabe–. Cuando se lo dije a Jessa, se puso furiosa y tuvimos una discusión. Por eso, se mató, porque salió de mi casa muy alterada.

–No, se mató por conducir de forma temeraria –la corrigió Gabe, que ya no sentía ningún instinto protector hacia Jessa–. Bueno, y ahora que ha quedado aclarado que Kat es inocente, quiero informaros de que sé con certeza que fue Jessa quien vendió los diamantes. De camino hacia aquí, llamé a Primo y él confirmó mis sospechas, después de que su detective hubiera averiguado la identidad de la vendedora.

–¿Lo sabías desde que entraste aquí? –preguntó Matilda, boquiabierta.

–Así es. Pero necesitaba que fuera usted misma quien se diera cuenta de que Kat era inocente.

–No apruebo tus métodos, jovencito. Aunque tengo que admitir que han sido efectivos.

–Mis disculpas –repuso él y se acercó para darle un beso en la mejilla a Matilda–. Ahora, si no le importa, quiero irme a casa con mi esposa. También a ella le debo una disculpa –señaló y, antes de volverse hacia Kat, añadió–: Ya que mañana es Nochebuena, ¿quiere venir a nuestra casa a cenar y a pasar el día de Navidad?

–Gracias, me encantaría.

Cuando Kat y Gabe llegaron a casa, ya había oscurecido y todo estaba cubierto de un manto blanco de nieve. Él llevó a su esposa al salón, donde había encargado que les tuvieran preparado el fuego, se sentó con ella delante de la chimenea y le dio un largo beso.

–Ya que pienso hacerte el amor aquí mismo, creo que se podría aplicar nuestro trato de decirnos siempre la verdad en la cama –señaló él tras un largo silencio–. Cuéntamelo todo sobre Jessa y olvidemos ese tema de una vez.

–Solo sé lo que Benson me contó hace un par días, cuando me llamó para disculparse por haberme juzgado mal –explicó ella–. Lo demás son meras especulaciones –advirtió y continuó–: Jessa y yo no nos llevábamos bien. Teníamos una relación bastante distante. Entonces, Jessa conoció a Benson y se prometió con él cuando estaba en plena campaña. Por lo visto, había muchas probabilidades de que ganara un puesto en el Senado. Sin embargo, el jefe de campaña de Benson supo que su exesposa pensaba sacar un libro con todos sus trapos sucios y se lo dijo a Jessa. Ella no se lo tomó bien.

–¿Y decidió que era hora de cortar su vínculo con Benson?

–Creo que sí –asintió Kat–. Eso explicaría muchas cosas. Una semana después, Jessa me llamó y me dijo que quería que nos lleváramos mejor. Sugirió que quedáramos para cenar, que reserváramos una suite, pidiéramos bebidas y encargáramos un masaje –recordó con el corazón encogido por el dolor de la traición–. Yo me lo creí.

–Tranquila –la consoló él, notando su desolación–. Adivino lo que pasó después. ¿Te drogó y lo preparó todo para que Benson acudiera allí?

Kat asintió.

–Me desperté desnuda en la cama. Y os vi a ti y a Benson –afirmó ella con labios temblorosos y ojos empañados.

–Siento mucho las barbaridades que dije entonces. Jessa me convenció de que habías intentado hacerle daño porque tenías celos de ella, que habías seducido a su prometido. Pero la verdad era que, después de haber averiguado que su carrera iba a caer en picado, a ella ya no le interesaba casarse con él.

–Es posible –admitió ella–. Además, ya había planeado quién lo reemplazaría. Yo pienso que quiso sacar partido de tus instintos protectores –añadió con lágrimas en los ojos.

Gabe la abrazó, dejando que se desahogara de todo el dolor que había estado conteniendo durante los últimos años.

–Dilo, Kat. Di lo que has estado bloqueando en tu interior todo este tiempo, porque sabías que nadie te creería. Dilo ahora, bien alto.

154

–Soy inocente –musitó ella y volvió a repetirlo varias veces, gritando, entre lágrimas de liberación–. Ahora me siento mucho mejor.

–Bueno, un problema resuelto –comentó él, sosteniéndola entre sus brazos–. Pero queda otro. Hicimos un trato al casarnos, ¿recuerdas? ¿Cómo vas a cumplir tu parte? Te corresponde entregarme el Deseo del Corazón auténtico y completo.

–Sí –reconoció ella, bajando la cabeza–. Pero necesitaría toda una vida para poder pagar lo que cuestan los diamantes que faltan.

–Eso es. Toda una vida.

Entonces, Kat lo miró, sintiendo que renacía la esperanza dentro de ellos con más fuerza que nunca.

–¿Quieres decir que estoy atada a ti para siempre?

–Para siempre.

–Te amo, Gabe Moretti –dijo ella, formando un gancho con el dedo índice.

–Y yo te amo a ti, Kat Moretti –contestó él, entrelazando sus dedos–. Lo sé desde el momento en que hicimos el amor. ¿Aceptas mis condiciones? ¿Te quedarás conmigo toda la vida?

–Por supuesto –dijo ella, sin titubear, radiante de felicidad.

–Pues pasemos al último problema.

–¿Cuál?

–¿Cómo vamos a llamar a nuestro bebé?

–¿Crees que estoy embarazada?

–Según Nonna, es muy probable, ¿no?

—Ella dijo que sería un niño.

—Primo me hizo una sugerencia el día de nuestra boda —apuntó él, con gesto serio.

—¿De eso hablabais cuando Francesca vino a buscarte?

—Sí.

—¿Y qué nombre sugirió?

—Dante —respondió él con un hilo de voz–. Pero no de nombre, sino de apellido.

—¿Y qué le contestaste? —quiso saber ella, emocionada. Sabía que, en un momento de su vida, Gabe lo habría dado todo por poder llevar el apellido de su padre.

—Que, si tú no tenías objeción, sería un placer llevar el apellido de los Dante.

—Tú siempre has sido un Dante —afirmó ella, sosteniendo su rostro con ternura–. Igual que siempre serás mi alma gemela.

—Y tú eres mi Deseo del Corazón.

Radiante, Kat miró cómo su anillo de prometida relucía como el sol. Ese año, la Navidad les había llevado el regalo más preciado para ellos, el regreso de la fe y de la confianza, con la promesa de un futuro lleno de felicidad.

DESEO
DAY
LECLAIRE

LA MUJER PERFECTA

Lo primero era el matrimonio… y Justice St. John tenía un plan. Usando una ecuación infalible, el brillante científico diseñó un programa para encontrar a la mujer perfecta. Pero después de una noche de pasión inesperada, descubrió que Daisy Marcellus era la mujer más inadecuada, así que volvió a empezar.

Sin embargo, su pasión tuvo consecuencias y cuando Daisy lo localizó, con la pequeña Noelle a cuestas, llenó su mundo frío y metódico de vida, color y caos. Sus negociaciones para el futuro acababan de empezar cuando Daisy descubrió que él aún seguía buscando a la esposa perfecta…

N.º 562

CREER EN EL AMOR

Gabe Moretti llevaba toda la vida intentando conseguir un collar de diamantes que era su único legado. Al reencontrarse con Kat Malloy, prima de su difunta esposa, al fin se le presentó la oportunidad de lograr su objetivo. Kat le propuso un trato de negocios: fingir un noviazgo a cambio del collar que la madre de Gabe había diseñado. Pero, una vez puesta en marcha la farsa, un beso llevó a otro y Gabe se dio cuenta de que la relación estaba yéndosele de las manos. Además, Kat tenía secretos que él quería desvelar. Para lograrlo y descubrir la verdad de su poderosa atracción, iba a verse obligado a recurrir a su familia paterna, algo que se había jurado no hacer nunca.

DESEO

ANNA CLEARY
SOLO SI ME AMAS

En lugar de ser recibida en Australia por unos amigos de la familia, Ariadne Giorgias se había encontrado con un extraño espectacularmente atractivo, Sebastian Nikosto.

Sebastian no sabía qué esperar de la esposa impuesta por contrato. Lo que no se esperaba era a la hermosa Ariadne, ni la incendiaria atracción que chisporroteaba entre ellos.

CAT SCHIELD
SABOR A TENTACIÓN

A Harper Fontaine solo le interesaba una cosa en la vida: dirigir el imperio hotelero de su familia, y no estaba dispuesta a que Ashton Croft, el famoso cocinero, estropeara la inauguración del nuevo restaurante de su hotel de Las Vegas. Conseguir que el aventurero cocinero cumpliera con sus obligaciones ya era difícil, pero apagar la llama de la incontrolable pasión que les consumía acabó resultando imposible.

N.º 561

OLIVIA GATES
SITIO PARA DOS

Aris Sarantos era el peor enemigo de la familia de Selene Louvardis, pero eso no impedía que ella lo deseara con toda su alma. O que aprovechase la oportunidad de pasar una noche con él.

Cuando Selene apareció de nuevo en su vida con un hijo nada pudo evitar que él reclamara lo que era suyo.

JAZMÍN

MARION LENNOX
EL HIJO DE LA DOCTORA

Siendo la única doctora de Bay Beach, Emily Mainwaring estaba demasiado ocupada para distracciones. Por desgracia para ella, se acercaban dos importantes: un bebé huérfano al que deseaba adoptar y Jonas Lunn, un guapísimo cirujano de Sydney cuyo interés por ella no parecía meramente profesional.

Emily tenía un dilema: si se casaba con Jonas podría adoptar al niño... Pero Jonas no parecía de los que se casaban. Además, ¿debía ella arriesgarse a enamorarse de un hombre apasionado como él que seguramente iba a desbaratarle su organizada vida?

SUSAN FOX
ATRAPADA POR SUS BESOS

Tras obtener la custodia del sobrino huérfano de Claire, Logan Pierce le pidió a esta que se casara con él para que el pequeño tuviera una verdadera familia. Logan quería además muchos más niños... y deseaba que Claire fuera la madre de todos. Pero se empeñaba en que el amor no tuviera nada que ver en todo aquello.

N.º 584

Claire no quería casarse con un hombre tan duro y cínico como Logan... hasta que descubrió que sus besos eran adictivos.

HANNAH BERNARD
UNA NOVIA INEXPERTA

Lea estaba a punto de cumplir los treinta y había sonado la alarma de su reloj biológico. Quería un marido... inmediatamente. Pero ¿cómo iba a encontrar al hombre perfecto una mujer que solo había tenido un novio?

Tom salía con muchísimas mujeres y no tenía la menor intención de sentar la cabeza. Quizá no fuera de los que se casaban, pero se le daba muy bien dar consejos, sobre todo a Lea...

BIANCA.

¡YA EN TU PUNTO DE VENTA!

BIANCA

CAITLIN CREWS

MÁS ALLÁ DEL ESCÁNDALO

Perseguida por los escándalos, atacada ferozmente por la prensa del corazón y sintiéndose muy vulnerable, Larissa Whitney decidió esconderse de los implacables paparazis en una pequeña y aislada isla. Pero tampoco iba a poder estar sola allí. Cuando menos se lo esperaba, se encontró con Jack Endicott Sutton…

Le parecía increíble estar atrapada en esa isla con un hombre con el que había tenido un apasionado romance cinco años antes, un hombre por el que aún sentía una gran atracción y que sabía que la verdad de Larissa era aún más escandalosa de la que destacaban las revistas…

N.º 497

UN REINO PARA UN JEQUE

Kiara Frederick llevaba una vida normal hasta que, tras su arrebatadora aventura con el jeque Azrin, se vio con el anillo de diamantes más grande de todo Khatan y descubrió que no solo se había convertido en princesa, sino también en propiedad pública de la noche a la mañana. Mientras Azrin se preparaba para acceder al trono, Kiara descubrió que la vida de palacio podría destruir su antes fuerte matrimonio. Pero los reyes de Khatan no se divorciaban, y las reinas de Khatan no debían siquiera planteárselo. ¿Lograría Kiara mantenerse firme ante aquel deseo tan ardiente como la arena del desierto?

¡YA EN TU PUNTO DE VENTA!

DESEO

No le importaba tener una mujer en su cama,
¿pero en su cabina de mando...?

COMPAÑEROS
PARA SIEMPRE

LINDSAY McKENNA

N.º 2194

Tener que compartir la cabina de mando con la bella teniente Rhona McGregor era muy peligroso. Pero tenían muchas vidas en sus manos y no había tiempo para discutir; necesitaba un copiloto, así que lo mejor era que echara mano de su disciplina militar y mantuviera el deseo bajo control. Desde aquel primer y peligrosísimo vuelo juntos, Nolan Galway se dio cuenta de que entre él y Rhona había algo mucho más poderoso que la pasión. De repente, su corazón respondía a la presencia de Rhona con unos latidos que se parecían sospechosamente al amor...

¡YA EN TU PUNTO DE VENTA!